奇術探偵 曾我佳城全集 上

泡坂妻夫

若くして引退した、美貌の奇術[illegible]我佳城。普段は物静かな彼女は、不可思議な事件に遭遇した途端、奇術の種明かしをするかのごとく、鮮やかに謎を解く名探偵となる。殺人事件の被害者が死の間際、天井にトランプを貼りつけた理由を解き明かす「天井のとらんぷ」。少女歌劇団に附属する音楽学校の寮で起きた、集団食中毒事件の真相を暴く「白いハンカチーフ」。本物の銃を使用する奇術中、弾丸が掏り替えられた事件の謎を追う「消える銃弾」。奇術専門誌宛に送られた原稿に秘められた暗号を解読する「カップと玉」など、珠玉の 11 編を収録する。

奇術探偵 曾我佳城全集 上

泡　坂　妻　夫

創元推理文庫

THE MAGICIAN DETECTIVE
: THE COMPLETE STORIES OF KAJO SOGA

by

Tsumao Awasaka

2000, 2003

目次

天井のとらんぷ　九
シンブルの味　五三
空中朝顔　九三
白いハンカチーフ　一〇九
バースデイロープ　一四三
ビルチューブ　一八九
消える銃弾　二三一
カップと玉　二八一
石になった人形　三三三
七羽の銀鳩　三七九
剣の舞　四一九

奇術探偵　曾我佳城全集　上

天井のとらんぷ

窓一杯に、日光が溢れている。

教室の中は、シャツ一枚でいたいほどだった。

法界正彦《ほうかいまさひこ》は窓の傍に立った。校庭に並ぶ樹木の蕾《つぼみ》はまだ固いが、陽差しのきらめきはもう春のものだった。校舎は新しく、ガラス窓はぴかぴかに磨かれている。新しいことは素晴らしいことだと法界は思う。新しい季節、新しい校舎、新しい学生たち……

学生たちは声一つ立てず、答案用紙に向っている。いずれも真剣な表情だった。若者の熱気が肌に感じられる。

法界はしばらく校庭に目を遊ばせてから、教壇に戻った。とろりと眠くなるようで、そのくせ心の底が引き締っている。けだるいが、浮き浮きしたくもなる。ちょうど一杯飲んでいるような気分だ。

そんな心の片隅に、さっきから引っ掛かっている物がある。教壇に戻った法界は、無意識のうちに、その方に目が行った。それは、教壇の椅子に腰を下ろして、ちょっと胸を張ると、すぐ見える位置にあった。一度変だなと思い始めてから、気になって仕方がない。

真新しい天井の漆喰《しっくい》に、トランプのカードが一枚、下向きに貼り付いているのだ。カードはクラブの8で、玩具《おもちゃ》のワッペンなどではなく、本物のカードだった。

カードは新しい校舎にひどく不釣合で、それ以上に、貼られた場所も気に入らない。天井まででは、足の短い法界は勿論、背の高い学生が机の上に立っても、手が届かない高さだ。誰か知れないが、カードを天井に貼った人間は、机をいくつも積み重ねるか、脚立《きゃたつ》を使うかしなければならなかったに違いない。その他にカードを天井に貼る方法があるとすれば、特殊な道具が必要だったろう。

法界が特殊な道具のことを考えたのは、寺院の高い組木に、参拝者が千社札《せんじゃふだ》を貼っているところを見たことがあったからだった。それは釣竿を加工したような道具で、先端に糊《のり》の刷毛《はけ》まであったように記憶している。その道具はカードにも使えるのだろうか。

人間とは物を貼りたがる動物である。一時、法界の子供が小さいころ、家の中が、ワッペンだらけになったことがあった。高校に進んでも、子供部屋はポスターやカレンダーや旗で一杯だ。子供のことは言えない。法界自身、家に空《あ》いている壁があると落ち着かない。つい絵でもという気持が起きる。

千社札は、信仰から始まった風俗だと言われるが、純粋な信仰心だけだろうか。信仰にかこつけて、物を貼りたいという欲望を満たしている人も多いに違いない。でなければ、何もわざわざ人がびっくりするような高い場所に札を貼る必要もないだろう。

それにしても、カードを天井へ貼った人間は、ただ天井へカードを貼りたくなったという欲望を満たすだけだったろうか。カードを見れば見るほど、意味あり気に思えてくる。

誰が、何の目的で、そんな手数を掛けてまで、クラブの8を天井に貼ったのか。何か理由がありそうではないか。

たった一枚のカードのために、気を散らすのはくだらないと思い、法界は読みかけの本を開いた。ふと、ノンブルを見る。八十九ページだった。変な本だった。昨日から本を開けると、必ず八十九ページが現れる。

法界は本を観察した。その理由はすぐに判った。裁断の加減で、八十九ページの紙が、他より多少短くなっているので、そのページが開き易くなっているだけだった。天井のカードも、こういう工合《ぐあい》にすっきり解釈されれば気持がよいのだが……

ベルが鳴った。教室が一斉にざわめき始める。答案用紙を集め終ったところで、法界は学生に訊いてみた。

「あのカードを貼ったのは誰かね?」

初めて天井のカードに気付いた者、不思議そうな顔をする者、にやにや笑っている者、だが、わたしが貼りましたと言う者はいなかった。

「別に叱ろうというのじゃない」

と、法界は言った。

「ただ、どうやって貼ったのか、その方法が知りたくてね」

学生を見渡したが、答える者はなかった。

一人一人を詰問するほど、重大なことではなかった。法界は答案用紙を抱えて、教室を出た。廊下を歩いても、まだクラブの8が頭の中でちらちらしている。

階段を降り、踊り場に出たときだった。

踊り場の中央に、脚立が立てられていた。見ると用務員が脚立の上で、天井を向いて仕事をしていた。法界は用務員の手に、カードがあるのを見逃さなかった。

「君……」

思わず声を掛ける。用務員はけげんそうな顔で、法界を見下ろした。

「カードを天井に貼って、どうしようと言うんだね？」

「貼っているんじゃありませんよ、先生」

用務員は渋い顔をした。

「剝《は》がしているところなんです。さっき他の先生から、踊り場の天井にカードが貼ってある、見苦しいから剝がすようにと言われたのです」

法界は用務員の仕事を見た。カードを剝がした跡がしみになっている。用務員は天井を布でごしごし拭いてから、脚立を降りてきた。

「そのカードを見せてくれないかね」

と、法界は言った。

「汚れています。気を付けてくださいよ」

用務員は法界にカードを渡した。

カードはハートの4だった。裏にべっとりとした粘着性の物質が付いている。

「いつもと同じです。ガムで貼り付けたんです」

「いつもと同じ？　すると、これが初めてじゃなかったのかね」

「そうです。この三日間で、十枚も剝がしましたよ」

「四〇八の教室の天井にも、同じものが貼ってあったよ」

「そうですか。妙なものが流行《はや》って、始末におえません」

「どうやって貼ったんだろう」

「さあ……、簡単な方法だったら、私でもやりたくなるでしょうね。そして、これを貼った人間に剝がさせるんです」

仕事を終えた用務員は、脚立を畳み始めた。

研究室に戻り、同僚と話したが、天井にカードが現れるようになったのは、つい、二、三日前からのことらしい。

そのうち仕事にまぎれ、天井のカードのことは、自然と忘れ去ったが、帰りの電車の中で、再び思い出すこととなった。車内の天井に、カードが貼られているのを見付けたからだった。

となると、これはもう、社会的な流行現象だ。

そう思ったとき、よほど以前に、同じような流行のあったのを思い出した。

それはカードではなく、煙草《たばこ》の空袋《あきぶくろ》で作られた、アルミ箔のワイングラスだったが、天井から下を向いている姿は、今度の流行と同じだった。法界がまだ学生のころで、当時、アルミ箔で作った小さなワイングラスが、電車や、喫茶店や、教室の天井などに、いくつもぶら下っていた。

最初見たとき、手の届かない天井にどうして貼り付けたのか、ちょっと好奇心をそそられる現象だったが、その方法はすぐに判った。

まず、煙草の空袋で、アルミ箔のワイングラスを作り、くちゃくちゃに噛んだあとのガムを、グラスの足に押し込むのだ。そのワイングラスを持ち、ガムの方を天井に向け、垂直に放り上げる。天井に突き当たったワイングラスは、ガムの粘着力で、そのまま天井に貼り付いてしまう。

そんないたずらをするのは、閑《ひま》な人間に限るわけで、だから、電車や喫茶店の天井に多く目に付いたわけだ。無意味な流行にすぎないとしても、最初それを思い付いた人間は、ただ一人だったに違いない。それを真似る人間が現れ、次次と数を増やしてゆき、大きな流行となる。その流行は宣伝や利害に関わるものではない。頼まれたから行なうのでも、好きだからというのでもない。単なる閑つぶしと物真似の心理。

一人の人間がふと思い付き、他の人間が真似、流行となってゆき、最後には全てが消えてしまう。法界はその過程に前から興味を持っていた。川を見ていると、その流れがどこから出ているのか知りたくなる。それと同じで、流行の源を突き止められれば、面白い研究となるのではないか。

電車を私鉄に乗り換える。車輛《しゃりよう》の天井に注意するが、私鉄ではカードは見付からなかった。

春の気配は日のある間だけで、郊外の夕方は冬の冷えこみだった。法界がこの土地に家を建ててから、まだ間もない。初めて迎える春が待ち遠しい。

その新居のドアを開けて、玄関に立ったとき、軽い衝撃を受けた。

真新しい玄関のホールの天井に、カードが吸い付いていた。流行はすでに我が家にも侵入していたのだ。

カードはダイヤの6であった。

「誰がこんなところへカードを貼り付けたのだ?」

妻は初めて天井のカードに気が付き、驚いたようだった。

「わたしじゃありませんよ」

「誰もお前だとは言っていない。宏《ひろし》か豊《ゆたか》だな?」

「豊は遊びに行って、まだ戻りません」

「じゃ、宏を呼んでくれ」

妻は子供部屋に入って行った。ドアを開けると、ロックの凄い音が聞えてきた。妻は長男の宏と一緒に、音楽で押し出されるように現れた。

法界は改めて長男を見上げた。ぬっくりした大男だが、顔だけは子供のままだ。だが、宏が飛び上ったとしても、ホールの天井までは届かない高さだ。

「お帰りなさい」

と、宏が言った。

「あの天井のカードは、宏が貼ったのか？」

宏は照れたように笑った。

「踏み台を使ったのか」

「素人《しろうと》はそう思うよ、な」

生意気な言葉だが、怒っていては真相をつかむことができない。

「……じゃあ、どういう方法で、カードを天井に貼ることができるのかね？」

「言葉ではむずかしいな。実際に貼ってみましょうか」

親の目の前でいたずらをする気でいる。法界は妻が睨《にら》んでいるのが判っていたが、好奇心には勝てなかった。

「……まあ、この際、やむを得ないでしょうね」

宏は部屋に戻ると、一組のカードを持って来た。口にはガムを入れている。

どうするのかなと思って見ていると、宏はカードケースから一枚のカードを引き出し、ケースの蓋《ふた》を元通りに閉めて、そのカードをケースの上に重ねた。カードは裏向きだった。今度は輪ゴムを二本ポケットから出し、ケースの両端に渡した。ケースの上に重なったカードが、ケースと一緒に輪ゴムで浅く留められた。

宏はそうしておいて、口からガムを取り、カードの裏に押し付けた。

「汚ないな」

法界は顔をしかめた。

「でも、やれと命じたのはお父さんでしょう」

宏はガムが上になるようにケースを持ち、そのまま垂直に、天井へケースを投げ上げた。ぴしゃっと音がして、ケースは天井からはね返って宏の手に落ちて来たが、ガムの付いた一枚だけが天井に残った。輪ゴムの掛け方が浅かったため、ガムの付いたカードは、天井に当たるとすぐに輪ゴムから外れたのだ。

「大成功。どうです」

と、宏は自慢した。

「なるほど、そういう手だったのか」

「ショートの方《かた》にでもできるわけです」

「ばか。いつおれがやると言った」

言葉の流行も変動が激しい。一時流行った短足と言う代わりに、ショートという言葉が流行していた。

「だが見苦しい。あとで二枚とも、綺麗に剝がしておきなさい」

夕食のとき、法界は宏に訊いた。

「一体、あんなこと、誰に教わった?」

「日曜日、秀樹《ひでき》のところへ行ったとき教えてもらった」

秀樹というのは宏のいとこで、田無《たなし》市に家がある。とすると、流行は西から流れて来たことになりそうだ。

「学校で流行っているのか？」

「うん。秀樹の教室の天井は、カードで隙間がなくなっちゃったってね。なんでも、一発で成功すると、試験がうまくゆくんだって教えてくれた」

「お前は学校でやりはしないだろうな」

「はい」

すごくいい返事だった。それで、法界はすでに手遅れだということが判った。

翌日、学校に行くと、天井のカードのことで話し合った同僚が傍に来て言った。

「天井にカードを貼る方法が判りましたよ」

「輪ゴムを二つ使うのじゃありませんか」

「何だ、知っていたんですか」

「昨夜《ゆうべ》、家《うち》の息子に教わりました。田無の高校ではカードで天井が見えなくなったということです」

「私は朝、偶然に現場を通りかかりました。その学生の話によると、小岩《こいわ》のスナックバーで天井にカードを貼っている男を見た、その真似をしたのだそうです」

「小岩というと……南の方向ですね」

「そうです。南に当たりますね。でも、南が？　……」

「いや、現在、大流行をしているのが、西の方角の高校なのです」

「法界先生が興味を持たれているようなので、その学生から精《くわ》しく聞いておきましたよ。そのバーは小岩の商店街の奥にある、羅生門坂《らしょうもんざか》という、飲食店が並んでいる通りのうちの一軒で、名前は〈埋葬《まいそう》〉。カードを天井に貼っていた男の人相もちゃんと判っていますよ。どうです」

法界は身を乗り出した。

「ほう？　どんな男ですか」

「年齢は四十歳前後、丸顔で髪は短く、てっぺんが薄くなりかけていたそうです。眉は三日月形で目が丸く、鼻が大きくて尖《とが》り、他の部分に較《くら》べて精力的な感じがしたと言います」

「名前は？　職業など……」

「それは判りません。ただ、偶然に隣合せただけの客だと言いますからね」

「〈埋葬〉へ行けば、その客と出会えそうですか」

「その客が、常連でしたらね」

法界は考え込んだ。その客というのが気になったのだ。四十前後といえば分別盛り、子供ではない。それが、他人の真似をして、天井にカードを貼り付けて、喜んでいる。

いや、ひょっとすると、その男こそカードを天井に貼る技術を発明した張本人なのかも知れない。

「〈埋葬〉へ出掛けますか？」

「ああ……いや……まあ」

極めて曖昧《あいまい》な返事は、物好きと思われたくないためだった。

だが、その日、教室にも廊下にも、天井のカードが目立って多くなったのを見ると、愚図愚《ぐずぐ》図《ず》していられない気持になってくる。流行はごく近いうちに起こり始めたに違いなく、今ならその源流を突き止めることができそうだった。そうすれば、流行の典型的な雛形が得られることになる。

学校から家へは戻らず、そのまま田無に行くことにした。田無には法界の弟が住んでいる。電話をすると、弟は出張で留守だったが、子供の秀樹に用事があるので、弟などいてもいなくても関係ない。

秀樹は宏より小柄だが、なかなか親分肌の快男児だ。

「正彦おじさんが僕に用事とは、天下の大事でも起こりましたか」

この前お年玉をはずんだばかりなので、なかなか愛想がいい。

「そう。昨日宏から聞いたんだけれど、天井のカード、あれ、面白かったね」

「なんだ。てんとらぽんのことですか」

「てんとらぽん?」

「天井めがけて、トランプをぽんと投げる、それで、てんとらぽん」

「なるほど」

「でも、あれはもうお終《しま》いになりましたよ」

「お終いというと、禁止になったわけ?」

「ええ。最後の日は、学校の生徒全員で大掃除をして、五時すぎまで残されちゃいました。今度てんとらをやったら、禁固刑になります」

「誰がそんなことを始めたのか、知っているかい」

秀樹はにやっと笑ったが、すぐ、口を閉じた。

「おい、知っているな。知っていたら教えろよ」

「でも……これは男同士の約束ですから」

「気取るなよ。これはおじさん自身の、個人的な興味なんだ。絶対、お前の学校に密告するようなことはしない。それに……君は自動車の運転免許が欲しいと言っていたんでしょう」

「それが、どうしたんです?」

「君のお父さんが反対だということじゃないかな」

多少の取引きは覚悟の上だ。

「正彦おじさんには敵《かな》わないな。……じゃ、誰にも言わないと誓ってください」

「誓うとも……ほら、誓った」

「……実は、てんとらぽんを最初にやり始めたのは、同級生の黒田《くろだ》という男なんです。一週間前に転校して来たばかりで、前の学校で流行していたんだそうです。試験がうまくゆくおまじないだといって……」

「その学校は?」

「練馬《ねりま》の台紺《だいこん》高校」

「練馬ね……」

練馬の警察には、親しい友人がいた。

——多分こういうことなのだろう。転校したばかりの黒田という生徒は、新しい友達の気を引くため、ないしは機嫌をとるために、元の学校で流行していた遊びを生徒に教え、それが爆発的に流行する。先生に追及されると、親分肌の秀樹は、俠気《きようき》を発揮して、黒田を庇《かば》うことになったのだ。

「その、黒田君に訊けば、元の学校でてんとらぽんを始めた人間を知っているかも知れないな」

「きっと知っているでしょう」

「秀樹ならそれを訊き出すのはわけないだろう」

こういうときにはおだてるに限る。秀樹はそんなことなら任せておきなさいというように、電話を掛けに部屋を出て行った。

しばらくすると秀樹がメモを持って戻って来た。

「黒田は知りませんでしたが、黒田が元の友達に電話を掛けて調べてくれましたよ。台紺高校でてんとらぽんを始めたのは、竹梨《たけなし》という生徒に間違いないそうです」

「その竹梨という生徒は、誰から教わったのだろう」

「それも訊きました。竹梨はおやじさんがてんとらぽんをするのを見ていて覚えたようです」

「おやじさん……」

高校生のおやじといえば、四十前後。法界はもしや、と思った。

「秀樹……済まないがもう一度電話をしてくれないか。その竹梨のおやじさんは何をしている人か。それから、人相、電話番号も確かめてくれ――」

再び電話を掛け終って部屋に戻って来た秀樹の返事は、こうだった。

「――竹梨のおやじさんは、丸顔で髪が短く、てっぺんが薄くなりかけているそうです。鼻だけが特別に立派で、目立つ顔だそうです」

法界は唸《うな》った。

「……で、何をしている人かね？」

「竹梨のおやじさんは、警視庁に勤めているんですよ。捜査一課の刑事さんです」


「いや、天井カードがこんなに流行しているとは、夢にも思いませんでした……」

練馬にある自宅で、警視庁の竹梨警部は、額の汗を拭《ぬぐ》った。噂のとおり、やさしそうな目や口に較べて、鼻だけが大変立派に据えられている。

法界の友人の紹介なので、竹梨は打ち解けた感じで、話を始めた。

「天井カードというのが、正式な呼び方なんですね」

と、法界が訊いた。

「そう、これはカード奇術の一つで、天井カードという名前だそうです。カードを貼るには、ガムではなく、鋲《びょう》を使うのが正しいやり方なのです」

「奇術のことをよく知っていらっしゃいますね」

「いや、私には奇術の知識などありません。紹介してもらって、本職の奇術師から、いろいろ尋ねて、やっと判ったのです。ご存知でしょうか、曾我佳城《そがかじよう》という女流奇術師を?」

「曾我佳城……さあ」

「私も知りませんでした。実際に舞台で活躍したのは一時期でしたから、一般には馴染《なじ》みの薄い奇術師です。ところが、専門家の間では、大変に有名で、彼女の若かった舞台の芸は、伝説になっているほどです」

「美しかったのですね」

「もありますが、絶対人が真似することのできないような技芸も持っていたようです。奇術に関することなら、佳城さんのところへ行って尋ねた方がいいと、人に教えられましてね、訪問したわけです。まあ、最初は高《たか》が女の奇術師という軽い気持だったのですが、行ってびっくりしました」

「立派な家だったのですか」

「そう……私もああいうのは初めてでした。広大な庭園の中で、宮殿のような邸宅に、佳城さんは悠悠と生活していたわけです。そのうち、庭の一部に奇術博物館を作り、自分の蒐《しゆうしゆう》集した奇術道具や文献を展示して、奇術の仲間にも公開するのだと言っていました。現在、その建物の青写真もできているそうです。それもそのはず、佳城さんが奇術界にデビューして二年目、大岡《おおおか》建設の若社長に見初《みそ》められ、ぜひにと望まれて引退したそうで、ですから、一般の舞台には立たなくとも、好きな奇術の研究は、ずっと続けているのです。その方面では世界でも指を折られるほどの研究家となっているそうです」

「その佳城さんが、天井カードのことを教えてくれたのですね」

「そう、天井カードをお尋ねでしたね。忘れたわけではありませんが、佳城さんの印象が強すぎたので、つい余計なことを話してしまいました。佳城さんによると、天井カードは古い奇術だそうで、その前に、天井へコインを鋲留めにする奇術があった、その方が最初だろうというのです」

「天井にコインを？」

「そう、穴の開いたコイン——今なら、五円玉か五十円玉に穴があるでしょう。そのコインを天井に鋲で留めるのだそうです。その方法は天井カードと似ていまして、例えば五十円玉の他に、穴のないコイン、百円玉などを五、六枚用意します。まず、百円玉を重ね、その上に針を上に向けて、画鋲を載せます。そして、画鋲の針に五十円玉の穴を入れて、全部を揃え、これを柔らかな半紙で、おひねりの状態にくるむんです。あとは画鋲の針を上に向け、天井に投げ上げればいいわけですね。画鋲は五十円玉だけを天井に留め、残りの百円玉は、自分の重みで、破れた半紙と一緒に落ちてしまいます」

「あとに画鋲で留められた五十円玉だけが、天井に残っているというわけですね」

「その方法を知らない人が見れば、不思議に思うでしょうね。天井カードも同じ原理なのです」

「竹梨さんが、なぜ天井カードを調べ始めたのか、その理由が知りたいと思いますが」

「そうでしょう。佳城さんも同じでした。私が天井カードについて調べなければならなくなった理由は、私の仕事と関係があるのです。実は、天井カードがある殺人事件にからんでいたからなのです」

「殺人事件……」

法界は意外な言葉にびっくりした。川の源をたどってゆき、到達した地点に、突然怪奇な風景を見る思いだった。

「最近、発生した殺人事件というと？」

「小岩の羅生門坂にあるスナックバーで人が殺されました」

竹梨警部が天井カードの実演をしているところを見られたのが、羅生門坂にあるバー〈埋葬〉だ。

「羅生門坂で、そんな事件が起こったとは知りませんでした……」

「そうでしょう。あまり目立った報道はされませんでした。あの日はちょうど汚職事件で持ち切りでしたから」

「犯人は逮捕されたのですか」

「それが、まだなのです。事件は単純でしたが、なかなか犯人の決め手になる証拠が見付からないのです」

「しかし……天井カードがからんでいるということでしょう」

「そう。けれども、天井カードの意味がいまだに理解できないのです。最初からお話ししましょうか。事件は今言った羅生門坂にある飲食店の一軒で〈埋葬〉というバーで起きたのです。二週間前のことになります。屍体の発見者は〈埋葬〉の女主人で住吉智子《すみよしともこ》という三十五歳になる女性で、午後二時ごろ、いつものように準備のため店に入ったところ、カウンターの中に人が倒れているのを発見し、警察に通報したのです」

「その人は殺されていたわけですね」

「被害者は谷利喜男《たにりきお》という〈埋葬〉のバーテンで、大阪生れの二十六歳。智子の話では、ちょっと見たところ、崩れた生活をしているように見えますが、なかなかよく仕事をする男だったと言います。われわれが駈け付けると、店の中は血まみれでした。鋭い刃物で、腹や胸など、六ヵ所あまり刺された上の、出血多量が死因でした。検視の結果、死亡は前日の真夜中から明け方にかけて、午前二時から五時の間とされました。近所の聞き込みで、午前四時頃、人の叫ぶような声と物音を聞いている何人かがいて、死亡時間は四時前後にしぼられました」

「そんな物音がしたのに、誰も警察に知らせなかったんですか？」

「羅生門坂界隈は一晩中酔っ払いの多いところでね。ちょっとやそっとの物音では、誰もびっくりしないのです。物音というのは〈埋葬〉の裏口のドアが毀《こわ》された音だったようです」

「犯人は裏口のドアを毀して逃げて行ったのですか」

「いや、反対です。犯人はドアを毀して店内に入って来たのです。〈埋葬〉の裏通りにも血溜りがありましてね。犯人は最初その場所で谷を刺したようです。そのときの傷は浅かったようで、谷は〈埋葬〉の裏口から店内に逃げ込み、鍵を掛けて犯人を入れまいとしたのです。けれども裏口のドアはちゃちなものでしてね。犯人はそのドアを毀して店内に入り、カウンターの中にいた谷に止《とど》めを刺したのです」

「犯人はそのまま逃走したのですか」

「犯人は逃走する前に、谷の所持金を奪っています。そのため、われわれは容疑者がしぼりやすくなりました」

「谷が持っていたのは、大金なのですか」

「大金でしたね。谷はその日、店を休んでいたそうです。休んで何をしていたかと言うと、前日店を閉めてからずっと、他の場所にいて麻雀《マージャン》をしていたことが判りました。賭博麻雀なんです。谷の麻雀の腕はプロ級で〈埋葬〉に落ち着くまでは、麻雀だけで全国を渡り歩いていたのです。谷はその他にカード奇術も知っていて、店に来る客によく見せていたそうですから、いかさま麻雀もお手のものだったでしょうね。その日、麻雀が終ったとき、谷は相当の額の現金をポケットの中に入れていたことが判りました」

「では、谷を殺した容疑者は、その日の麻雀の仲間?」

「と考えるのが筋道だと思います。で、その日、谷と一緒に麻雀をしていた人間を洗い出すことにしました。その結果、三人の男が捜査線上に浮んだのです。一人は谷の友達で、岡将《おかだだし》。名前のように背も短い男で、ロックバンドのギター奏者。二人目は谷岡剣三《たにおかけんぞう》。〈ローラン〉という洋菓子店の若主人。谷の友達で、谷からカード奇術を習っているそうです。なかなかの二枚目でした。最後は岡谷《おかや》富治《とみじ》……」

「ちょっと待ってください。被害者が谷、容疑者が、岡、谷岡、岡谷――これは仮名なのですか?」

「いや、全部本名です。世の中にはときどきこうした偶然が揃うものですよ。麻雀の役が綺麗に揃うようにね。でも、この人達は名前がそれぞれ違うので、そんなに混乱しないでしょう。私が学生だったとき、司秀英《つかさひでお》、英 秀司《はなぶさひでじ》、秀英司《ひでえいじ》という三人がいましてね。これには泣かされました」

竹梨警部は法界が目をぱちぱちさせるのを見て笑った。

「その最後の岡谷富治、これも若い男で、貸ビルの経営者です。まあ、親が早く死んだのを幸いに、ぶらぶら遊んで暮しているといったところです。その日、この三人は麻雀で綺麗に負けてしまった。そのうちの誰か、無闇に口惜《くや》しくなったものか、あるいはいかさま麻雀だと、後になって気付いたか。とにかく、散会してからも谷の後を追い、谷を刺して、賭けた金を奪い返した——。これは充分に考えられることです。私たちは慎重に三人を洗いましたが、今日になるまで、決め手になる証拠を手に入れることができないでいるのです」

「三人の、アリバイは?」

「三人とも、同じようにアリバイがありません。下手《へた》な細工でもしてくれていると、ありがたかったのですがね。ただし、犯人が割り出せるような手掛かりが一つだけあるのです。被害者の谷が死ぬ直前に残した、天井カードがそれなのです」

「被害者は死ぬ前に、天井にカードを貼ったというのですか?」

法界は耳を疑った。死ぬ直前に天井カードをしたという被害者の奇怪な行動が、理解できなかった。

「そうです。ちょっと信じられない話ですがね。われわれが現場に到着したとき、カウンターの中の血溜りに、ケースに入ったカードが落ちているのを見付けました。最初、カウンターの上にでも置いてあったものが、乱闘のため落ちたのではないかと思いましたが、よく見ると、ケースには二つの輪ゴムがはめてあって、何となく意味あり気です。そこで主人の智子に訊いたわけです。智子の話では、谷がよくカード奇術を演じていたそうで、そのいくつかを覚えていました。カードケースにこうした形で輪ゴムが掛かっているのは、天井にカードを鋲留めにする奇術だと言うのです。私はあわてて天井を見上げました」

「そこに、カードがあったのですね」

「そうです。天井に鋲で留められたカードは、ダイヤモンドのJ《ジャック》でした。東洋風のバックデザインで、ミンク印という銘柄のカードです。いつも谷が使っているカードでした。後で床に落ちていたカードケースの中を調べましたが、ダイヤのJだけが欠けていました。ということは、天井にあるダイヤのJは、もと、そのケースの中に入っていたと考えられます」

「なるほど」

「主人の智子の話ですと、最後に店を閉めたとき、天井にそんなカードは貼られていなかったそうです。店を閉めたのは午前二時で、その後、店に入った者はいませんから、天井のカードは、谷が死ぬ直前に貼ったことになります。カードの指紋もそれを裏付けしていました」

「カードには、他の人の指紋がなかったのですか」

「いや、全部のカードの中には、谷以外の指紋も発見されましたよ。けれども、そう多くはなく、これは谷がバーの客に奇術を見せようとして、一枚選ばせたりするときの指紋が残ったのだと思われます。勿論、岡、谷岡、岡谷の指紋は、カードからは見付かりませんでした」

竹梨は続けた。

「現場の状況を総合すると、こうなります。――智子が店を閉めた後、麻雀を終えた谷が〈埋葬〉に戻って来ます。バーの二階の部屋に、谷が寝起きしているのです。ところが〈埋葬〉の裏通りに来たところで、何者かに刺されたのです。谷を刺した犯人は、今言った麻雀仲間のうちの一人だと考えられますが、最初の一突きで谷を倒すことはできませんでした。谷は傷を負いながら〈埋葬〉の裏口から店に逃げ込んで、ドアの鍵を閉めます。犯人はドアを毀し始める。ドアはやわな代物ですから、すぐ毀されてしまいそうです。そのとき谷は何を考えたか……」

「天井にカードを貼ることを考えたのですね?」

「そうです。自分は傷を負っている上に、手向かう武器も持っていない。このままでは殺されると覚悟を決めたのです。しかし、自分を殺す犯人を、むざむざと逃げ果《おお》させたくはない。何とかして、第三者に犯人の名を知らせなければならない。大声で犯人の名を叫んだとしても無駄だ。紙に書き残せば、犯人は焼き棄てるに決まっている。ではどうするか。結果、谷は犯人に判らぬように、天井にダイヤのJを残したのです」

「被害者が犯人を告発する手段として、天井にカードを貼ったというわけですね」

法界は腕を組んだ。被害者の告発の行為が、一週間ばかり後には、試験に成功するまじないとして学生の間に流行してしまう。被害者はそれが流行するなど、夢にも思わなかったに違いない。

「犯人はドアを毀している間、谷が天井カードをしたことに気付かなかったのですか？」

「そう思います。カードケースが床に落ちていても、真逆《まさか》天井から落ちて来たとは誰も思わないでしょう。谷が殺される直前、天井カードをしたと知れば、きっと取り外していたに違いありません」

それにしても、谷はダイヤのJで誰を示そうとしていたのだろう。岡将、谷岡剣三、岡谷富治……

「ダイヤのJには、どんな意味が籠められているのでしょう。Jというと、若い兵士でしょうが……」

「カード五十二枚とジョーカーには、それぞれに、いろいろな意味があるのだそうです。曾我佳城さんから、数多くのことを教えてもらいましたよ」

竹梨はノートを取り出して、あるページを開いた。

「最初に、トランプに赤のカードと黒のカードがあるわけは、これで世界の昼と夜を表しているといいます。カードの四種類のマーク――これをスーツと呼ぶそうですが、そのスーツは、一年の春夏秋冬を表しています。また、Jを11、Qを12、Kを13とすると、カード五十二枚の合計は三百六十四になり、ジョーカーを加えて、きっちり一年三百六十五日に当たるのです。カードの封を切ると、普通ジョーカーが二枚入っていますが、一枚は閏年《うるうどし》のためのものだそうです」

「ほほう……」

法界は感心した。妙に感心することの多い日だった。

「カードの各スーツにも意味があります。ハートは愛を象徴しています。ダイヤは富です。クラブは知、スペードは死を表します」

「すると、谷が天井に残したダイヤのJは、金持ちの兵士、若者ということですか」

「それではあまりにも漠然としていますね。実はダイヤのJには実在の騎士の名が付けられているそうです」

「実在の騎士？」

「もっとも、われわれに馴染みの深い、アメリカやイギリスのカードではなく、フランス製のカードに限るということです。フランスには絵札に固有名詞を入れるという習慣があります。ハートのKはカール大帝、ダイヤのキングはジュリアス　シーザーという工合にね。それでゆくと、ダイヤのJは、円卓騎士十二人の一人である、ローランの名が付けられているそうです」

「ローラン……谷岡剣三の洋菓子店の名が確かローランだったじゃありませんか」

「私も最初佳城さんから、それを教えてもらったときには、これで決まった、と思いましたね。けれども、佳城さんはそれは谷の考えではなさそうだと言うのです」

「理由がありますか？」

「ありますす。ダイヤのJとローランを結び付けるには特殊な知識がなければならないというのがその理由です。谷岡剣三を表すなら、剣《つるぎ》の三の方が自然なのです。つまり、スペードの原形は剣で、イタリアやスペインのカードは、現在でもスペードは剣の図柄になっているそうです。だから、剣三を表そうとするなら、スペードの3を選ぶべきだそうです」

「スペードの原形が剣であることは、私でも聞いたことがあります」

「そうでしょう。佳城さんはバーテンの谷が普段演じている奇術や蔵書を知りたいと言いました。私は電話で直接主人の智子から確かめました。それから判断すると、谷はカード奇術を研究するというより、実戦型のタイプで、実演する奇術は易しくて効果のある、せいぜい中級の奇術ということで、恐らく谷はダイヤのJとローランを結び付ける知識など持っていなかったに違いないと佳城さんは言うのです」

「谷がスペードの3を残していたのなら、問題はないのですね」

「ダイヤの2だったら岡谷富治。ダイヤは富で、治は二に通じますからね。Kだったら、岡将。将は王将の将ですから。けれども、谷は死に直面しているのですよ。犯人は今にもドアを毀して、店内に入ろうとしている。そんなとき、犯人を告発するといって、五十三枚のカードの中から、特定の一枚だけを探し出し、天井に貼ったりなどするものでしょうか」

「私もさっきからそれを考えていました。その考えは不自然ですね」

「それで、佳城さんはカードの名称にこだわることはないのではないかという意見なのです。谷はカードそのものを残したかった」

「というと、カードの形とか、ミンク印とか、裏模様などが関係してきますね」

「智子の話では、普段、谷はダイヤのJが好きだったようで、客の手がダイヤのJにいつも行き当たるという奇術を得意にしていたようです。なんでも、目をつぶったままでも、ダイヤのJを取り出すことができたそうです。ですから、谷はいつもカードの一番上にダイヤのJを重ねてケースに入れていました。谷が死ぬ直前、とっさに一枚抜き出したカードが、たまたまそのダイヤのJではなかったかと思うのです。谷の告発がカードの名称にないとなると、おっしゃるように、カードの形とかミンク印が意味を持つと考えられ、そうなると、全くお手上げなのです。雲をつかむような話になりましてね。それで、実際に〈埋葬〉に行って自分の手で天井カードを実験してみたり、家に帰っても天井カードをしながら考えにふけっていたというわけなのです。にもかかわらず、それが何の狙いなのか、いまだに意味がつかめないでいるところなのです」

　竹梨はほとほと弱り果てたというように言った。その姿を見ると、法界も有益な助言をしてやりたかったが、すぐにはいい考えも浮ばない。こうしている間にも、てんとらぽんは人から人に伝わって、急速度で拡がってゆくに違いない。

　法界は翌日、カメラを持って〈埋葬〉へ出掛けることにした。人為的でない一つの流行の発生源が、確実に判明したということは、奇跡に会ったようだった。

　それにしても、流行とはきまぐれだ。これまで何人の奇術師が何回の天井カードを演じたか知れないのに、奇術師でない竹梨警部の実験がきっかけで、流行に火がついたとは皮肉だった。法界はその現場を、ぜひ見ておきたかった。

羅生門坂にある〈埋葬〉はすぐに判った。話に聞いたとおりごみごみした飲食店街で、店はその奥まったところにあった。時間が早かったためか、町は眠りから目覚めたばかりという感じで、歩いている人の数は多くなかった。

法界は〈埋葬〉の正面を何枚か写真に収めた。黒い化粧レンガにチーク材のドア。ごく平凡なスナックバーだ。両隣が同じ中華料理店だが、一軒の方は湯麵《タンメン》、もう一軒は餃子《ギョーザ》が売物らしい。

意外なことに、ファインダーを覗いているうちに、羅生門坂という通りの、人間臭さが判るような気がしてきた。気取りがなく、居心地がよさそうで、どの店も安くてうまい物を食べさせてくれそうだ。〈埋葬〉のドアを押したとき、法界はこの町の常連になったような気持だった。

店は小さなテーブルが三つばかりと、あとはカウンターで、そのカウンターも客が数人入れば満員になりそうだった。カウンターには一組の男女がいて、その向こうに三十前後の女性が立っている。主人の住吉智子に違いない。智子は色白で眉の濃い、ぽっちゃりとした愛敬《あいきよう》のある女性で、ロックを注文すると、タンブラーにたっぷりとウイスキーを注ぎ込んだ。

「これでシングルかい」

「そうなの」

「サービスがいいね」

「羅生門坂は初めて？」

「ここではどこのお店もサービスがいいのよ。お客さんは大切ですもの」

「うん、まあ」

「気に入ったよ」

「これからもちょいちょいいらっしゃってね」

「写真を撮らせてもらっていいかい」

「光栄だわ。うんと撮って」

ファインダーを覗くふりをしながら、それとなく店を見廻す。最近、血腥《ちなまぐさ》い殺人が起こったとは、とても思えない。それとなくカウンターの天井を見る。照明の加減で天井は薄暗く、無論鋲などの跡は見えない。

しばらくすると、隣席を取っているカウンターの女性が、中年だがびっくりするような美人だということに気が付いた。

中高《なかだか》で黒い眸《ひとみ》が大きく、下瞼《したまぶた》のふくらみに艶美な匂いが感じられる。口は大きめで、唇はふっくらとして、甘い薄紅色だった。表情の豊かな白い指で、緑色の酒が入ったカクテルグラスをつまむと、そのまま映画のスチール写真にでもなってしまいそうだった。

法界はぼんやりとしてしまい、もう流行などどうでもよくなり、その女性の写真を撮りまくりたい気分だったが、その向こうに男の姿が見えるので、うっかりしたことは言えない。

女性はさっきから一点を見ている。ぼんやりとして視線を動かさないでいるのか、気になる物があって見ているのか判らないが、しばらくは目の動きがない。

その視線をたどると、カウンターの奥の棚で、そこにカードのケースが見えた。

「カードがあるね」

法界は智子に言った。

「占ってやろうか」

「嬉しいわ」

カードが法界の手元に運ばれると、女性の視線もそれにつれて動いてきた。

カードに触れるのは何年ぶりになるか判らない。カードを切り混ぜる手付きは、ずいぶん無器用だった。

隣の女性の視線を、痛いほど手に感じる。何度もカードを取り落としそうになった。法界はいい加減に、カウンターにカードを並べた。カードは真新しいミンク印で、ダイヤのJも揃っていた。この店では、いつも同じカードを揃えているらしい。

「……ほほう、これは素晴らしいね。元旦の日の出のような上昇運月とあるね。ただし、調子に乗ってはいけません。欲張らずに、願いを七、八分で満足すれば運が開けます。健康には注意しましょう」

「注意しているわ」

「……失せ物は必ず出て来ます。待ち人も来ます。建築、引っ越し、結婚、転職すべて吉」

「何だか流行らない占いみたいね。わたし、さそり座の女よ」

「——ということには、今月はあまり関係ないと出ている」

それでお終い。法界は気のきいたカードの遊びを知らなかった。あとはロックをちびちび。気が付くと、カウンターの男が勘定を済ませて店から出て行った。隣の女性とは、どうやら一緒ではなかったようだ。ロックが濃いのでとろりとしてきた勢いも手伝って、法界は話し掛けてみた。

「失礼ですが……占いましょうか」

「結構ですわ。わたし、転職する気はありませんもの」

軽くあしらわれる。法界は四角張って名刺を取り出した。

「まあ……大学の先生なんですね」

「ぶしつけですが、お名前は？」

「わたし……はかば」

「わかば？」

「いいえ、墓地の墓場。ですから埋葬と気が合うんです」

ばかにされているようだ。この調子では、写真を撮らせてくれと言えば体《てい》よく断わられるに決まっている。振られどおしというのも気が利かない話だから、法界はそれを思い止った。

しばらくすると、店に客が入って来た。背の低い男で、黒い鞄を下げている。店を見回してから、入口に近いテーブルに腰を下ろした。墓場の目が光るのが判った。さっき、法界がカードを切り混ぜていたのを見詰めた目と、同じだ。

男は水割りを注文し、入口の方を向いて、誰かを待っているといった様子だ。墓場は男に背を向けているが、その背に神経を集中させているのが判る。

十分ばかり経ったとき、ドアが開いて、学生風の男が現れた。すぐテーブルの男に気が付き傍に寄った。

「……岡さんですね」

押し殺したような声だったが、法界の耳には、それがはっきりと聞えた。岡将、ギター奏者だ。

岡は黙ってうなずくと、学生風の男はポケットから角封筒を引き出して、テーブルの上に載せると、そのままドアを押して外に出て行った。

ぱちっという小さな音が聞えた。隣の墓場がコンパクトを開けて、口紅を直すふりをしながら、鏡でテーブルの岡を観察しているのだ。

テーブルの岡は急ぐ手付きで角封筒を開け、中から紙を取り出して読んでいたが、すぐ封筒と紙をポケットにねじ込むと、勘定を払って外に出て行った。その後を追うように、墓場もいなくなった。

「二人だけになったわね」

智子は変に色っぽい目で言った。

「もうすぐ、一人だけになるよ」

法界も外へ出た。

羅生門坂を下るようにして、墓場が歩いて行く。その向こうに鞄を持った岡の姿が見える。墓場は明らかに岡をつけているのだ。

坂が終ったところで、岡は立ち止った。手を挙げてタクシーを拾う。続いて墓場も次のタクシーに乗り込んだ。法界も同じようにタクシーを止めた。

「あの車を追ってくれ」

運転手はずるそうな男だった。

「追うのは神経が疲れますからねえ。料金を倍増しに願いたいもんで」

「……仕方がないな」

「前の車、ふるい付きたいくらいの美人でしたね」

「うん……」

「つけていることが判ってもいいんですか?」

「いや、いけない。気付かれないようにしてくれ」

「すると、もっと神経が疲れるんです。料金が倍増しになります」

「……止《や》むを得ない」

「刑事さんですか?」

「そんなところだ」

「お気の毒ですが、刑事さんには神経を遣うんです。料金はその倍増しです……」

だが、料金を吹っ掛けるだけのことはあって、なかなかの尾行ぶりだった。墓場の車は真っすぐに江戸川《えどがわ》に向った。江戸川に着くと川沿いに南下を始めた。

「美人の車は止りそうですよ」

と、運転手が言った。

「おい、あまり神経を遣うな。君が神経を遣うたびに、料金が倍になる」

運転手の予感は当たった。墓場の車はそのまま百メートルほど進むと止った。運転手が神経を遣っていたので、法界は墓場に目立たないような場所で、車を降りることができた。左側は江戸川の河川敷だ。羅生門坂では気が付かなかった月が出ていて、川面《かわも》に銀を散らしていた。

墓場の足は早い。岡の歩き方が早く、後ろを向く閑もないのだ。しばらく行くと大洲橋《おおすばし》が近くなった。橋の傍の敷地には柵が張り周《めぐ》らされ、木の札に「水道局用地　立入禁止」と書かれてあるのが見える。墓場はその柵の毀れたところから、中に入って行く。法界も間を置いて水道局の敷地に入ったが、雑草が生い茂り足元には石や空缶《あきかん》などが転がっていて、ひどく危険だ。

墓場の姿が見える。法界はあわてて身体を低くする。

墓場は大胆に腕組みをして、じっと前方を見ている。その方向に、二つの黒い影があった。一つは鞄を持った岡でもう一つはそれより背が高い。二人は話している様子だが、橋を渡る車の騒音で、法界には聞き取ることができない。

そのうち、岡は相手に鞄を渡した。相手は鞄の中をちょっと確かめるような動作をしてからそのまま歩きだした。その方角にも出口があるようだった。

男が三メートルばかり歩いたときだった。

岡の手にきらりと光る物が見えた。

岡はそのまま後ろから相手に襲いかかる。すると白い物が空中に現れ、一直線に岡の手元に突き刺さる。岡の手から刃物がはじき飛ばされる。——全て一瞬の出来事だった。

続いて目の前がくわっと明るくなった。フラッシュライトの中に、いくつもの人影が現れた。そして、拡声器のために、間延びして聞える、テレビでお馴染みの声——

「お前たちは完全に包囲されている。もう逃げることはできない。武器を捨てて……」

そのとき、法界は別のライトを当てられて、目がくらんだ。光の向こうから、竹梨警部の声が聞えた。

「——先生、商売の邪魔をしてくださっちゃ困りますよ。お陰でずいぶん神経を遣いましたよ」

法界は料金が倍増しにならなければいいが、と心配した。

「それから、そちらの女性も……」

竹梨のライトが大きく動いて、墓場をとらえた。墓場はスポットライトの中に現れた主役のように立派だった。墓場の片手には、真白い一組のカードがあった。

「ごめんなさい。でも、邪魔をする気ではなかったのよ」

墓場は近付いて来た。竹梨は墓場が持っているカードに目を止めた。

「でも——さすがでしたよ。佳城さんのカードを飛ばす腕には驚きました」

「佳城？」

法界は口を開けた。

「そう、この方が女流奇術師だった曾我佳城さん」

「でも、さっきは墓場だと……」

「そうなんです。わたしの先生は奇術の神様みたいな人でしたが、少しおっちょこちょいでしてね。ろくに調べもしないでわたしに佳城などという名を付けて得意になっていました。でも、佳城という意味を調べたら、墓場のことだったんです。けれどわたしはそれを知っても、一度もその名が嫌いになったことはありませんでしたわ」

佳城はほっとしたように、手錠を掛けられて連行されてゆく二人を見送った。

竹梨の傍に一人の警察官が寄って来て、一枚のカードを手渡した。佳城が投げて、岡の刃物を叩き落としたカードだった。カードはスペードの3だった。竹梨はあっと声を立てた。

「──すると、佳城さんは相手がローランの谷岡剣三だということも見抜いていたのですか？」

佳城は風のように笑っただけだった。竹梨は口を尖らせた。

「なぜ、最初に、それを教えてくれなかったんです……」

ゆったりとして、居心地のよいゲーム室だった。広い飾り棚にはさまざまなパズルやゲーム用具が載せられていて、法界はまず、象牙製のタングラムや、宝石をちりばめた智慧《ちえ》の輪に、目を奪われたものだった。

曾我佳城は光沢のある絹地に、オップアートが白と黒とでプリントされたワンピースを着て、深紅色のマットを張ったカードテーブルの上で、さっきからカードを切り混ぜる手を休めなかった。

踊りを見るようなよどみなく的確な動きだった。佳城はいとも簡単にカードのトップからダイヤのJを取り出した。どんなに細かく切り混ぜようが、混ぜ方の回数が多かろうが同じだった。一組の中にすっかり混ぜられたはずのダイヤのJは、まるで自分の意志でもあるかのように、いつでもトップから現れた。

「全部がダイヤのJということはないんでしょうね」

と、竹梨が言った。実際、そうとしか考えられないほど、佳城の手捌《てさば》きは鮮やかだった。

佳城は笑いながら竹梨の前に、今使ったカードを押し出した。

竹梨はカードを手に取って、両手の間で繰りながら表を見渡した。法界もカードを覗いたが、無論どれもがダイヤのJであるはずはなく、全てが揃っている一組のカードである。

「警部さんの手で、切り混ぜても、構いませんわ」

と、佳城が言った。

「私が切り混ぜてもいいんですか？」

竹梨は疑わしそうに佳城を見ていたが、ダイヤのJを一組の真ん中に差し込むと、カードを切り混ぜ始めた。法界よりもいい手際だったが、佳城の手を見た直後では、かなりぎこちなく見えた。竹梨は納得ゆくまでカードを切り混ぜると、佳城に戻した。

佳城はカードを手にすると、ちょっと揃え、裏向きのままカードテーブルの上に置いた。ただ、それだけの動作に見えた。

「警部さん、あなたの切り混ぜたカードのトップにダイヤのJが現れたとしたら、偶然だと思いますか?」

竹梨はちょっと考え込んだ。

「……今までの私でしたら、偶然に過ぎないと言って、自分の気持を安心させようとするでしょうね。でも今は違います。おそらく、このトップにはちゃんとダイヤのJが移されているわけでしょう。ここでは、信じられぬことが、簡単に起こっているのですから」

「カードのトップを開けてごらんなさい」

と、佳城が言った。

竹梨はトップを起こした。それはダイヤのJだった。

「……ああ言ったものの、真逆と思いましたがね」

竹梨は唸った。

「これが〈埋葬〉のバーテン、谷利喜男が得意にしていたカード奇術だったと思います。ごく、初歩のテクニックですが……」

佳城はダイヤのJをトップに戻しながら言った。

「これで、初歩の奇術なんですか?」

法界は呆れたように言った。

「カードを切り混ぜながら、お客様の判らないように、特定のカードを特定の位置に持って来てしまう。それをコントロールと言いましてね、カード奇術の基本になるテクニックなんですけれども、今のように、ただコントロールの羅列だけ見せているのでは、能のない話でしょう。〈埋葬〉の智子さんの話では、谷は目をつぶってもダイヤのJを捜し出すということでしたけれど、どうもそれが谷の売物の奇術だったようですわね」

「ちょっと待ってください。佳城さんは目をつぶってもダイヤのJを捜し出せると事もなくおっしゃいますがね、初歩ぐらいの技術で、そんなことができるものなんですか?」

「ええ、できます。目はつぶっても、人間には触覚がありますから」

「触覚……」

「このダイヤのJには、手で触るとすぐ判るような、ちょっとした仕掛けがしてありますわ。古いトリックなんです」

竹梨はあわててダイヤのJを手にして撫で廻した。

「……私には区別がつきませんよ」

「一枚だけ区別してあれば、何も捜す必要はありませんわね」

佳城は笑った。

「つまり、本やノートなど、同じ大きさの紙が揃えられているとき、特別のページをすぐ開けるには、どうしたらいいでしょうね」

「本の隅を折っておく?」

と、竹梨が言った。

「カードのように厚くて、折りにくいときは?」

法界の頭の中に光が満ちた。その中に、八十九ページが開かれた本が置いてあった。

「カードを短く切っておく!」

佳城は法界を見て微笑《ほほえ》んだ。

「正解ですわ。このダイヤのJは、他のカードより、心持ち短く裁断されています」

竹梨はひねくり廻していたダイヤのJを一組の中に差し入れ、親指の腹でカードの端を探った。

「……なるほど、これだったら私にも判りますよ。手付きはよくありませんが……」

「バーテンの谷利喜男が使っていたのも、同じカードだということは、谷が目をつぶってもダイヤのJを取り出したという話を聞いただけですぐ判りました。ですから、谷は傷を負いながらも、すぐ一組の中からダイヤのJを捜し出すことができたわけです」

「……すると、矢張り谷にはダイヤのJが必要だったわけですか?」

「ダイヤのJが必要だったわけではありません。仕掛けのカードが必要だったのです」

「と言うと?」

「この短いカードには、名前が付けられていましてね。ずばり、ショートカードと言います」

「ショート……短足だ」

と、法界が言った。

「つまり、谷を殺した容疑者の中から、ショートと呼ばれそうな、足の短い人間を捜し出せばいいわけ。簡単でしょう?」

竹梨は岡と谷岡が逮捕された日のときと同じように口を尖らせた。

「その簡単なことを、どうして教えてくれなかったんです?」

「犯人、名前のように背も短い岡将の逮捕は時間の問題だと思ったからです。なぜなら、事件の関係者の中には、谷からカード奇術を習っている谷岡剣三がいるじゃありませんか。谷からカード奇術を習っていれば、谷の使っているダイヤのJがショートカードだと知らないわけはありません。わたしは、その谷岡が警察に知らせるものとばかり思っていました」

「谷岡は警察へは知らせなかった……」

「そう、いつまでたってもショートの岡は逮捕されませんでしたわね。それで、谷岡は犯人を知っているにかかわらず、警察に知らせない理由があるに違いないと思ったわけです」

「その理由というのが、岡を脅迫し、金を巻き上げることだったんですね。私たちは事件以来ずっと三人を監視し続けていました。二週間たち、谷岡はもうそろそろ動き出してもいいと考えたのでしょうが」

「わたしは犯人はきっと一度は〈埋葬〉に呼び出されるに違いないと思いました。犯人は殺人現場にいれば、心に負担を感じるでしょう。脅迫者は心理的に有利な立場に立つわけです。ですから、法界先生が〈埋葬〉にいらっしゃったとき、もしやと思ったのです。わたしは彼らの顔を知りませんでした」

「私も岡と同じショートですからね」

と、法界は言った。

「でも、カードを切り混ぜる手を見て、すぐ違う人だなということが判りました」

「何年もカードに触ったことがありませんでしたよ。無理はありませんね」

そのときと違うので、法界は佳城に申し出ることができた。

「佳城さん、写真を撮らせてください……」

てんとらぽんの流行は、それからあっと言う間に全国に蔓延《まんえん》したと思うと、わずかの期間のうちに、跡形もなく消え失せてしまった。消滅があまりにも急だったので、その流行に気付かぬ人も多かった。

シンプルの味

海は青く澄み、七月の風は爽やかだった。

オレンジ色のフェリーボートは、ゆっくりと港に入って行く。

目の前に広がる街は、やや西に傾いた陽差しを、明るく反照している。街を囲む丘陵《きゅうりょう》は、緑に輝き、その背後には、白雪に装われた雄大な山脈が続く。山脈の右手に、一際《ひときわ》高く聳《そび》えて見えるのはレイニア山。秀麗な姿から、別名をタコマ富士《ふじ》。

扇形に広がる風景の中にあって、彰子《あきこ》は自分が大劇場のステージに立ち、観客席を見上げているようだと思った。港にかかる白い浮き橋《フローティングブリッジ》は、そのまま観客席に通じる花道だ。

「オリンピック公園も素晴らしかったけれど、こうして海から見る街の眺めも、また何とも言えないねえ」

彰子の隣にいた鷹雄《たかお》が言った。

思い掛けない風物に出会って感動するのが、旅の妙味だとすると、このシアトルでの一日は、かなりの拾い物であった。だが、彰子はその満足をあまり顔には出さなかった。

「それとも――」

鷹雄は彰子の顔を窺《うかが》った。

「景色なんかより、日程通りドラマチックな体験の方がよかったかね?」

彰子は夫の言葉に微笑《ほほえ》んだだけで、白雪のカスケード山脈に目を遊ばせていた。

「正実《まさみ》さんも一緒に来ればよかったのにねえ」

鷹雄と反対側にいる若い由紀子《ゆきこ》が言った。

由紀子は焦げ茶のタートルネックセーターに、アンサンブルの赤いベストとパンタロンだった。パーティでカクテルドレスだったときより、更に三つ四つは若く見えた。

「本当ね。新婚の奥様を放ったらかしにするなんて、端山《はやま》さんも困った人ね」

と、彰子が言った。由紀子は照れたように笑って、

「そう言う彰子さんも、大会の間、御主人に放って置かれていたでしょう」

と、彰子と鷹雄を見較《みくら》べた。

「わたし達はいいの。気の遠くなるほど長く付き合っているんですから」

と、彰子が言った。

由紀子の向こうにいる添乗員の塩地《しおじ》が口を挟んだ。

「若奥さんと別れていても、端山さんはきっと奥さんを思い出してはいませんね。忘れねばこそ思い出《いだ》さずという古い言葉があります」

「その塩地さんは、奥様のことを思い出しているわけね」

塩地の隣にいた大岡佳子《おおおかよしこ》が言った。

「とんでもありません」

塩地は手を横に振った。

「大岡さんがいるところで、家内を思い出すのは、デコレーションケーキを前にして、あんこ玉を思い出すようなものです」

彰子は正直な感想だと思った。

佳子は軽く笑っただけだったが、その横顔に、ふと淋しさが横切るのを、彰子は見逃さなかった。

若くして夫を亡くしたという話の様子では、とうに三十を超したと思われるが、とうていそうは見えない美しさだった。優雅な眼差しと、口許《くちもと》の限りない愛らしさが、中間色のようになじみ、神秘な妖しささえ感じさせるほどだ。佳子は黒い豊かな髪を後ろで大きく束ね、ブランデー色のレースドレス。何気ないペンダントの先に、ルビーが光っていた。

「大岡さんがデコレーションケーキなら、わたしは何？」

と、由紀子が訊いた。塩地は如才なく、

「勿論、端山さんならウェディングケーキです」

と答えた。

宮前《みやまえ》彰子と鷹雄、端山由紀子、塩地和俊《かずとし》、それに、大岡佳子を乗せたフェリーボートはそのままエリオット港の桟橋に近付いていった。

彰子たちの旅行団十五名は、カナダのビクトリア空港からバンクーバー、シアトルで乗り換え、その日のうちにラスベガスに到着する日程だったのが、航空会社のストライキに遭ってしまい、予定外のシアトルで一泊することになった。その日は朝から自由行動。市街で過ごす者、タコマ市からマウントレイニア国立公園まで強行する者、さまざまに別れたが、彰子たち五人は、フェリーボートで対岸のブレマートンに上陸、ホードカナルからオリンピック公園を見学、シアトルに戻るところであった。

彰子は最初、この旅行にあまり乗り気ではなかった。旅行の第一目的が、太平洋岸奇術クラブ連合会（ＰＣＣＭ）のビクトリア大会への参加だったからだ。全十日間の旅程のうち、丸丸五日間をバンクーバー島のビクトリア市にいて、奇術を観続けなければならない。

鷹雄は勤勉なサラリーマンで、勤続二十年目、一月《ひとつき》の休暇をもらった。少し前から、鷹雄は何がきっかけか、奇術に夢中になっていた。小遣いの大半を使い奇妙な品物を手に入れて来ては彰子を悩ませた。片端から種が見えてしまう鷹雄の奇術は、彰子が持っている奇術の印象を片端から打ち毀《こわ》し、幻滅以外の何物でもなかったが、鷹雄の熱は昂《こう》じるばかりで、とうとう「本場の奇術を観に行く」と言い出したのだ。

「本物の奇術に出会えば、君だって僕の趣味を、きっと理解してくれる」

彰子は鷹雄の趣味を理解したいからではなく、奇術大会後、旅行団はラスベガス、ロサンゼルスを経て、ホノルルに立ち寄ると聞いて、心を動かしたのだ。他はともかく、ラスベガスには行ってみたかった。この機会を逃せば、生涯その望みが叶えられそうに思えなかった。

旅行団は添乗員の塩地をふくめた十五人だった。同行者は新婚の端山夫妻、大岡佳子の他、歯科医夫妻とその娘、ピアノ調律師、時計屋夫妻、業界誌の記者たち、それに宮前彰子と鷹雄たち、それと添乗員の塩地だった。いずれも奇術が好きな人たちだが、奇術歴は古くはなく、腕前も鷹雄と似たり寄ったりの水準のようで、紹介が済むと、全員はすぐ仲良しになった。

日付変更線を越えたため、出発した日の午前四時にカナダのバンクーバーに到着、すぐローカル線に乗り換えてビクトリア空港へ。全員はエンプレスホテルの受付で会員証を手にした。

ＰＣＭビクトリア大会の出席者はざっと千名。地域の大会としては画期的な数字だったようだ。鷹雄はその日から、奇術材料店やレクチュアに入りびたりになった。彰子は前夜祭のホストショウと、翌日のパブリックショウを見ただけで、奇術のフルコースをとったような気分になってしまった。会場はエンプレスホテルとマックスファーソン演劇館で、それぞれの催しがぎっしり詰っていたが、三日目から彰子は会場を抜け出し、街を見物することにした。夫と同行して来た婦人たちも、大体同じ気持になっていて、彰子は端山由紀子たちと、よく行動を共にするようになった。

ビクトリア市は花の多い街であった。道の両側には花のバスケットが飾られ、タリホーと呼ばれる馬車で森林公園やブッチャートガーデンに行くと、この世とは思えないばかりに花が咲き乱れていた。

エアタクシーでカナダ本土へ。公園、ゴルフ場、魚釣り、水上スキー、サーフィンと、遊ぶには困らない場所だ。むしろ、彰子の方が、夫を放ったらかしにしていたと言ってよい。

大会最終日、ビッグショウに続く受賞パーティでは、さすがの彰子も興奮した。受賞者たちの演技の連続に鷹雄は夢心地になったようで、彰子もパーティの席で、一段と立派な大岡佳子が、いつでも奇術家たちの人垣の中で微笑んでいたのを覚えているが、それがつい昨日のことだとは、どうしても考えられなかった。

フェリーボートを降りると、彰子たちは海岸通りを歩いて、ホテルへ帰ることにした。市街に立っている宇宙塔《スペースニードル》で、彰子にもホテルの方向は判る。

アラスカ通りは人で賑わっていた。しばらく歩いてゆくと、ちょっとした広場があり、その片隅に人だかりができていた。塩地が人の輪の中へ入って行ったが、すぐ彰子たちの方を見て手招きをした。

彰子は塩地の傍に寄って、輪の中を覗き込んだ。

輪の中に、異形《いぎょう》の男が大きな筒を持って、何かしていた。黒い髪と髭《ひげ》の中に、寄り合った両眼が見える。筒袖の着物に、きんぴかの陣羽織のような物を着て、下は赤いもんぺだった。東洋人には違いなさそうだが、得体の知れない装束だ。男は空《から》の二本の筒を重ねると、その中から果物を取り出した。

「なんだと思ったら、また奇術なの?」

彰子はがっかりして言った。街頭奇術師はちらりと彰子の方を見たようだった。

「しいっ」

隣にいた鷹雄が言った。

「ここで支那《しな》セイロウに出会うとは思わなかった。どんなことをするのか、もう少し見ていよう」

　だが、鷹雄が期待するほどのことはなかった。赤と黒に彩色された径三十センチばかりの大小の筒が二本。これが支那セイロウで、セイロウの中を改めながら、二本を重ねると、色色な品物が現れる。

　奇術師の演技はこせこせしていて、何となく卑《いや》しいところがある。支那セイロウの手順も特に変わった点はなかった。奇術師は最後に型通りに、セイロウの中から大きな壺を出して見せた。壺は水で一杯に満たされていた。

　鷹雄のお陰で、彰子は見る目だけは肥えている。まして支那セイロウは奇術大会には必ず持ち出されるレパートリイだから、大して感心もしなかったが、土地の人の目には、奇術師の装束と支那セイロウがよほど珍しく映るようで、演技が一段落した奇術師が帽子を廻すと、小銭を投げ入れる人がかなりあった。

　切りのよいところで彰子は鷹雄をうながして、人の輪から離れた。鷹雄はそれでも未練があるようだったが、由紀子や佳子も歩き出したので、しぶしぶ後に従った。生れて初めてのPCM大会のために、どうやら奇術中毒症状が現れたらしい。そういえば彰子も指先がうずうずしている。彰子の方は、麻雀《マージャン》の牌をしばらく手にしないためだった。

「台湾では街頭でマンゴーの奇術を見たことがありましたよ」

　と、塩地が言った。

「見ている前で、マンゴーがどんどん大きくなって実を結ぶ、あの有名なマンゴーの奇術ですか？」

鷹雄は熱心だった。

「そう、最後確かにマンゴーは実が生《な》りました。ただ、それは人集めで、奇術が終ると、何だか判りませんが、薬を売っていたようです」

「矢張りターバンを巻いたインド人の衣装で？」

「いや、私が見たのは、アロハシャツを着た台湾の人でした……」

歩いていると、向こうから由紀子の夫が現れた。端山正実は手を挙げて傍に来た。

「……どうでしたか。オリンピック公園は？」

「あなたも来ればよかったわ」

と、由紀子が言った。

「そうよ。さっきもそう言っていたところなの」

彰子も口を挟んだ。

端山は商人染みた笑い顔を作った。額が抜け上っているせいか、新婚らしい初初《ういうい》しさが感じられなかった。

「まだホテルへ帰るには早いでしょう。どうです、皆さんとお茶でも――」

端山は馴れ馴れしく先に立って、広場に張り出されたカフェテラスに入って行った。

銘銘に飲み物を注文して雑談しているところへ、大岡佳子に声を掛けた者があった。

きんきらの陣羽織を着た、さっきの街頭奇術師であった。

奇術師は身形《みなり》に似合わない遠慮がちな声を出した。

「……曾我佳城《そがかじよう》先生でいらっしゃいますね？」

佳子はじっと相手を見ていたが、落ち着いた声で答えた。

「はい、わたしが佳城ですが……」

彰子の隣にいた鷹雄がびっくりし、手に持ったコーヒーカップを地面に落としてしまった。

「大、大岡さんが……曾我佳城ですって！」

曾我佳城――その昔、新星のように奇術界に登場。たぐいまれな独自の技術と、清艶《せいえん》な舞台姿で、芸能界に衝撃を与えたが、二年足らずで舞台を引退してしまった。その名はすでに伝説的となっていて、奇術界ではなお敬畏《けいい》の念をもって語りつがれている。引退後の佳城は一切舞台やテレビ出演を辞退しているので、奇術歴の浅い鷹雄が佳城に気づかなかったのも迂闊《うかつ》とは言えないが、同じ旅行団の、つい傍にいた女性が佳城だと知ったときの驚きは一通りではなかった。鷹雄にとって、佳城と同じツアーだったということは、旅行そのものより素晴らしい出来事だったに違いない。佳城であればこそ、大会のパーティでは、一段と花が咲き誇ったような彼女の周りに、いつも奇術家の群れが絶えなかったわけである。

「――私、カール団野《だんの》と申します。子供の頃、一度だけ先生の舞台を拝見したことがあります」

自己紹介した後、カール団野は晴れがましそうに、佳城の横に腰を下ろした。

「ビクトリアでＰＣＣＭ大会があったのを知っていましたが、現在とても参加できるような状態じゃありませんでした。日本の方とはもう何年も言葉を交わしたことがありません。佳城先生の姿を見たら、矢も楯もたまらなくなりました。少しの間、会話をさせてください」

そう言うカール団野の言葉は、すっかり外国人訛《なま》りになっていた。

「私の生れは静岡です。あのタコマ富士がいけません。ここに来てから、私はすっかりホームシックになってしまった」

カール団野の話によると、三年ほど前、パリからロンドン、ニューヨークやシカゴを転転としてシアトルに転がり込んだらしい。勿論、一流の奇術師たらんと志しているに違いないが、カール団野の道は、かなり険しいようだ。

「これからの御予定は？」

と、カールが訊いた。

「ラスベガスへ行きますわ」

彰子は浮き浮きして答えた。

「それから、ホノルルへも」

「ホノルル……」

カールはちょっと考えて、

「ホノルルには、以前、ずいぶんお世話になった方がいるのです。観光地で土産物《みやげもの》店を開いている人なのですが。もし、その店の前を通り掛かったら、カールはシアトルにいて、元気でやっていると伝えて頂けませんか？」

「お伝えしましょう。住所とお名前は？」

と、佳城が言った。

「……それなら、手紙を書いておきます。ちょっとした品も渡したいのです。明日、昼までには必ずホテルへ届けます。誠に勝手なお願いですが」

「通り掛からなくとも、その方をお訪ねしてみましょう。わたしは身軽な身体ですから」

「佳城先生は大会に御主人と一緒ではなかったのですか?」

と、カール団野が訊いた。

「いいえ、主人は先年亡くなりました」

佳城は淡淡として答えたが、カールは恐縮して口ごもってしまった。佳城は気まずい空気をほぐすように、

「彼はまるで奇術のことを知らない人でしたわ。けれども一度だけ不思議な奇術を見せてくれたことがありました」

と、話し出した。

「佳城先生が不思議な奇術とは、どんなトリックなんですか」

救われたようにカールが訊いた。

「彼がわたしの誕生日に買ってくれた時計があったんです。ええ、わたしの名が彫り込んである注文品でした。あるとき、彼はその時計を、わたしの見ている前で小さな鉢に入れ、鉄の棒で粉粉に毀してしまいました。そのくずを封筒に入れ、主人がお呪《まじな》いをかけると、不思議なことに、それは元通りの時計に変わってしまったんです」

「……本で読んだことがあります。古くからある時計の復活奇術でしょう」

と、鷹雄が言った。

「そう。この奇術の原形は、懐中時計が作られたとき、すぐ奇術師が考え出して演じていたでしょうね。高価な品を毀すというのは大変効果的な演出ですから」

「確か——奇術師はお客さんの時計を、毀してもいいように用意した時計と掏り替えるのがトリックでした」

「そうですね。でも、そのとき主人はそんな掏り替えをしませんでしたわ。掏《す》り替えには高度な指の技術が必要です。主人はそんな技術は使えませんでした。本当にわたしの時計を毀してしまったのです」

「……それでは、御主人が本当のお呪いを知っていた」

「まさか——」

佳城は笑った。

「……それじゃ、時計を元通りにすることはできないじゃありませんか」

「わたしもびっくりしましたわ。主人はそれを見て満足そうでしたわ。それでわたし、後になって、そっと時計屋さんに訊いてみて、初めてトリックが判ったんです」

「時計屋が毀しても元通りになる時計を作った?」

「いいえ。主人は時計屋さんに同じ時計を二つ作らせ、その一つの方をわたしにプレゼントしたのです。もう一つは、わたしに奇術を見せるために、隠して持っていたわけなんです」

「それじゃ、その一つは、本当に毀してしまったのですね」

カールは感に堪《た》えたように言った。

「実に素晴らしいトリックですね。私も似たようなことをしたことがあります」

カールは立って、深深と佳城に頭を下げた。

「そのうち、必ずＰＣＣＭの大会にも出演して、入賞してみせますよ」

端山も買物があると言って立ち上った。カールがどこかへ案内する相談ができたらしい。二人は並んでカフェテラスを出て行った。

「カール団野という人、見込みがありそうですか？」

と、彰子は佳城に訊いた。

遠くになった金ぴかの陣羽織の後ろ姿を見送っていた佳城の顔は、あまり冴えなかった。

「……奇術師で成功するには、ただ奇術が好き、だけではだめなんです」


ホテルでの夕食は賑やかになった。

大会中は楽しくはあっても、スケジュールに追われ、参加者という意識もあって、何かと気兼ねがあった。そのビクトリアを離れ、初めて奇術から解放された夕食で、同行者の気心も知れ、大いにくつろいだ気分になったのだ。

大岡佳子が、実は曾我佳城だったということも、夕食を華やいだものにした。佳城はいくつものサインに応じなければならなくなったし、記念写真にはいつも真ん中に坐《すわ》らされた。

良質の水に恵まれている土地だけに、ビールがうまかった。気候もビールを一段と引き立てているようだ。

鷹雄はすっかり上機嫌で、コーヒーになると、ポケットから色の付いたチップを取り出した。色が変わったり数が増えたりする奇術用のチップで、大会で買ったものの、使い方がよく判らぬらしい。ビールの酔いに乗って、図図《ずうずう》しく佳城に教えてもらう気なのだ。

鷹雄が危なっかしい手付きで、チップの色を変えたりしていると、拍手の音が聞えた。

見ると二、三人の給仕が集まって、鷹雄の手元を見ていたのだ。他の観客がいるのを知って、鷹雄はどぎまぎした。

「ここで、奇術などしてよろしいか?」

鷹雄は怪しげな英語で訊いた。給仕たちはにこにこして、

「OK。大歓迎です。でも、折角《せっかく》ですから、他のお客さんや支配人にも見せてやってください」

と言う。

すぐ、大勢の観客がテーブルを取り巻いてしまった。こうなると鷹雄はすっかり怖《お》じ気《け》付いて、

「佳城さん……何とかしてください」

と援軍を求めた。

佳城がカードを取り出し、しなやかな指が表情豊かにカードをさばき始めると、観客は大喜びだ。

奇術には飽き飽きしたはずの彰子が、いつの間にか、佳城の芸のとりこになってしまった。佳城が奇術を演じるのではなく、カード自身が勝手に変化したり、消えたりしているとしか見えない。それには大変な技術を使っているのだと想像されるが、もう一つの佳城の芸は、その技術を完全に消し去っているのだ。従って、佳城の奇術にはいささかの嫌味もなく、ただ見ていて不思議で楽しい限りだ。彰子にとって、間近のカード奇術は今度の大会で観たどの奇術よりも感動的であった。

即興的に見えて、その実、凄く考え抜かれた手順だということが彰子には判った。佳城は魅力ある序曲から演技を盛り上げ、観客の飽きのこないうち、最大の山場を作って、カード奇術を締め括った。

「今度は、宮前さんの奇術を見て頂きましょう」

佳城は鷹雄に言った。鷹雄は尻込みすると思いの外、それじゃと言ってポケットからコインを取り出した。

彰子は又舌を捲いた。

佳城の芸は食後のひとときを、初心者にも芸を演じる気を起こさせるような世界に変えてしまったのだ。

鷹雄のコイン奇術は彰子がはらはらするほどだったが、演技を終えると拍手が起こった。佳城の魔力がまだ作用しているのだ。

鷹雄はコインをしまいながら、次は？　と言うように同行者を見渡した。すると、待っていたように端山正実が立ち上った。

「続いては私の奇術を……」

端山は立ちかけたときふらりとしたようだった。

「大丈夫なの？」

と由紀子が言った。端山はにやりと笑って、ポケットに手を入れた。

端山が取り出したのは、一つのシンブルであった。

シンブルは針の頭を押すための裁縫用の指ぬきである。ただし、奇術用には指輪形のものではなく、指先にかぶせる帽子形の指ぬきだ。指先のシンブルが消えたり現れたりする奇術は、小味《こあじ》だが洒落《しゃれ》ていて、そのくせむずかしいレパートリイの一つなのだ。

舞台用として、見栄えがするように、奇術材料店では実用のシンブルより、大きく、彩色《さいしき》されたシンブルを売っている。だが、端山が取り出したのは、本物の金属製のシンブルだった。

端山は右の食指にかぶせてあるシンブルを、左手に取った。端山が左手に息を掛けて開くと、シンブルはなくなっていた。消えたシンブルは、端山の左肱《ひだりひじ》から現れる。

観客は笑っていた。左手に握り取ったと思わせて、実はシンブルを右手に隠している。その隠すべきシンブルが、当人は隠したつもりでも、観客の方からは丸見えだったからだ。

彰子も苦笑いしながら端山の奇術を見ていたが、笑えなくなるようなことが、その次に起こった。

端山は肱から取り出したシンブルを口の中に放り込んだのだ。端山の舌の先にシンブルが載った。端山は舌の先のシンブルを皆に見せると、テーブルにあったコップを取り上げ、中の水と一緒にシンブルを飲み込んだ。

端山は口を大きく開けて見せた。

「飲んだと思う?　ところが不思議や……」

端山はそう言って、ズボンのベルトに指を突っ込み、そこからシンブルを取り出して見せた。呆《あ》っ気《け》に取られていた観客が笑い出した。

だが、彰子は笑えなかった。

端山が本当にシンブルを飲み込んだからである。

飲んだと見せかけて、手の中に隠している——そうした技術ではなく、本当に飲んだのだ。

彰子はそっと佳城の顔を窺った。佳城も同じだった。佳城の顔から笑いが消え、形の良い眉が歪《ゆが》んでいた。

一通り奇術が終ると、給仕たちが果物を運んで来た。支配人が礼を言い、ゆっくり召し上ってくださいと言った。

彰子が注意していると、端山は果物には手を出さなかった。思い出すと、端山は食事の多くを残していたことに気付いた。

部屋に戻っても、鷹雄は奇術用のチップと首っ引きだった。彰子は鷹雄をそのままにして、先にバスルームへ入った。

上気した身体を姿見に映したとき、照明の加減か、血の色に染まった肌が、びっくりするほど美しく見えた。

「あなた……」

彰子はバスルームから甘く声を掛けた。

「ネグリジェを忘れてしまったの。済みませんけれど、持って来てくださらない？」

後で考えると、端山正実の身の上に、重大なことが起こったのが、ちょうどその前後なのである。


翌朝、朝食に端山は出て来なかった。

腫《は》れぼったい目をした端山由紀子が、

「正実さんは夕食後、散歩に出ると言って部屋を出たきり、戻って来ないの」

と言う。

「前にもこうしたことがありましたか？」

と、塩地が訊いた。

「いいえ。こんなこと、初めてです」

航空会社のストライキは早朝のうち解決した。彰子たちの旅行団は、午後三時の便で、ラスベガスに直行することになっていた。それまでは銘銘で市街を見物という予定だったが、責任上、塩地は端山正実が戻って来るまで、ホテルに待機することになった。由紀子も同じだった。

由紀子が心細そうなので、佳城は由紀子と一緒に待つと言い出した。

「佳城さんがホテルにいらっしゃるのでしたら、私も――」

と、鷹雄が言った。

彰子がそんな鷹雄を放って置いて、湖めぐりをしようと言っている歯科医たちの組に入れてもらおうと思っているところへ、塩地に電話があった。ホテルの支配人がむずかしい顔をして、警察からですと言った。

電話から戻って来た塩地は、もっとむずかしい顔になっていた。

シアトルの南、タコマ寄りの岸壁に、屍体が流れ寄っているのが発見された。死亡者の所持品やパスポートから、日本人の旅行団の一人であるらしい。名はマサミ　ハヤマ。関係者は至急警察に出頭するようにと言うのだ。

「どうしましょう……」

由紀子が青くなった。塩地は静かな声で言った。

「……奥さん、落ち着いてください。これはきっと、何かの間違いだと思います。私がこれから警察に行き、この目で確かめて来ます」

「いいえ……実はちょっと困ったことがあるんです」

由紀子はためらっていたが、やがて、思い切ったように、

「……ほんとうは、端山正実さんは、わたしの夫ではないのです」

と、言った。

「すると……」

塩地は面喰《めんくら》ったようだ。

「本当の奥さんは別にいるんです。わたし、赤坂《あかさか》のクラブで働いていました。今月の初め、端山さんが遊びに来て、どうだい、バンクーバーからラスベガス、ホノルルを廻る旅行があるんだが、行かないかと言うので、ふっとその気になってしまったんです」

「……端山さんとは、長いお付き合いでしたか？」

「半年ぐらい……」

「端山さんは郵政省にお勤めでしたね。クラブへは端山さん一人で？」

「……ええ。一人のときが多かったようです」

「端山さんの御家族は？」

「奥さんがいる、という程度で、そういうこと、わたしあまりよく知らないんです」

「……ううむ」

塩地は唸《うな》ってしまった。

とりあえず二人は警察へ。

同行者の一人が死亡したという報告は、大変衝撃的であった。市街見物もお流れになり、一同はロビーで塩地と由紀子の帰りを待つことになった。

二人が帰って来たのは、昼近くだった。二人はもう二人の私服の警察官と一緒だった。

「屍体と対面して来ました」

と、塩地が報告した。由紀子は血の気をなくして、塩地の腕にすがっていた。

「屍体は船のスクリューにでも巻き込まれたようで、ひどい姿になっていましたが、服装やパスポートは、確かに端山さんの物でした。いや、もっと確かな品が見付かりました。解剖の結果、屍体の胃の中から、シンブルが出て来たそうです……」

「シンブルが?」

同行者たちは顔を見合わせた。

「警察は最初、死亡者がなぜ指ぬきなど飲み込んでいたのか、その意味が全く判らなかったようです。私がそれは奇術のシンブルだと説明しても、まだ充分に納得していないようです。ホテルの従業員やお客さんにも、沢山目撃者がいると話しましたら、その人達の証言がほしいということで、警察の方が来ているわけです。皆さん、警察の質問に協力をお願いします」

「三時の飛行機には、乗れるんでしょうね」

と、彰子が訊いた。

「さあ……ちょっとむずかしくなりそうですがね。なんでも、端山さんの死には不審な点があるそうです。所持品から現金や宝石が一つも見当たらなかったのがその理由だそうです」

「宝石?」

「ええ、端山さんはホテルを出るとき、由紀子さんの指輪やネックレスを持ち出していました」

「由紀子さんはそれを?」

「ええ、朝になって、気が付いたのです」

由紀子はぼんやり答えた。

二人の警察官は旅行者に一人ずつ質問を始めた。英語の通じない人には、塩地が通訳した。警察官の訊問は手際がよかった。あまり言葉ができない彰子にも、ユーモアさえあることが判った。旅行団とホテルの従業員達は、昨日の夕食からすっかり仲良しになっていたので、それが警察官の印象をよくしたようだ。

「最近、端山さんの屍体が発見された近くの、アロー地区に住むヒッピー族が、金品を持っている旅行者を襲う事件が増えているようです。警察では端山さんもそうした被害者の一人と見ているようです」

警察官の帰った後、塩地がそう説明した。

「ヒッピーというと、昨日会ったカール団野も、ヒッピーみたいでしたね」

と、鷹雄が言った。

「そう言えば、昼までに手紙をホテルへ持って来ると言ったのに、まだ来ませんね」

彰子が佳城に言った。

「カール団野……」

佳城ははっとしたように立ち上った。

「カール団野さんがいたことを、すっかりと忘れていました……」

「カール団野がどうしたんです？」

と、塩地が言った。佳城は見たこともないほど厳しい表情をしていた。

「わたしはこれまで、わたしの主人と端山さんの線だけしか考えていませんでした。その間にカール団野さんがいたことに気付かなかったのです。その流れは、わたしの主人、カール団野さん、端山さんとならなければならない。それが真実でしょう」

「何が、真実です?」

塩地は呆っ気に取られたようだった。

「ですから、すぐにカール団野さんのところへ行きます」

「行けば、端山さんを殺した犯人が判るとでも言うのですか?」

「そうです。愚図愚図《ぐずぐず》してはいられません」

「でも、予定通り、三時には飛行機が出ますよ」

「それまでには必ず戻ります」

佳城はホテルの従業員と何か話していたが、すぐに戻って来た。

「幸運でしたわ。カールさんの住んでいるところを知っている人がいました」

「どこです?」

と、塩地が訊いた。

「アロー地区の三十一番のB」

「いけません。観光客の行くような所じゃありません。特に女性は――」

「わたし、昨日カールさんと約束しました。ホノルルにいる人へ、カールさんの手紙と品物を渡すと」

「約束を破ったのはカールの方でしょう」

「きっと、来られない理由ができたのに違いありません」

塩地は腕をこまねいた。

「……もし、あなたがどうしても行くとあれば、私はお伴をしなければならないでしょう」

「佳城さんが行くのなら、私も行きます。佳城さんの楯となってもかまわない」

と、鷹雄が立ち上った。

「わたしも行く」

彰子も負けずに言った。


鷹雄はかつて彰子に対して、これほどのナイトぶりを発揮したことがあっただろうか。などと不満を言っている場合ではない。いつどんな危険が襲い掛かるかも知れないのだ。彰子と鷹雄、佳城と塩地は、気まぐれな二組の夫婦の観光客という姿で、アロー地区をぶらぶら歩いていた。

アロー地区の入口で、ウイスキー瓶をラッパ飲みしていた男とすれ違ったとき、彰子はどきどきしたが、緊張したのはそれだけだった。街は思ったより清潔で、好奇な目で四人を見送る人の目はあったが、危険は感じられなかった。

三十一番のBはすぐに判った。暗いアパートの前に立ったとき、彰子はほっとした気分になった。

ちょうど外に出て来た老人に塩地は声を掛けた。

「カール団野の部屋はどこでしょう？」

老人は訝《いぶか》しそうに四人を見比べた。

「カールとは同じ国の人間です。私達はカールの友達なんです」

老人は大きくうなずくと、

「カールはいなくなったよ」

と言った。

「いなくなった？　引っ越したんですか」

「そうだ。昨夜《ゆうべ》のうちに荷物を纏《まと》めて出て行ってしまった」

「どこへ行ったんでしょう」

「日本へ帰って、テレビに出演するんだと言っていた。凄く急いでいたようで、日本へ着いたら手紙を書くと言って出て行ったから、引っ越し先は判らない」

「カールとは約束があったんだがなあ」

「やあ、あんた達かね、カジョーとか言うのは」

「……そうです」

「だったら、渡す物がある。もしかすると、カジョーという人が尋ねて来るかも知れない、そうしたら渡してくれとカールから頼まれていた物がある」

老人は建物の中へ入ると、すぐ手に小さな紙包みを持って出て来た。包みの他にメモがあって、これは佳城に宛てた走り書きだった。急な仕事が飛び込んだので、ホテルには行けなくなった。ホノルルの人に渡してもらいたい品は、この家主に預けてある。失礼の段は幾重《いくえ》にもお詫びします、というものである。

「……これまでいろんな苦労をしたが、カールはこれで芽が出るのかねえ」

と、老人は述懐する。

「雨など続いて、三日も四日も仕事ができなくなると、よく飯を食わしてやったものです。義理固い男でね。そんなときはよく奇術を見せてくれたね。俺の目では、奇術は旨《うま》いと思ったがねえ。あれで、もうちいっと男前なら、大したもんだと思うんだ」

「カールの奇術は、そんなに不思議でしたか?」

と、佳城が訊いた。

「そうだねえ。今でも不思議でならないのは、アーニの誕生日だったから先月の三日だった。誕生日のパーティに、カールが奇術をプレゼントしてくれたんです。カールも滅多にやったことがないという、紙幣の奇術でね。カールが誰か紙幣を貸してくれと言うから、わしが百ドル紙幣を出してやったんです。するとカールはわれわれの見ている前で、百ドル札に火を付けてぼうっと燃やしてしまった。そして、驚いたことに、カールはたった今燃やした札を、レモンの中から取り出して見せたんです。どうです、不思議でしょう」

「百ドル札は畳んで別の紙に包むとか……」

「それだったら、他の奇術師もやる手だね。紙に包むとき抜き取ったりしてね。そんな手なら、誰も驚きはしない。カールは拡げたまんまの百ドル札に、そのまま火を付けたものです。このときだけは、普段カールの奇術を見慣れている連中が、あっと言って、ひっくり返ってしまったよ」

「お札の番号は、控えたかしら?」

「……さあ、どうだったかな。いや、控えなかった。これは確かだ。後になって、もしかするとカールの奴、本当に札を燃やしてしまったんじゃないかと言う奴がいたんだ。そいつの言うのには、カールが札の番号を控えさせなかったのが怪しいとね。だが、わしが太鼓判を押してやった。あの文なしカールが、百ドル札を本当に燃やすわけがない、とね」

「そりゃ、そうですわ」

佳城は笑ったが、それは無理な作り笑いに見えた。

佳城はカールの包みを大切にバッグに入れると、飛行機の時間があると、老人に別れを言った。

「発つ前に、警察に連絡しておいた方がよさそうですね」

アロー地区を出たとき、佳城が言った。

「……と言うと?」

塩地はその言葉の意味がよく判らないようだった。

「あの大家さんの話で、全てがはっきりしました。事件の中心には、カール団野さんがいたわけです」

塩地はちょっと考えてから、口早に言った。

「――つまり、カールが日本へ帰るというのは嘘で、実は逃げたのですね。カールはたまたま出会った端山さんを呼び出し、人気《ひとけ》のない岸壁で殺害した上、金品を奪って逃げたのですね?」

「いや、事実は全く正反対でした」

「正反対?」

塩地は再び考え込んでしまった。佳城ははっきりとした声で言った。

「端山さんがカール団野さんを殺したのです。殺してから自分の服をカールさんに着せ、人相が判らぬほど傷付けて、海に投げ込んだのです。塩地さんのお話では、屍体はひどくなっていたそうですね」

「そう。首や手足もなくなっていたんです。あまりショックなので皆さんには話しませんでしたが……」

「警察は端山さんを殺害した人間を捜し続けるうち、きっとカール団野さんも捜査線上に浮ぶと思います。でも、それでは犯人は永久に捕まることがないでしょう。犯人は反対の方向に逃げているのですから……」


飛行機は雲海の上を飛び続けていた。

窓際に佳城、隣が彰子、鷹雄の席だった。佳城はバッグを膝《ひざ》の上に抱えていた。その中にカール団野に託された品が入っているのだ。

「辛い仕事が一つできてしまいました」

離陸したとき、シアトルの街を見下ろしながら、佳城はそうつぶやいていた。

スチュワーデスが操縦室から出て来て、三列前にいる塩地に何か話し掛けて、戻って行った。

塩地が席から立ち上り、佳城のところへ来た。

「……端山さんが逮捕されたそうです。バンクーバーに行く列車の中にいたと言います。精《くわ》しいことは判りませんが、逮捕されたことを私に知らせるようにと、今、無線連絡があったようです」

「そうですか……」

佳城は言葉少なく言っただけだった。

塩地が自分の席に戻ると、鷹雄が身を乗り出した。

「佳城さん、なぜ端山さんはカール団野を自分の身代わりにしたのですか?」

佳城はほっと溜め息を吐《つ》いた。

「それはわたしには判りませんわ。日本にいられなくなるようなことをしたのは確かでしょうね」

「端山さんは由紀子さんがいた赤坂のクラブに出入りしていたようですね。公務員の給料ぐらいでは、とてもそんな遊びはできませんよ。私は端山さんが汚職をしたか、公金を横領して、それが発覚しそうになったのじゃないかと思うんです」

「それも、考えられるでしょうね」

佳城は慎重に言った。

「でも、端山さんはただ海外に逃亡するだけではいけなかったんですか。何もカール団野を巻き添えにする必要はなかったと思いますが」

「端山さんはただ逃げたのでは、心配だったのです。端山さんの指の間から、隠したはずのシンブルがちらちら見えたように、自分の姿を知っている人に見られるのを恐れたのです。端山さんは本物の屍体を警察に認めさせ、本国に報告されなければ、気が済まなかったのでしょう」

「端山さんが昨夜、本当にシンブルを飲んでしまったという発想と同じなのですね」

「端山さんの旅行の目的は、わたしたちのように、奇術の見学や観光ではありませんでした。端山さんは最初から自分が旅先で死亡するためにこの旅行団に加わったのだと思います」

「由紀子さんはその大切な証人となるように、誘ったわけですね。そう言えば、端山さんは奇術や観光に、あまり熱心ではありませんでした」

「多くの民族が混った、コスモポリタン的な都市のバンクーバーは、逃亡者が埋没するのに、適当な都市だと考え、端山さんはこのツアーに参加することにしたのです。ビクトリアでの五日間は、同行者達は奇術に夢中で、どんな行動をしても注目されないことも、端山さんにとっては好都合だったのです」

「でも、端山さんがバンクーバーで事を起こさなかったのは、ちょうどいい自分の身代わりが見付からなかったからなのですね」

と、彰子が訊いた。

「そうです。年齢や背恰好が自分と似ていて、しかもその人間が急にいなくなっても、誰もあまり騒がない。そういう人間はざらにいるものじゃありませんわね。端山さんはビクトリアでは、奇術の会場を抜け出しては、自分の身代わりになるような人を捜したのですが、結局見付からなかったのです。もし最後まで適当な人間がいなかったら、宮前さんが言ったように、どこかで自分が死んだような痕跡だけを残し、逃亡してしまう考えだったと思います」

「ところが、シアトルでは端山さんに最適な身代わりを見付け出したのですね」

「カール団野さんが、運悪く端山さんの目に留まりました。相手は浮浪人の街頭奇術師、しかも、同じ東洋人。カフェテラスでわたし達が話し合った後、端山さんは再びカールさんに接触したのです」

佳城は続けた。

「端山さんは言葉巧みにカールさんを信用させてしまいました。カールさんが住んでいたアパートの家主さんの話から考えると、多分こうでしょう。端山さんはテレビのプロデューサーで、カールさんの奇術に感心したと話します。カールさんをアメリカ帰りの奇術師としてテレビに出演させる。支度金を払うから、自分と一緒に日本へ帰ってみないか。……カールさんの方は毎日タコマ富士を見ては望郷の想いにかられているところです。無一文となり、逃げるように故郷へ帰るのではない。仕事で帰るのです。テレビで紹介されれば、それが売り出すきっかけになる可能性もある。端山さんの誘いに、カールさんは一も二もなく乗ってしまったのです」

「そして、端山さんは自分の目的を果してしまったのですね」

彰子はちょっと考えて言った。

「でも判らないことが一つあるわ。佳城さんは端山さんの服を着た屍体が、どうしてカール団野だということが判ったのですか？　佳城さんは直接その屍体を見たわけでもないのに……」

「私にもそれが不思議です」

と、鷹雄が言った。

「佳城さんは透視術もやるのですか」

「トリックのある透視術なら」

佳城は静かに笑った。

「でも、あれがカール団野さんの屍体ではないかと思ったのは、透視術なんかじゃありませんでしたわ。わたしは昨夜、端山さんが本当にシンブルを飲み込んだのを見ていたからなんです」

「それなら、私も見ている」

と、鷹雄が言った。

「そのために、岸壁に打ち寄せられた屍体が、端山さんのものだということが判ったんじゃありませんか。シンブルなど入っている胃袋は、世界中捜しても、端山さんの胃袋しかありませんから……」

「端山さんの狙いも、実はそこにあったわけなんです。端山さんは胃袋のシンブルで、あの屍体を自分のものだと警察に証明させたかったのです」

佳城は静かに続けた。

「わたしは端山さんが演じたシンブルの奇術の意味を、ごく単純に考えていたのですわ。宮前さんもきっと同じだと思います。亡くなったわたしの夫が見せてくれた時計の奇術と、端山さんのシンブルの奇術とだけを結び合わせて考えていたわけです」

「それじゃいけないんですか。つまり、昨日、佳城さんは御主人が見せてくれた奇術のことを話していらっしゃった。御主人が密かに高価な時計を二つ作っていた。その一つを本当に毀し、時計が復活する奇術を演じたというものでしたね。端山さんはその話を覚えていて、自分が演じるシンブルの奇術に応用したのではありませんか。つまり、同じシンブルを二つ用意し、一つを本当に飲み込んで、意外な場所からシンブルを取り出して見せる。奇術をよく知らない人なら、まさか本当に飲み込んだとは思いませんから、ずいぶん不思議な奇術に見えるわけです」

「そうですね。でも、よく考えてごらんなさい。わたしの主人のように、物を毀すならともかく、本当にシンブルを飲んでしまうなどということは、食後の奇術にしては、ずいぶん思い切った行動だとは思いませんか?」

「それはそうですが……」

「端山さんはシンブルの奇術を見せるためばかりでなく、シンブルを飲まなければならなかった、もっと別の動機があったのです」

「端山さんがシンブルを飲んだ動機?」

「そう、端山さんは、カール団野さんと話しているとき、カールさんがシンブルを飲んだのを見たからなのです」

「カールさんも、シンブルを飲んだのですって?」

　彰子は驚いて言った。

「すると、昨日、シンブルが入っていた胃袋がこの世に二つもあったわけね」

「そうなんです。端山さんがシンブルを飲んだのは、わたし達に不思議な奇術を見せて楽しませる以外に、もっと重大な動機があったのです。自分の胃袋をカール団野さんと同じにするのがその目的でした。自分がうまく警察から逃げることができれば、もっと大きな品物でも飲み込んだかも知れませんよ。わたしはカールさんの存在に気が付いたとき、端山さんがシンブルを飲んだ本当の意味に気付きました。端山さんはわたしの主人の奇術の真似をしたわけではなく、実はカールさんの真似をしたのだと、です」

「カールさんの真似……」

　彰子は佳城の言うことが段段判ってきた。

「つまり、わたしの主人と、端山さんとの間に、もう一人、カールさんがいたのです。宮前さん、昨日カフェテラスで、わたしが主人の奇術を話したときのカールさんの反応を覚えていますか？」

「ええ……カールさんは佳城さんの話に、大変感激した様子でしたわ」

「そうでしたわね。でも、あの話は、ほんの笑話のつもりで披露しただけなんです。つまり、わたしの夫の奇術は、悪い例だと言うつもりでした。本当に物を毀したりしては、不思議でしょうけれども、奇術でも何《な》んでもありません。水を飲んでも、本当のお酒を飲んでいるように見せるのが芸なのです。しらふでいながら、酔っているとしか見えないのが本物の芸でしょう。

冷たい石を使って作った像に、血が通っていると感じさせるのが彫刻家の芸。ですから、笑話のつもりで話した夫の奇術に、カールさんが変に感心しているのを見て、わたしは首を傾げました。もしかすると、この人は奇術に対して、何かとんでもない間違った考えを持っているのかも知れない、と」

「そのときの佳城さんの言葉を覚えていますわ」

と、彰子が言った。

「わたしがカールという人、見込みがありそうですかと訊くと、佳城さんは〈奇術師で成功するには、ただ奇術が好き、だけではだめなんです〉と言いました。あの言葉には、そんな重要な意味があったのですね」

「カールさんがわたしの主人の奇術に同感したのは、自分でも同じ奇術を演じたことがあるからなのだろうと思いました。そして、カールさんの住んでいたアパートを訪ねたとき、それが証明されましたね」

「大家さんが話してくれた、カールさんの紙幣焼きの奇術ですね。誕生日のパーティで、カールさんが演じた不思議極まる奇術——本当に紙幣を燃やしたとしか見えない奇術……」

「カールさんは、わたしの主人が本物の時計を本当に毀したのと同じ考えで、本物の百ドル札を本当に焼いてしまったのです。紙幣焼きの奇術で、不思議の効果を高めるには欠かせない、紙幣の番号を観客に控えさせて、絶対に二枚の紙幣を使わないのだと証明する手続きを避けたことからも、カールさんが本当の紙幣を焼いてしまったことが判るのです」

をしたのですね」

「カールさんは生きている人間を持ち出し、これは自分の作品だと主張する彫刻家と同じこと

「カールさんは義理固い人だったそうです。彼がいつも世話になっている人達へのお礼は、奇術を演じて見せることしかなかったのです。大家さんの家族のパーティには、飛び切り不思議な奇術を見せたかったカールさんの気持が、よく判るような気がしますね。そのため、カールさんは虎の子の百ドル紙幣を使い、それに価する不思議で大家さんへのお礼としたのです。いつもお金に困っているカールさんを知っている人達だからこそ、その紙幣焼きにはびっくりしたことでしょうね」

「おかしいような、悲しいような話ですわ」

と、彰子が評した。

「――カールさんは大切なとき、ここ一番というときには、奇術を見せて、実は本物を演じて不思議がらせるという癖があったのです。カールさんが端山さんと会ったときがそうだったのです。端山さんは当然プロデューサーとして、カールさんに他の芸を見せてくれと言ったでしょう。そのとき、自分の救いの神となるかも知れない端山さんに、絶対不思議でならないような奇術を見せようとしたのですね。あいにく百ドル紙幣の持ち合わせがありません。そこで、カールさんはシンブルを本当に飲み込む奇術の手順を、端山さんの前で演じたのです。端山さんは多少奇術に心得がありますから、カールさんの思い切った奇術に対して、大家さんのようにびっくりはしません。その代わり、カールさんが本当にシンブルを飲み込んでしまったこと

に、大きな当惑を感じたのです。なぜなら、これから自分の身代わりになるべきカールさんの胃にシンブルが入ってしまった。カールさんは変死として発見される手筈になっていますから、当然屍体があがれば解剖されるでしょう。そのとき、屍体の胃の中から変な物が現れたら、どうでしょう。その結果、警察は〈強盗に出会った観光客〉以上の疑いをもって、徹底的な捜査を行なうでしょう。これは大変まずいことになるのではないでしょうか」

「カールさんにシンブルを吐かせるわけにもゆきませんね。体外に出るのを待っていたのでは、旅行団の出発に間に合わず、端山さんの捜索願いが警察に持ち込まれて、なお危険ですわね」

「端山さんは相当困ったと思います。けれども、すぐカールさんの胃のシンブルを逆手に取ることを考え付いたわけですわ」

「自分が大勢の目撃者のいる前で、同じシンブルを飲んでしまうのですね」

「カールさんが飲んだシンブルは、幸いに奇術用のシンブルではありませんでしたから、同じ物を街の小間物店で買うことができます。端山さんはそれをポケットに入れていたのです。昨夜の夕食後、わたし達がホテルのお客さんや従業員の前で奇術を見せ始めたのが、いい機会でした。端山さんはわたし達をびっくりさせ、同時にカールさんと同じ胃袋になることができました」

「奇術の後、端山さんはサービスの果物に手を出しませんでしたね」

「高級な果物が入っている胃袋は、カールさんにふさわしくないと思ったのでしょう。ですから、あの屍体からシンブルが見付かったとき、シンブルなど入っている胃袋は、世界中捜しても、端山さんの胃袋しかないと、誰でもがそう信じてしまったのです」

「端山さんはカールさんの胃袋に全てを賭けていたのね……あ」

何気なく窓の外を見た彰子が、思わず叫んだ。

「大峡谷《キャニオン》だわ」

目の下はいつの間にか雲が切れて、紫がかった神秘的な大峡谷が広がっていた。

「もうすぐ、ラスベガスだね」

と、鷹雄が言った。彰子は誰にも聞えないようにつぶやいた。

「今度は、わたしが楽しむ番……」

目を閉じると、夢にまで見ていた場面が、映画のように映った。

彰子は鷹揚《おうよう》にルーレットの前に腰を下ろしている。そして、目の前にはチップの山が、堆《うずたか》く積まれている……

空中朝顔

その年の選考は早く終った。

西の大関は恵比寿葉濃《えびすばこ》 紫《むらさき》 吹掛絞大輪《ふっかけしぼりだいりん》で、花の直径が二十四センチあった。気温が低く、日照時間の少なかった年にしては上出来で、濃紫地に白の吹掛けが鮮やかに決まって、見事大関の座を射止めた。

東の大関は変化咲きで、青渦打込立田葉白牡丹咲《あおうずうちこみたつたばしろぼたんざき》。渦と打込み、立田、牡丹の変種である。牡丹の姿がえも言われぬ気品をたたえ、選考委員全員が唸《うな》った。東の大関は一朝会《いっちょうかい》の花合せ最高位であった。

羅生門坂《らしょうもんざか》にある六段寺《ろくだんじ》の境内《けいだい》は、夜の明けぬうちから、一朝会の会員たちで賑わっていた。運び込まれるさまざまな鉢に、さして広くない境内が、たちまち花で一杯になった。出品数は年年に増え、品質にも勝れたものが多くなっているようだった。

夜が白み始めると、珍しく青空がひろがって、この分だと、花の色は一段と鮮やかさを増すだろうと、どの会員も浮き立つ気持になった。

風もなく絶好の花日和《はなびより》。空が明るくなるとともに、多くの観賞客が詰めかけ、色とりどりの大輪《たいりん》、変化咲きに目を奪われていた。

今、丹念に一つずつ、鉢の前に立って熱心に花を見ている女性がいる。束ねた髪の形が、紺の中形《ちゆうがた》によく似合った。年は三十を過ぎているはずだが、まだ開花の盛りという感じだった。

中高《なかだか》で眸《ひとみ》が大きく、下瞼《したまぶた》のふくらみに上品な色気が漂う。

その女性は大方の鉢を見つくし、会場の隅に歩を進めていたが、白い素足に黒塗りの下駄が、ふと、動かなくなった。——そのまま、女性はその場所に釘付けにされてしまった。

前にある鉢は、黒の今戸焼《いまど》で、細竹の行灯《あんどん》作りだった。青の並葉《なみば》の中に、白の紅色吹雪《べにいろふぶき》の丸咲きが二つばかり、小ぢんまりと咲いている。豪華な大輪や、見事な変種に満ちている会場の中で、その一鉢はそっ気ないほどありふれていた。

だが、一つだけ、他の鉢にはない、奇妙な点があった。

その花は、空中に浮いているのだ。

鉢は定石《じようせき》通りの行灯作りで、土には四本の細竹が立てられていたが、どこを探しても花の茎が見えなかった。

葉と蔓《つる》が行灯の上部にからみ、可憐《かれん》な花をつけてはいるが、土に植えられているべき、茎がないのである。

女性は鉢の前に立っている札に目を落とす……

並葉《なみば》紅色吹雪丸咲空中作り《まるざきくうちゆうづく》。

「もし……」

彼女は通り掛かった女性に声を掛けた。その女性は一朝会の腕章を着けていた。

「この鉢は譲って頂けないものでしょうか？　大変、気に入ってしまいました」

女性の会員はにこやかに答えた。

「気に入ってくださるのは、とても嬉しく思いますわ。けれども、この鉢だけは理由がありまして、どなたにもお譲りできないのです……」


秋子《あきこ》が裕三《ゆうぞう》と言葉を交わすようになったのは、前の年の八月だった。その年は、いい花が多く咲いた。

夜明けとともに起き、花の手入れをするのが秋子の日課だった。屋根上に作られた植木棚、二十坪ばかりの庭、玄関傍《わき》の露地までが朝顔で、これは全て父親から譲り受けたものであった。父親は一朝会の創立者で、長く会長を務めていた。

朝顔作りの流行の始めは文化文政期《ぶんかぶんせい》。この時代に変化咲きの、牡丹、獅子、柳、台、渦、立田、石畳といった、大多数の株が作り出されている。この流行は天保期《てんぽう》に入ると、大火や飢饉《ききん》で一時下火になった。次の流行は嘉永安政期《かえいあんせい》で、前代からの変種の組合せによって、おびただしい珍品奇品が作り出された。この流行は熱病のように江戸中にひろがり、上は大名から下は長屋住いの町人まで、我も我もと朝顔を作る。秀花には何万という価がつけられ、大坂の大家は江戸の花合せに、鉢を吊台に載せて東海道《とうかいどう》を運んだというが、やがて、上野《うえの》の戦争となる。三度目の流行は、世の中も落ち着いた明治《めいじ》の中葉。この流行は州浜《すはま》という株から作られた大輪が中心だった。これまで花の直径が十五センチもあれば大輪とされていたが、改良によって二十センチ以上の花を咲かせるようになった。それもやがて戦争のため、遺伝子の研究以外、庶民が花を作ることもなくなった。

秋子の父親は、明治期から引き継がれている大輪中心の花作りに、嘉永安政期の変化咲きを復興させようとした人であった。彼は各地の愛好家を訪ね、絶滅したと思われたいくつかの種を復活させたりした。

その父親が病いで倒れたとき、最初、秋子は花の処置に弱り果てた。

秋子は毎日我が子のように花を育ててきた父親を見ている。五月の播種《はしゅ》から、秋の採種の間は、花のために一度も旅行をしたことがない。秋子は父親の病いとともに、花を枯らしてしまうことがたえられなかった。

「花作りは俺の趣味だ。趣味をお前に押し付けようとは思わないよ」

と言うものの、溜め水のやり方を訊けば、さも嬉しそうに細かいところまで教えるのである。

父の死後、家に一人だけになった秋子は、もう花を処分してしまう気持にはならなかった。一朝会の会員を訪ね、栽培の正しい方法を教わり、曲りなりにも花作りを続けることができるようになった。

生《なま》肥え、練り肥え、水肥えという肥料の作り方から、カンナ、ナラ、ブナの落葉を集めに遠くまで出掛けたこともあった。そして、原種の取り方や、交配の方法を習うと、遺伝の不思議さという、未知の世界が広がっているのを知った。

入ってみると、花作りはなるほど奥が深い。凝り性の父が夢中になっていた気持がよく判った。

一朝会に、おそるおそる出品した鉢が前頭《まえがしら》の筆頭になった。それに自信をつけて、毎年の花合せが楽しみになり、気が付くと、三十をとっくに超えていた。

花を育て、大輪を咲かせ、変化咲きを作ることは楽しい。だが、それだけで自分の一生はよいものだろうか。

そんな迷いが心をかすめるようになったころ、秋子の前に、裕三が現れたのだ。

裕三は毎朝定まった時間に秋子の家の前をジョギングして通る、感じのよい青年だった。ただ、その風采《ふうさい》がちょっと変わっていて、最初見たときは、誰かに追い掛けられているようにしか見えなかった。裕三は浴衣《ゆかた》の尻をはしょり、下駄ばきだった。

目が合うと軽く会釈《えしゃく》をして通りすぎる。そのうち、

「お早う。いい天気ですね」

と、元気のよい声を掛けられるようになる。花の咲き始める頃には、しばらく立ち止って、花を見てからすぎることもあった。

ある日。

「お願いがあります」

と、至極《しごく》神妙な顔で裕三が声を掛けた。

「少しばかり、種子を分けて頂けませんか?」

「花をお作りになりますの？」

と、秋子が訊いた。

「……いえ。田舎《いなか》の母が欲しがっているんです。何でも、物置にダニがわいたので、朝顔の種を焼けばダニが駆除できるそうなんです。ところが今の時期はどこの家にも種子がなくって……」

朝顔の種子は牽牛子《けんごし》といって、漢方で使われていることは知っていたが、ダニの駆除になるとは初耳だった。

それにしても、花作りに種子は貴重な品である。その種子を焼くのに欲しいとは、無神経な発言だ。相手が他の人間だったら、そう思ったに違いない。だが、秋子はそんな裕三に、率直な態度を感じた。

「いいでしょう。多少、保存している原種がありますわ」

「原種、と言うと？」

裕三は門の傍に植えてある株を見た。

秋子が露地植えの花は全部採種用の株だと教えると、裕三はちょっと驚いたようだった。

「毎朝、見事な花が咲くので、目を楽しませてもらっているんですが、これは採種用なんですか。すると、本物、というか、本当にお作りになっている花は、もっと素晴らしいわけですね？」

裕三は目を輝やかせて訊いた。

「御覧になりたい？」

「ええ……ぜひ」

庭から、屋根上へ。

裕三はその花に圧倒されたようだった。

「これが……本当に、全部朝顔なんですか？」

漏斗形《じょうご》の丸咲きしか知らない人に、それは信じられないかも知れない。

菊を思わせる采咲《さい》き、花弁がからみ合った石畳、八重咲きの牡丹、桔梗《ききょう》咲き、車咲き。

裕三は純朴に感想を述べた。大輪より、父親が愛していた変化咲きに興味を示したことにも、秋子は新しい好感を持った。

裕三は一通り花を見終ると、秋子からダニの駆除用の種子をもらって、礼を言ってから、

「僕にも、こんな花を咲かせることができるでしょうか？」

と、訊いた。

「よく陽の当たる場所さえあれば、誰でも花を作ることができますわ」

「ぜひ、僕も作ってみたい」

ということがあって、裕三は毎朝のジョギングに、必ず秋子の花を見るようになった。

それがしばらく続いた朝、裕三は秋子の目を見詰めて、こう言った。

「花は、素晴らしいと思います……」

それが、

「花は、美しいと思います」

に変わり、

「僕は花を愛すようになりました」

と、エスカレートした。

だが、秋子は裕三の感情を冷静に受け止めていた。

最初のためらいは、年齢が離れていることだった。裕三は在学中で、経済的に独立していない。秋子は男の一人や二人を食べさせてゆくことはできるが、それは自分の考えている常識的な夫婦とは、掛け離れているように思われた。

花が好きだと裕三は言うが、それも不安の一つだった。一時、珍しい花に心を引かれたもの の、生涯それが続くものだろうか。もし花に飽きることがあれば、それは秋子に対する倦怠《けんたい》と同じことだ。裕三はただ調子の良い若者ではないという確信が持てなかった。

秋になった日、裕三は採種の手伝いに来た。

その頃になると、裕三は品種の名を大分言えるようになっていた。

秋子は新しい種子の中から、比較的易しく栽培できる種類を裕三に渡した。

「僕、来年はきっとびっくりするような花を咲かせて、秋子さんを驚かせてあげますよ」

裕三は秋子の手を引き寄せた。

秋子は逞《たくま》しい胸の中で、激しく心を動かした。

花に明け暮れているような自分の前に、もうこのような男性は現れることがないかも知れない。

「秋子さん結婚して下さい」

と、裕三が言った。

身体を与える前だった。秋子はこの言葉を信じることにした。

「お止《よ》し遊ばせよ」

叔父のところへ報告に行くと、叔母が口を挟んだ。

この叔母は秋子の父親が死んだとき、その遺産のことで、さもしいことを口走った女性だった。

「この節の若い男は、ちゃっかりしていますからねえ。きっと、秋子さんの財産が目当てに違いありませんよ。そんな男は、すぐ若い女に手を出しますからねえ」

叔母はちらりと叔父の方を見て言った。叔父は知らん顔をして、煙草《たばこ》ばかり吹かしていた。

「秋子さんなら、そんなに焦らなくても、いいじゃありませんか。わたしだって、いつもいいお婿《むこ》さんをお世話しようと、それぱっかり考えているんですよ……」

式は秋のうちに決めた。

秋子は自分の年齢のことばかり考えていた。裕三が大学を卒業するまで、待てなかったのである。

裕三の申し出で、式は簡素なものになった。裕三の家庭が裕福でないこともあったが、何より裕三が世間並みなことが嫌いな性質だったからだ。

「お父さんが生きていればねえ……」

と、叔母は溜め息をついた。それが「花嫁姿を見せてあげることができたのに」と続くのではなく「もっといい家の息子さんで、結婚式も盛大にしてもらえたでしょう」であることは、秋子にはすぐ判った。

裕三は秋子の家に移り住むことになった。学費や小遣まで、秋子が面倒を見る約束ができていた。

秋子は生活に張りがでた。朝、残り咲きの花を見てから朝食にし、裕三の昼の弁当を作って送り出す。裕三が酒好きなのを知って、夕食には晩酌を忘れなかった。

「あまり、男を甘やかしてはいけませんよ」

と、叔母が言った。

「男は増長しますからねえ。裕三さんはまだ若いんだから、もっと苦労させなくっちゃ」

だが、秋子はそれで満足だった。

冬、初めて雪山に登った。体力はとうてい裕三に及ばなかった。山の中にいる裕三が生き生きして見えた。

その年が過ぎ、春になった。

庭に出て、苗床を作っていると、裕三は手伝うでもなく空を見ていたが、

「スキーに行かないか?」

と言い出した。

ちょうど播種を終えたばかりだった。これから秋まで、亡くなった父親と同じように、家を空《あ》けることはできなかった。

「そうか。花作りって、そんな厄介《やっかい》なものだったのかなあ」

「裕三さん、一人で行ってらっしゃいよ。わたし、スキーなどしたことないんですもの」

「……それじゃあ、何だか、悪いみたいだなあ」

「悪いことなんかないわよ。夫婦ですもの」

「じゃあ……一晩だけ、ね。毎年行っているんで、行かないと落ち着かないんだ」

済まない、と言いながら、それでも秋子の弁当を持つと、子供のように浮き浮きしながら家を出て行った。

それが、一晩ではなくなった。

裕三はゲレンデで春雪なだれに遭い、他のスキー客数人と共に、死亡したのである。

「それ、御覧遊ばせ。罰《ばち》ざます」

と、叔母が言った。

叔母は遭難者の名簿に目を通し、一人の女性に目を付けていた。その女性は裕三と同じ学部の学生で、住所は裕三が元住んでいた近くだった。二人の遺体は手を取り合うようにしていたという。

「この女、裕三さんの愛人に違いございませんことよ」

新聞の粗《あら》い印刷の写真でも、その女性の美貌は想像できた。秋子は目のくらむ思いだった。

「宿に問い合せてごらんになったら？　きっと、同じ部屋に泊まっていたに違いありませんよ」

今更、その事実が判って、どうしようというのだろう。秋子にはその気が全くなかった。

「裕三さんも裕三さんですねえ。わたしは最初から変だと思っていたんですよ。花が好きだなんてねえ。あれは秋子さんに近付くための手段だったんでしょう。あの人、今年になって、栽培のお手伝いなどしたことがあって？」

言われれば答える言葉がなかった。

秋子はただ、その女性の家元から、裕三との関係について、何か言って来るのではないかと、それが恐ろしかった。そんな事実には、あくまで耳を塞ぎたい気持だった。

裕三が死んだ初七日。苗の芽が吹き始めた。

孤独を忘れるため、秋子は苗の選別に没頭した。

交配して得た種子から生れる苗は、遺伝の法則で、定まった割合の変種が現れる。それを出《で》物《もの》といい、苗のうちに選別して小鉢に移すのである。変化咲きを作る上で、大切な仕事の一つだった。

ある日、秋子は屋根上の植木棚の隅の、一つの鉢に目を留めた。

床土はよくならされていて、新しい竹が行灯作りに組まれていたが、秋子の覚えのない鉢であった。

秋子が知らなければ、裕三の手になったものに違いない。だが、苗を定植する前、なぜ先に竹を組んだのか、その意味が判らなかった。

いずれにせよ、裕三が何かを作ろうとしたのであれば、花への興味は失っていない証拠になるはずだ。

秋子は祈るような気持で、その鉢に灌水《かんすい》した。

他の苗はすっかり出揃った。だが、裕三の鉢だけは一向に芽を吹こうとはしなかった。

それから、更に一週間。秋子は灌水を続けた。

そして、一週間目の朝。……鉢の空中に、緑色の芽が現れた！

そのからくりはすぐに判った。トリックとなったのは行灯作りの竹である。裕三は竹の節を抜き、管を大きく拡げた。そして、土から十五センチばかり上の部分に孔《あな》を開け、この中に種子を播《ま》いたのだ。

竹の孔から出た芽は、そのまま成長していった。葉の数が多くなるにつれ、葉はその孔を隠してしまった。

「来年、びっくりするような花を作る」

と、裕三が言ったのは、このことだった。

月並みなことが嫌い。浴衣でジョギングし、冬山に登り春スキーに出掛けるような裕三は、独自の発想を温ため、秋子にも内証で、ひそかに不思議な花作りにかかっていたのだ。

八月の初め、鉢は蕾《つぼみ》を持ち、花を咲かせた。

不自然な栽培のため、花の芸はよくなかったが、昨年の秋、裕三に渡した種から、紅色吹雪の丸咲きが、見事に開花した。

朝、それを見た秋子は、裕三に愛人などなかったことを確信した。秋子は花の傍にしゃがみ込むと、止めどなく涙があふれてきた。

秋子は長いこと花の前に立っていた女性が、どこかで見たことがあると思った。

夕方、鉢を片付けるとき、その人の名を思い出した。秋子は裕三の鉢にささやいた。

「あなたの考え出したトリックは、わたしが考えていた以上に、素晴らしいものだったわ。だって、有名な女流奇術師の曾我《そが》佳城《かじよう》さんが見て、動けなくなってしまったんですもの……」

白いハンカチーフ

竹島新二《たけしましんじ》アナウンサー　（色白、穏やかな感じで卵形の顔をした中年男性。メタルフレームの眼鏡《めがね》をかけ、紺の背広に赤い縞《しま》のネクタイ。にこやかに口を開く。響きのよい低音《バス》）こんにちは。竹島新二です。九月十五日ニュースバラエティショウ「竹島新二と三時の奥さま」の時間がやってまいりました。ティータイムをご一緒にお過ごしください。

音羽町子《おとわまちこ》アシスタント　（若く聡明な感じの女性。フリルの多い白のブラウスに、柿色のスーツ。細い金のイヤリングをしている。透明な声）音羽町子です。どうぞよろしく。

竹島　すっかり爽やかな季節になりましたね。

音羽　お酒がおいしくなる、とおっしゃりたいんでしょ？

竹島　いや、そんなことは思いません。女性が益益《ますます》美しくなると言おうとしたところです。ねえ、奥様。（ちょっと後ろを振り返る）

雛壇に並んでいる主婦たち　（照れたように笑いあう）

竹島　夏の水着の跡が、そろそろ消えかかる季節ですね。

音羽　（胸を押えて）そんなことを気になさっているんですか？

竹島　大いに、気になりますな。

音羽　竹島さん、今朝の空をごらんになりましたか？

竹島　……いえ。朝はその——弱い方でして。

音羽　東京から富士山《ふじさん》が見えましたのよ。雲一つない、それは美しい空が拡がっていましたわ。

主婦たち　（うなずきあう）

竹島　美術の秋に先駆けて、現代版画の展示即売会が東京の更松《さらまつ》デパートで今日より開催されます。展示される版画はおよそ千点、現代を代表する作家の力作が揃っているそうで、なかなかの前評判です。

音羽　わたしもいい絵が欲しいわ。

竹島　音羽さん、最近広い家に引っ越されたばかりですね。

音羽　広くはありませんけれど、今、空《あ》いている壁があるんです。皆さんも閑《ひま》がありましたら、どうぞお越しください。

竹島　というわけで、このところ、実に穏やかな日が続いていますね。台風も発生した様子がありませんし、大きな交通事故もない。飛行機も落ちませんし、学生たちも静かでしょう。芸能界も皆さん紳士になってしまわれたようで、派手な噂がありませんね。今朝の新聞には、あくびをしているゾウの写真が、大きく載っていました。

音羽　竹島さんの言い方ですと、事件のないのがつまらなく聞えますね。

竹島　いや、決して事件があった方がいいなどと思ってはいませんが、こうした日日は現代では珍しいいんじゃないでしょうか。
音羽　確かに、それは言えますわ。
竹島　ところで、毎週木曜日のニュースショウは事件特集「あらあら」をお送りしています。
音羽　判りました。竹島さんは「あらあら」に取り上げる材料がなくなるのを心配していらっしゃったんですね。
竹島　いや、そのご心配はいりません。さすがに現代ですねえ。「あらあら」が材料不足になるというようなことはありません。今日は十四日に起こった、藤形《ふじかた》少女歌劇団、附属音楽学校寮、集団中毒事件の真相に挑みたいと思います。
テロップ　「藤形少女歌劇団附属音楽学校寮集団中毒事件の真相!?」
竹島　奥さま。涼しくなったからといって、まだまだ油断はできません。現にこうした事件が起こっているのです。
音羽　本当に思い掛けない事件でした。びっくりしましたわ。
竹島　事件の後、ずっと密着取材を続けていました、小出雲《こいずも》レポーターがスタジオに来ていますので、呼んで話を聞きましょう。小出雲さん、どうぞいらっしゃってください。
小出雲　（目が大きく、口が尖《とが》っている。陽焼けして少少柄の悪い三十代の男。赤い賑やかな柄のポロシャツを着ている）はいはい。（かん高い声）
音羽　どうぞ。（椅子をすすめる）

小出雲　皆さん、こんにちは。「あらあら」の男、小出雲レポーターです。（椅子に掛けようとして、ちょっとよろける）
音羽　……大丈夫ですか？
小出雲　はいはい。いや、今日はまた特別美しい方ばかりがお揃いだもので、ついふらふらと……
主婦たち　（しきりに笑う）
竹島　気を付けてくださいよ。あなた、この頃売れていますからねえ。忙しくて大変なんでしょう？
小出雲　目だけでは足りなくて、鼻まで廻っておりますよ。お弁当を食べる閑もない。
竹島　紅蓮美顔《ぐれんみかお》さんお手作りの？
小出雲　ええ、まあ……
竹島　勿体ない話です。
小出雲　実は自律神経失調の気味があるらしい。いつでも空腹感がないんです。
竹島　現代の病いですな、そりゃ。まあ忙しいから無理もないでしょうが、お医者さんへ行きましたか。
小出雲　いいえ。私はどういうものか、お医者さんとのっぺら坊は大嫌いです。
竹島　変な物と一緒にするね、この人は。美顔さんを大切にしているでしょうね。あの頃は紅蓮美顔が惚れても仕方のない二枚目でしたね。奥様、覚えていらっしゃるでしょう。

主婦たち　（うなずき合う）
竹島　最近二枚目は全然やらない？
小出雲　皮肉だね、あんたも。当人はその気はあるんだけれど、この頃は仲間の顔も忘れそうですよ。ニュースも真夜中に見ています。
竹島　真夜中に？
小出雲　ええ、ビデオに取って、夜中じゅう見ています。
竹島　なるほど。じゃあ、お宅のテレビは消えているときがない。
小出雲　消えているテレビというの、何だか気味が悪いものですよ。ニュースといえば、新《しん》川《かわ》の強さはどうです。なんとかなりませんか？
竹島　なんとかならないかっていったって……
音羽　小出雲さん、新川がお嫌い？
小出雲　音羽さんは？
音羽　きゃー。わたし大ファンなの。土俵入りがすてき。
小出雲　女性はすぐそれなんだなあ。僕も嫌いじゃないですが、それにしてもよく勝ちます。
竹島　今年になってから、ベタ白星が続いていますね。
小出雲　ですから、なんとかしてもらいたいと思うんです。
竹島　ところで今週の「あらあら」ですが——
小出雲　ほい、そうでした。

竹島　忘れちゃ困ります。お陰でこのところ「あらあら」はなかなか好評です。
音羽　先週は「殺人犯、堺八士《さかいやつし》はいかに抜谷《ぬけだに》刑務所の塀を乗り越えたか」でしたね。
小出雲　私も脱獄に挑戦したわけです。堺八士と同じ条件で試みましたが、結果はご承知のとおり、大失敗でした。
竹島　それがおかしかったのですよ。あなたは腹いせで、あの後刑務所の塀に、大きな落書きをしたというじゃありませんか。
小出雲　それが判って、大目玉を食いましたよ。はははは。
竹島　ところで、今度の集団中毒事件は、単純な中毒事件ではなかったようですね？
小出雲　はい、取材してみると、なかなか複雑な事実が判ってきたのです。その全てを取材してきましたので、精《くわ》しく報告をしたいと思います。
竹島　今度の事件に関係したお客様もお呼びしてあります。そのお一人は藤形警察署の捜査課主任、鍋町桂一郎《なべちようけいいちろう》さんです。どうぞお越しください。
鍋町捜査主任　（額の抜けあがった、四角な赤ら顔の男。目が細く鼻と口が大きい。黒に近い紺の背広に紺のネクタイを締めている。ぶっきら棒に）どうも……
竹島　お忙しいところ、お呼び立てをして、申し訳ありません。
鍋町　いや……なに。
音羽　集団中毒が発生した場所が、音楽学校の女子寮だということで、被害にあったのは若いお嬢さんたちばかりでしょう？

鍋町　うう……まあ……
竹島　そこのところも、あとでゆっくりお訊きいたします。もう一人のお客様は、音楽学校の講師の経験がある、奇術師の曾我佳城《そがかじよう》さんです。どうぞ、佳城さん――
曾我佳城　（知性と色香が美しく調和した女性。黒い豊かな髪を後ろで大きく束ね、ブランデー色のレースドレス。銀色の腕時計をしている）曾我佳城です。よろしく。
竹島　白状しますが、私、佳城さんの大ファンでした。
佳城　光栄です。
竹島　久し振りでお目に掛かりますが、舞台で活躍していらっしゃった頃より、更にお美しくなられましたね。
佳城　お上手でいらっしゃいます。
竹島　いえ、お世辞ではありません。ねえ、音羽さん。
音羽　……わたし、その頃はまだ小学生だったかしら。
佳城　もうその話は止《よ》しにしましょう。
竹島　芸能界を引退なさったのは？
佳城　はい、亡くなった主人と結婚するときの約束でした。
竹島　それだから、お金持ちの男は嫌いですよ。カムバックされるお気持は？
佳城　全然ありません。
音羽　竹島さん、よだれが流れます。

竹島　失礼……ところで佳城さん。藤形音楽学校へは奇術を教えにいらっしゃったのですか。
佳城　そうです。
竹島　では、藤形歌劇団で奇術の舞台を？
佳城　いいえ。実際に奇術を舞台にかけるから、というわけではありません。劇団に知り合いの演出家がいまして、その人は、演劇でも絵画でも文学でも、その基本は奇術だと固く信じていらっしゃるんです。ですから、それに志す人は奇術の精神をよく知っていなければなりません。というわけで、その演出家に依頼されて、劇団へ奇術を教えに行くことがあるのです。
竹島　なるほど。現代的な考えですね。（カメラに向かい）その佳城さんは、現役ではないからとおっしゃるのを、無理にお頼みしてテレビ出演していただきました。後でお得意の奇術も見せてくれると思います。
佳城　それは約束が違いますわ。ただ、音楽学校の話をするだけだと――
竹島　それがハプニングなのです。現代のテレビはいつもこうしたハプニングが起こります。では、お知らせをどうぞ……

ＣＭ（白一色の雪山の斜面。遠くからスキーヤーが見事なシュプールを描きながら近付いてくる。フェードインアウトして、長い高速道路を走る乗用車）へ滑る感覚　飛んでゆくあなた　スポーツカーの帝王　スノウバンザイ！
ＣＭ（後ろ向きの裸の美人。向きなおると純白の花嫁衣装となっている。皺《しわ》一つないベッド。どこまでも続く砂浜。駈けて行く花嫁）十月一日オープン！　パレスシーサイドホテル！結婚式場へご予約の新婚ご夫婦を、タヒチ島へ五泊六日のご招待！

竹島　お待たせいたしました。ところで小出雲さん。

小出雲　はいはい。

竹島　あなた、特別に藤形音楽学校の女子寮にお精しいと聞きましたが。

小出雲　そうなんです。あの女子寮のことでしたら、玄関からおトイレの中まで……

竹島　驚いたなこりゃ。

小出雲　私も驚きました。いや、たまたま、藤形音楽学校を取材した直後だったんですよ。いえ、他の局のドキュメント番組で。あれは今月の十二日から、二日間、音楽学校に入りびたっておりましたよ。そういえば、音羽町子さんも、藤形音楽学校の出身でしたね？

音羽　そうなんです。――ん回の卒業生です。

小出雲　なるほど――ん回目ですか。

音羽　その頃の寮は絶対的な男子禁制で、父親でも寮に入ることができませんでしたわ。

小出雲　基本的には今でもそうです。ですから、女子寮へ足を踏み入れた、開校以来最初の男性レポーターが、私だということになるのです。

竹島　現代でもそんな世界があったんですねえ。その女子寮を精しく話してください。

小出雲　はい。藤形少女歌劇団、附属音楽学校というのは、藤形市のはずれにありまして、自然の環境に恵まれた、静かな学園です。学校は全寮制で、入学資格は中卒以上。最近、飛躍的に生徒数が増えまして、現在約千名の大世帯になっております。というのが、卒業後、生徒は必ずしも劇団員にならなくともよいという学校の方針になったからであります。つまり、藤形音楽学校独自の校風が、大きく開放されたのです。礼儀作法を重んじる、両親を大切にする、美的な感覚を養うといった校風が、大勢の親の共感を得ました。試験地獄で人間不信におちいっている娘を普通の高校に入学させ、ヒステリーで暴力的な学生にするより、藤形音楽学校に入れれば、高尚な趣味を持つ豊かな女性となる、まかり間違って娘が藤形少女歌劇団の大スターにでもなれば、親も楽ができるというので、入学希望者が殺到しているのです。

竹島　なるほど。私も現代の娘を持つ親の一人として、男子禁制の女子寮というのに魅力を感じますな。

小出雲　そうでしょう。私、丸二日学生寮を見学したわけなんですが、すっかり驚かされました。

竹島　それはどんな点ですか？

小出雲　まず、校舎が清潔なこと。医院だってこれほど衛生的なのは探すのに骨でしょう。校庭にも塵《ちり》一つ落ちていません。生徒たちは皆飾り気のない白い制服に統一されています。その生活は軍隊のように規則正しい毎日でした。まず、朝五時きっかりに鐘が鳴って、全員起床して洗面。部屋、校庭の掃除を済ませた後、校庭に並んで朝の礼拝と体操、ジョギングで一日が始まります。七時に朝食ですが、その食堂が竹島さんにお見せしたかった。

竹島　さぞ賑やかでしょう。

小出雲　と思うと大間違い。千人入る大食堂は実に整然としていました。でも、あの白い壁には絵が欲しかったな――音羽さんの台詞《せりふ》じゃありませんけれど。

竹島　千人もの食堂では相当に広いわけですね。

小出雲　朝の献立は、目玉焼きにハムサラダ、アジの干物に漬物、それに豆腐の味噌汁にご飯で、毎朝だいたい同じだそうです。

竹島　和洋折衷《せっちゅう》、栄養のバランスがよくとれています。最近の学生は夜更《よふか》しをして朝遅いものだから、閑がなくなって朝食をとらずに学校へ行ってしまう。従って、貧血気味の子が多く、午前中はぼんやりしている――そんなこともないわけですな。

小出雲　ありません。生徒は皆、健康で美しく、はつらつとしていますよ。授業も整然と行なわれます。授業の終る三時から夕食の五時迄は芸術活動。ここで、専門的なバレエや音楽のレッスンが行なわれるわけです。夕食後は自由時間になりまして、この間は外出が自由ですが、九時の門限は、厳重に定められています。

竹島　あなたも、音楽学校へ入れてもらった方が、いいんじゃないかな。

小出雲　いや、僕はそんなに美しかありませんよ。

竹島　お世辞だと思っているよ、この人は。（佳城の方を見て）佳城さんが見た音楽学校の印象はどうです？

佳城　小出雲さんのお話をお聞きしていて、感心しましたわ。とても要領よく音楽学校の特徴を説明していて。小出雲さんのおっしゃるとおり、音楽学校はとても清潔で健康的です。

竹島 奇術の成績はどうです？

佳城 （笑う）ちょっと、ね。

竹島 あんまり、感心しない？

佳城 というわけではありませんが、これは無理ないと思いますわ。奇術はもともと、人様を欺すためのものですから。

竹島 なるほど。生徒さんは皆、正直すぎるわけですね。

佳城 そうなんです。最初のうちは、なかなか欺すこと欺されることの楽しさが理解されません。

竹島 そんな清潔な学生寮に、なぜ食中毒が起こったか。小出雲さん、その後を続けてください。

小出雲 はい、かしこまりました。事件が起こったのは十四日——つまり昨日の午前九時半頃でした。授業中の二年ゆり組の教室で、夏木美保子《なつきみほこ》さんという生徒が、急に腹部の激痛と嘔《おう》吐《と》感に襲われたのです。すると、夏木さんの症状がきっかけを作るように、あちこちで同じ苦痛を訴える生徒が続出したのです。発病者は隣の教室のうめ組、ばら組にも波及して、ばたばた倒れる生徒が続出し、一時は学校中が大騒ぎになってしまいました。

竹島 先生たちは驚いたでしょう。

小出雲 勿論です。ただちに、近くの救急病院に連絡をとる。駈け付けた救急車で、重態の学生から病院へ運ばれました。

竹島　発病者は、何人でした?

小出雲　病状を訴えた人数は五百七十一人。

竹島　学生の半分以上じゃありませんか。

小出雲　いや、実際に症状が現れた学生は、最終的には三十八名だったのです。一時、学校はパニック状態におちいった、と担当の医師が言っていました。その結果、健康なかなりの学生が、自分も発病したと思い込んでしまったのです。

竹島　なるほど。

小出雲　発病者三十八名のうち、ほとんどは軽い嘔吐と下痢《げり》で、それが治まってその日のうちに退院しました。重症の八名も今日明日には退院することができそうだといいます。まあ、騒ぎの割には被害が少なく、関係者は、ほっとしているところです。

竹島　昨日の夕刊には、五百七十一人という数字が発表されていましたね。それにはびっくりしたものです。それで、その原因は何だったのでしょう?

小出雲　発病の時期が同じだったということ、それから、発病者の症状を見て、病院では集団食中毒ではないかという疑いを起こしました。すぐ市衛生局に調査を依頼しましたが、その調査結果が今日の十二時に発表されました。それによると、典型的な集団食中毒だということです。腐敗細菌が産生する毒素による食中毒で、調理室から産生毒素のエンテロトキシンなどが検出されました。

竹島　エンテロ……？

小出雲　そう、エンテロトキシンです。この毒は食物中で増殖したブドウ球菌が作り出すものだそうです。一度食物が汚染されると、その毒は三十分煮沸してもこわれないんだといいますね。まあ、最も頻繁《ひんぱん》に起こる食中毒の一種です。これが体内に入ると、普通、一時間から五時間の間に、腹部の激痛や、嘔吐、下痢が急激に起こります。まあ、他の中毒に現れるような、発熱や生命の危険が伴うなどの心配はないのですが、その汚染経路が問題になったのです。

竹島　調理人に保菌者はいなかったのですか？

小出雲　調理人全員は白でした。発病者の話によると、朝食べたハムサラダが変な味だったと言います。その証言から、調理室が検査されましたが、たまたま洗い残されていた、サラダをあえる一つのボウルから、エンテロトキシンが大量に検出されたのです。問題のサラダは、ハムとチーズ、レタス、トマト、キュウリがマヨネーズであえられたものです。

竹島　犯人はハムですか、チーズですか、それともマヨネーズ？

小出雲　マヨネーズは自家製で、その日の朝作られる新鮮なものでした。ハムとチーズは市内にある某食料品店から一括購入されています。衛生局職員は冷蔵庫にある残りのハムとチーズを検査しましたが、これは白。念のため食料品店の立入検査も行なったのですが、同じく白だということが判ったのです。

竹島　すると、どういうことになるのでしょうか？

小出雲　食物の汚染経路は別のところだったのです。

竹島　と、いうと？

小出雲　つまり、毒素が検出された問題のボウルですが、この一つの中には百人分のハムとチーズがスライスされて、前日のうちに準備されているのです。翌朝、それに野菜とマヨネーズが加えられるのが毎日の定まりです。そのボウルは全部で十個、そのうちの一つだけがブドウ球菌に汚染されていた、というのがどうもおかしい。

竹島　常識では考えられませんね。

小出雲　つまり、何者かが調理室に忍び込んで、故意に腐敗した何かをそっと混入したのではないかという疑いが生じたのです。

竹島　そ、それは大変な事件ではありませんか。

音羽　わたし、とても信じられません。

竹島　では、続きはコマーシャルの後で……

CM　（浴衣《ゆかた》姿の新川、山のようなハムサラダをもりもり平らげる。最後に大丼に一杯の酢を飲み干す。一本調子の言葉で）ぼくの健康の秘密はこれ。酢は新川酢。

CM　（タヌキのアニメーション）お母ちゃんぽんぽんがいたいの。また冷蔵庫に化けたのね。お兄ちゃんが食べ物一杯押し込んだの。そんなならあわてず、食べ過ぎにはポンケロリ。（テロップ）注意書きをよくお読みください。

竹島　さあ、意外なことになりましたねえ。それでは、最初にご紹介した、藤形警察署の鍋町主任のお話を聞くことにいたしましょう。鍋町さん、お待たせいたしました。

鍋町　……うう。

竹島　ただ今、小出雲レポーターから、藤形音楽学校寮の集団中毒事件は、偶然の事故ではなく、人為的な犯行によるものだったと説明されましたが、本当にそういう事が起こったのですか?

鍋町　その通りです。

竹島　警察へは、どういう形で連絡があったのですか?

鍋町　警察に連絡があったのは、今日の午前中でした。最初市の衛生局から電話がありました。

竹島　事件発生から、丸一日経っています。連絡が遅かったんじゃないでしょうか。

鍋町　そうは思いません。衛生局の立入検査の結果、疑いが生じたのですから、警察ではすぐ音楽学校寮に連絡をしました。学校から警察の調査依頼があったため、私たちが現場に行ったのです。

竹島　衛生局では、中毒事件のどんな点に疑いを持ったのですか!

鍋町　さっきも話に出ましたが、発病者が一ヵ所に片寄っていたこと。つまり、食堂にはおよそ千人の学生がいましたが、中毒患者はある列のテーブルに限られて発病したのです。

竹島　向き合った同士で、片側は発病し、他の側は何でもなかったのですね。

鍋町　そうです。つまり、同じ一つのボウルから盛り分けられたサラダから、中毒が発生したことが判りました。
竹島　特にそのボウルだけにブドウ球菌が大量に発生した、ということは？
鍋町　普通では考えられないことであります。そのボウルの中に、細菌の種を播《ま》かない限りは。
竹島　うーん。細菌の種ですか。その証拠が見付かりましたか？
鍋町　それを発見したのは、衛生局の職員でした。彼は調理室を徹底的に調べあげまして、ごみ入れの中から一枚の小さなポリ袋を発見したのです。その中には腐敗した少量の食物が残っていました。
竹島　ごみ入れの中から発見された物なら、腐っていても当たり前じゃありませんか？
鍋町　そこが違うのです。そのポリ袋は寮の調理室では絶対に使用しないものでした。そればかりではなく、そのポリ袋を調理室に持ち込んだ職員は、誰もいないことが判りました。
竹島　ということは……
鍋町　何者かが腐敗した食物をポリ袋に入れて調理室に持ち込み、職員の目を盗んで、一つのサラダボウルの中に投げ込み、残ったポリ袋はごみ入れの中に捨てた、と考えられます。
竹島　一体、誰が何の目的でそんなことをしたのでしょう？
鍋町　全く、言語道断な人間です。
竹島　犯人は外部の人間でしょうか。それとも内部の人間でしょうか？

鍋町　今のところ、何とも言いかねる段階です。調理室は銀行ではありませんから、調理人の目を盗んで、誰でも入ることが可能です。
竹島　調理室に一人の職員もいなくなるときもあるのですね。
鍋町　あります。
竹島　最近、学校に怨《うら》みを持つような人間の心当たりがありますか。小出雲さん、この点はどうです？
小出雲　音楽学校は平和そのものという感じです。私も色色な先生方にうかがったのですが、学校に怨みなど持つなどとはとんでもない。そんな人間は一人もいてはならない、そう口を揃えて言っております。
音羽　問題のボウルのサラダは、どの生徒の前に出されるか判らない。そう考えてよろしいですね。
小出雲　それ、それが、今度の事件の特徴といえます。食堂の座席は、クラス毎《ごと》の席順は決められていますが、個個の座席はそのときによって違うのです。ですから、発病した夏木美保子さん以下三十八名の生徒は、全く不運な籤《くじ》を引き当てたことになるのです。
竹島　鍋町さん。これは一体、どういうことなのですか？
鍋町　これは一種の無差別犯だと思います。被害者が誰であろうとかまわない放火狂、爆破狂などに共通した点が見られます。つまり、個人的な不安や不満、いらいらが鬱積《うっせき》し、そのはけ口を不特定多数に向けている、そういう共通点があると思います。

竹島　なるほど。
鍋町　昭和三十七年から八年にかけて世間を騒がせた爆破狂、草加次郎《くさかじろう》。四十二年の東京駅みどりの窓口爆破事件。四十三年の国鉄横須賀《よこすか》線爆破事件は、仕事仲間から孤立した人間の犯行でしたし、あるいは品川《しながわ》の毒入リコーラ殺人事件、新宿《しんじゆく》西口のバス放火事件があります。
竹島　歪《ゆが》んだ現代の病巣が吹き出した感じですね。
鍋町　いや、こういう事件は現代だけに発生するというものではありません。昔にもありました。
竹島　（不満そうに）はあ？
鍋町　江戸時代の辻斬りとか試し斬りというのも、無差別な殺人でした。
竹島　でもあれは、病める江戸時代だからで……
鍋町　昭和十三年にも津山《つやま》事件というのがありました。これは一人の男が無差別に三十人もの人間を殺害した大事件でした。
竹島　でも、現代ほど多くはなかったでしょう。
鍋町　さあ、どうですか。石器時代にも似たような事件はあったと思いますよ。ただし、記録がないだけで。
竹島　石器時代にボウルがありますか？
鍋町　石器のボウルとは……
竹島　聞いたことがありませんでしょう。私、これは文明の進んだ現代が生んだ犯罪だと思うのです。どうですか、奥様？

主婦たち　（しぶしぶうなずく）

竹島　病める現代の異常な犯罪。いかにも現代ではありませんか。

音羽　犯人がいつも不満だとして、それを晴らすだけのために、わざわざ危険な思いをして調理室に忍び込むというようなことがあるんでしょうか？

竹島　現代だから、それがあるのです。毒入りコーラ殺人事件の犯人は、コーラの王冠を開けて瓶の中に毒を入れ、再び王冠を付けなおすという、手の込んだことをやったではありませんか。草加次郎の場合はもっと複雑な仕事をしています。そうでしたね、鍋町さん？

鍋町　うう……

佳城　一つだけ質問がありますけれど、よろしいでしょうか？

竹島　（意外な顔をして）――どうぞ。

佳城　問題のボウルは全部で十あったうちの一つでしたね。

竹島　小出雲さん、お願いします。

小出雲　そうです。

佳城　十のボウルは同じ場所に置いてあったわけですね？

小出雲　……そうです。調理室の棚にきちんと並べてありました。

佳城　問題のボウルの位置が知りたいのですが……

小出雲　（変な顔をして）待っていてくださいよ。……ええと。右から、四番目だったか、五番目、だったかな。
佳城　一番端にあったボウルではなかったのですね。
小出雲　そうでないことだけは確かです。
佳城　ありがとう。それだけです。
竹島　つまり、そのボウルも無差別に選ばれたわけなのですね。というように、今日の木曜特集「あらあら」は藤形少女歌劇団附属音楽学校寮で起こった、集団中毒事件を取り上げてみました。
音羽　幸い最初の報道より被害者の数は多くなく、被害に遭われた方も皆さんお元気そうなので安心しましたが、これが体力のある若い女子寮での事件だから、皆さん回復が早かったのでしょう。もし、お年寄りの寮などで起こったと考えますと。
竹島　ぞっとしますね。一刻も早く犯人が見付かるといいと思います。鍋町さん頑張ってください。では——
CM　（紋付き羽織袴の俳優、美人の酌で酒を飲んでいる）優れた文化の伝統を持つ国には、必ず美酒がある。美人がいる。そして、礼服がある。（テロップ）礼装には紋服を着ましょう。東京紋章上絵師《うわえし》組合。
CM　（カストロ髭《ひげ》の奇術師、両耳に手を当て、首を胴体から外してテーブルの上に置く。首が喋《しゃべ》る）奇術のご相談は、茅場町《かやばちょう》大和屋《やまとや》ビル、マジックランドへ。

竹島　奇術のコマーシャルが出たところで、曾我佳城さん、お待たせしました。
佳城　はい。
竹島　さっきも言いましたが、佳城さんの舞台は、今でも私の目の底に焼き付いております。
佳城　恐れ入ります。
竹島　佳城さんは舞台の上の奇術ばかりでなく、トランプとかコインなど小さな品を扱う、ええと……テーブルマジック？
佳城　クロースアップマジックとも申します。
竹島　そう、そのクロースアップマジックの名手でもいらっしゃいます。私、不勉強で申し訳ありません。スタッフに聞いたところ、専門家には、佳城さんのクロースアップマジックを、ステージマジックより高く評価している方もいるそうですね。
佳城　お客様には好き好きがありますから。
竹島　これから、そのクロースアップマジックをぜひ拝見したいと思います。
佳城　でも、わたしはもう現役ではありませんし、用意が……
竹島　カードでもコインでも結構ですから、何か一つ――
佳城　カードの持ち合せがありません。
竹島　ではコイン。小銭なら私、持っています。
佳城　（あまりのしつっこさに笑いだす）竹島さんには負けましたわ。それでは折角《せっかく》ですから……

竹島　待っていました。音羽さんも小出雲さんも、よくごらんなさい。こんな近くで、専門家の奇術を見たことはないでしょう。

音羽　初めてです。

佳城　（膝《ひざ》に置いてあるバッグから、真白なハンカチを取り出す）では、このハンカチを使って、何かごらんに入れましょう。

竹島　音羽　小出雲　鍋町　（ハンカチに視線を集中する）

佳城　音羽さん。このハンカチをお調べください。……どうぞ、手に取って。

音羽　（ハンカチを手に取り、裏表をひっくり返して見る）綺麗な、真白い絹のハンカチですわ。

竹島　怪しいところはありませんね。

音羽　ありません。（ハンカチを佳城に返す）

佳城　（ハンカチをテーブルの上に拡げて置く）よくごらんください。

全員　（ハンカチを見る）

小出雲　（しばらく見ていたが）何かが起こるわけですね？

佳城　しっ……（真剣な表情）

全員　…………

小出雲　変ですね。

佳城　（黙っている。ハンカチはじっと動かない）
竹島　（不安そうに、佳城の顔をうかがう。遠慮勝ちに）佳城さん……
佳城　…………
小出雲　やり方が判らなくなってしまったんですか？
佳城　（言葉が聞えないように黙っている）
竹島　……佳城さん、他の奇術にしましょう。
佳城　いや、これでいいんです。（更に何秒か経つ）
小出雲　（いらいらしてくる）よくないじゃありませんか。こんな奇術って、ありますか？
佳城　この白いハンカチをじっと見てくださいと言ったでしょう。さあ、じっと見るのです。
小出雲　（ハンカチに目を移すが、長く続けられない）佳城さん――（額の汗を拭う）
佳城　…………
小出雲　（発作的にハンカチを取りあげ、丸めてしまう）こんなもの、止しましょう。別の奇術を見せてください。
佳城　ほら、何もなかったハンカチの中から、出てきたじゃありませんか。
小出雲　（ハンカチを拡げて振ってみる）そんなばかな。一体、何が出てきたと言うんです。
佳城　藤形音楽学校寮の集団中毒事件の犯人が、ですよ。
小出雲　何ですって？
主婦たち　（ざわめき始める）

佳城　小出雲さん。あなたは音楽学校に取材に行った日にも、お弁当を食べ忘れましたね？
小出雲　食欲がなかったからですよ。それがどうしました？
佳城　あなたは夕方になってそれに気付き、開いてみて、もう駄目になっているのを知った。
小出雲　（しきりに額を拭う）あなたは、何を言いたいんですか？
佳城　あなたはその食物を、調理室にある一つのボウルの中へ投げ入れた、と言いたいのです。
小出雲　嘘だ！
佳城　小出雲さん、ここですっかり白状した方がいいと思いますわ。でないと、長いこと刑務所の中で一人きりにされてしまうでしょう。
小出雲　何だって私が……
佳城　あなたは音楽学校が恐かったんですね。この白いハンカチのような均一の空間が……
竹島　小出雲さん、真逆《まさか》、あなたが？
音羽　小出雲さん……
小出雲　（立ちあがる）皆、そんな顔で私のことを見詰めないでください。そうだ。あの事件を起こしたのは私だ。そう言えばいいんですか？　そう言えば——
主婦たち　（中から悲鳴が起こる）
ＣＭ　（浴衣姿の新川、山のようなハムサラダをもりもり平らげる。最後に大丼に一杯の酢を飲み干す。一本調子の言葉で）ぼくの健康の秘密はこれ。酢は新川酢。

CM　（タヌキのアニメーション）お母ちゃんぽんぽんがいたいの。また冷蔵庫に化けたのね。お兄ちゃんが食べ物一杯押し込んだの。そんならあわてず、食べ過ぎにはポンケロリ。（テロップ）注意書きをよくお読みください。

竹島　（気持が整わぬうちキューを出されたようで、きょろきょろする）はあ。三カメさんですね。（カメラの方を見る）失礼しました。ちょっとスタジオがざわついております。（遠くに声を掛ける）はい？　大丈夫。大丈夫ですね……

音羽　（浮き浮きした気持を抑えている様子）スタジオから、二人の方がいなくなりました。小出雲レポーターと、藤形署の鍋町主任です。小出雲レポーターは、藤形音楽学校寮の集団中毒事件の重要参考人として、鍋町主任とスタジオを出て行ったところです。竹島さん、意外な結末となりましたね。

竹島　（興奮が醒《さ》めきれない）実に……これは現代の、文化の、病巣が……ハプニングに……

音羽　佳城さん、これは一体、どうしたことなのですか？

佳城　（落ち着いて笑みを泛《うか》べている）ごらんになった通りですわ。集団中毒事件を起こした容疑者が現れたのです。

竹島　私にはまだ信じられませんが。

主婦たち　（互いにささやきながら不安な様子）
音羽　佳城さんには、どうしてそれが判ってしまったんですか？　そのところを、もう少し判り易く話してくださらい。小出雲さんが本当の犯人だとすると、佳城さんは白いハンカチの中から犯人を取り出すという、とんでもない奇術に成功したことになりますわ。
佳城　何でもないことなのです。わたし、今のコマーシャルの前に、ちょっとした実験をしてみたのです。
音羽　じゃあ、あれは奇術ではなく、実験だったのですか？
佳城　申し訳ありませんが、そうでした。わたしがハンカチを拡げてテーブルに置く。そのままわたしがじっとしていた時間は、どの位だったと思いますか。
音羽　ずいぶん長い空白の時間に思いましたけれど――二十分か、三十分。
佳城　音羽さん、このニュースバラエティの時間は四十五分じゃありませんか。
音羽　そう、知っています。けれど、わたしの気持としては、それ位長く感じました。
佳城　その間、わたしはずっと時計を見ていました。（銀色の腕時計を示す）
音羽　では、奇術を見せる気は最初からなかった……
佳城　ですから正確です。あの時間はきっかり六十秒。たった一分間でした。ところで、この一分の間、テレビの画面は何度変わったでしょう？
音羽　それなら答えられそうです。わたし、佳城さんが何かやりそこなったのではないかと心配になったものですから、モニターを気にしていました。最初はかなり長いハンカチのクローズアップが固定されていましたが、そのうち画面は頻繁に切り替わって……
佳城　ディレクターの方も気が気ではなかったのでしょう。
音羽　画面は十回以上切り替わったことは確かです。
佳城　わたしの知っているディレクターの方は、十秒も同じ画が続くと、いらいらしてくるそうです。
竹島　（軽く咳《せき》をして）それはそうかも知れません。私も昔、数秒絶句して、大汗をかいた経験があります。
佳城　テレビというのは不思議な機械です。何も動かない画面が、二、三分も続いたら、どうなるでしょう。
音羽　視聴者はチャンネルを廻してしまいますね。絶対です。
竹島　関係者としては、恐怖を感じますね。
佳城　その恐怖にたえられない精神を持っている人がいたのです。小出雲さんは何の変化もない白いハンカチにたえられず、わずか一分の後には、それを丸めてしまいました。
竹島　……疲れているようでしたからねえ。小出雲さんは。
音羽　それにしても、少し異常なんじゃありませんか？
佳城　いいえ。こうした気持は、取り分けて特殊な感情ではないんです。程度の差こそあれ、実は誰でも持っている心なんですよ。
音羽　誰でも、ですか？

佳城　わたしたちの住いがそうですね。例えば、ここに何の飾りもない壁があるとします。わたしたちは、その壁をそのままにしておくでしょうか？

音羽　（目を丸くして）わたしの部屋にもそんな壁があるんです。ですから、わたし、ずっとその壁に合うような絵を欲しがっているんです。

佳城　何もないがらんとした部屋は落ち着かないものです。花でも置くと、わたしたちの不安は消えてしまいます。

竹島　おっしゃる通りです。

佳城　この番組のコマーシャルにも、そうしたわたしたちの心理を充分に計算して作られたと思われるようなフィルムがありましたね。スポーツカーのコマーシャルがそうでした。まず、白一色の山の斜面が映されます。白色の画面はある不安を感じさせます。すると、そこへスキーヤーが見事なシュプールを描きながら現れます。わたしたちはそれを見てほっとし、その画面に強い印象を残すことになるのです。ホテルのフィルムにも同じことが言えるでしょう。純白の花嫁衣装、皺一つないベッド、どこまでも続く砂浜……

竹島　確かに、若い女性や、皺のないベッドや、どこまでも続く砂浜というのは、人の気持を不安定にします……

佳城　小出雲さんの場合、その傾向が、わたしたちよりちょっと強かったのです。小出雲さんは嫌いなものの譬《たと》えにのっぺら坊を出したことがありましたが、小出雲さんにとって、幽霊や吸血鬼などより、目も鼻もないのっぺら坊の方がずっと嫌だったのだと思います。何も映っていないテレビのように。

竹島　小出雲さんは先週、抜谷刑務所を取材したとき、刑務所の塀に落書きをしましたが、あれも単なるいたずらではなかったのですね。

佳城　そうです。ただ、高く長い灰色の塀の前に立ったとき、小出雲さんは、強い不安といらだちを感じ、発作的にその空間を毀《こわ》そうとしたのです。それは単なる、空間への不安というより、空間に対する強迫観念になっていたでしょうし、その空間も、均一空間ばかりでなく、変化しない、無時間の空間へも恐怖を抱くようになっていたでしょう。

竹島　小出雲さんは、何も起こらない世界が恐ろしかった、というのですね。

佳城　小出雲さんが、ニュースレポーターとして成功したというのは、いつもじっとしていられないという、小出雲さんの資質によるのでしょうが、それで人気を得るほどに、無変化への恐怖が、知らぬうちに強くなっていったのです。新川の白星が、変化なく続くのさえ、気になって仕方がないほどになりました。

音羽　昔の俳優さんの仲間からも外れて、孤立してたようですしね。

佳城　そんな小出雲さんが、藤形音楽学校に取材をしたというのが、そもそも事の起こりだったのです。

竹島　男子禁制の女子学生寮ということで、張り切っていたようですが……

佳城　それは、殿方なら、誰でも興味を持つでしょうね。（笑う）ところが、学校の中に入ってみると、それはたいへんに恐ろしいところだったのです。言ってみれば女子寮の生活は少女の天国のようなところです。しかし、天国とは反対に、死ぬほど退屈なところでもあるわけです。毎日毎日が規則正しい生活。一糸の乱れのない団体生活。生徒は規律に忠実で、美しく健康です。定められた制服に、均一の思考。ちょうど白紙のように純潔な生活が、砂浜のように続いているわけです。白いハンカチを一分間も見続けていられなかった小出雲さんが、そんな寮に二日間も取材したのですよ。

竹島　…………

佳城　小出雲さんは、寮の生活を見ているうちに、不安を覚えるようになってしまいました。終《しま》いにはいらだちと恐怖のうちに、女子寮に何か事件でも起こさなければいられないような、強迫観念に襲われてしまったのです。それは二日目最後の日、整然とした広い食堂、清潔な調理室に、整然と並べられたボウルを見ているうちに、犯行を思い立ったのです。いいえ、思い立った、というより衝動的な行為だったでしょう。小出雲さんはその日も食べ忘れていた弁当のことを思い出し、それがだめになっているのを確かめた上で、並んでいる中ほどのボウルの中へ投げ込んだのです。恐らく、鏡のような池の水を見ているうち、ふと小石を拾って池に投げ込み、波の立つのを眺めるような気持だったと思います。その瞬間、結果がどうなるかなど、考えることもできなかったに違いありません。

竹島　……いや、聞いていますと、実に興味が尽きないお話ですが、時間がなくなってしまいました。

音羽　お別れの時間です。

竹島　佳城さん、突然事件の解説をお願いする形になってしまいましたが、佳城さんがいらっしゃらなければ、事件はまだ未解決だったと思います。どうもありがとうございました。

佳城　どういたしまして。

主婦たち　（拍手）

音羽　鍋町主任には、後でお礼を申しあげることにいたします。

竹島　（メモが廻ってくる。それに目を通しながら）それでは、来週の木曜特集「あらあら」の予告をいたします。来週は「小出雲レポーターの獄中の生活と真実の告白」をお送りする予定になりました。レポーターは未定です。お楽しみください。ではお元気で。

音羽　ご機嫌よろしゅう。

竹島　さよなら。

音羽　さよなら。

ＣＭ　（白一色の山の斜面。遠くからスキーヤーが……）

バースデイロープ

「あっ……痛いよ」

「男だったら、少しぐらい痛いのは我慢しなさい。大体、ヨットの操縦を失敗したんでしょう。遊びで受けた怪我《けが》ですからね」

「でも、もう少しお手柔らかに願いたいなあ」

「そんな右手をして、明日から仕事に行けるの?」

「今の仕事は、大丈夫。前の中小工場と違ってね」

「……それにしても、この包帯の結び方はなあに? 包帯をこま結びにするなんて、非常識な人ね。固く締って、解《ほど》けやしないわ。ヨットで一緒だった、乙女座の女《ひと》?」

「……まあね」

「今度会ったら教えてやるといいわ。包帯を結ぶなら、引き解き結びにするぐらいの心遣いをしなさい、って」

「引き解き結び……片結びのことだね」

「片蝶とも言うわ」

「なるほど。君は結び目の研究をしていたんだった。夏休みの取材はまた遠くへ行ったのかね」

「東北の田舎《いなか》へ行っていたわ」

「収穫があったかい」

「色色あったけれど。一番嬉しかったのは、結び目を主題にした民話を発掘したことね」

「誰も知らない民話かね」

「そう。多分まだ活字になっていないでしょうね」

「面白そうだな。どんな民話なの」

「むかし、むかし、あるところに」

「おじいさんとおばあさんがいたのかい」

「残念ね。美しい娘と、男らしい青年がありました」

「判った。その二人は熱烈な恋をしたんだ」

「どうして黙って聞いていられないの。女性は庄屋の娘で、男は隣村の庄屋の長男でありました。ある祭の日、二人は初めて出会い、男は一目で娘を忘れられなくなりました。男はその思いをこめて、玉梓《たまずさ》を送りました」

「…………」

「玉梓よ」

「うん」

「判ってるの」

「玉梓は手紙だろう。つまり、男は恋文を送ったんだ」

「肝心なところは聞いていないんだから。玉梓の本来は、梓の枝に紐の結び玉を作ることなのよ」

「へえ。手紙のことじゃないのかい」

「自分の気持を相手に伝えるためのものですから、手紙には違いないんですけれど、この玉梓というのは、文字のない手紙なんです」

「文字のない手紙ね。結び目が文字の代わりをするのか。どこかで聞いたことがあったな。そう、インカ帝国では縄文字《キープ》という結びを使った文字があった――」

「インカの縄文字は有名ですね。それと似た結縄《けつじょう》が、日本にもあって、江戸時代までは方方《ほうぼう》の田舎で使われていたんです。沖縄にも藁算《わらざん》というものが、最近まで行なわれていたらしいわ。沖縄の質屋さんは、質物を包む結び目で、この品はいつ、いくらで受けたかが一目で判るように結び目を作るんだそうです」

「なるほど。紐はノートとペンの役目もする。なかなか合理的だね」

「結縄の方法は地方によってさまざまです。今言った玉梓は梓の枝と紐を使うもの。その他に藁を使うもの、東《あずま》結びといって、萱《かや》とか菖蒲《しょうぶ》などの葉の長い植物を使うものなどがあります。そして、結び方や結び場所によって、自分の意志を相手に伝えることができるんです」

「水引きの結び方には、吉事や凶事に細かい約束がある。それと同じなんだな」

「水引きが片わなに結んであるときは、すぐ中を見て下さいという意味なの」

「じゃあ、現金は月末に支払いますという結び方は？」

「これは、恋のお話なんですよ」

「そうだった。で、その恋文の書き方というか、結び方は？」

「その地方では、麻の三つ縒《よ》りの紐を使うんです。紐の中央を一重に結ぶ。これが恋の気持を表すんです。相手がそれを見て、自分も同じ気持なら、それに寄り添うもう一つの結び目を作り、その二つが解けないように、紐の両端を何重にも結んで相手に返す。これが返事になるわけ」

「もし、嫌だったら？」

「相手の結び目を解き、同じように紐の両端を結んで返すの。凄く優雅でしょう」

「それで、庄屋の男の首尾は？」

「玉梓はすぐ戻って来ました。ところが、紐を見ると、男が作った結び目は綺麗に解かれていたんです」

「あっさり振られたんだね」

「ところが違うの。娘の方も一目見てから、身の細るほど、男のことばかり思い詰めていたんです」

「変だな。結び目は解かれて返された――」

「まあ、黙ってお聞きなさい。そんなとき、男から玉梓が届けられたものですから、勿論娘は玉梓を結んで返した、にもかかわらず、それきり男の方は音沙汰がなくなってしまった。娘はじっと待つのももどかしく、女の方から送るというのは異例のことなんだそうですけれど、今度は自分から玉梓を男に送りました。ところが、戻って来た玉梓は、結び目が解きほぐされていたんです。娘は男の移り気を残念に思い、その紐で首を吊ってしまいました」

「どうしてそんな手違いが起きたのだろう」

「娘に恋慕している、もう一人の男がいたんです。その男は卑怯にも、玉梓を運ぶ使いの者に金を与えて、結ばれた紐をこっそりと解いてしまったんです。その男は娘が死ぬと間もなく、山で木を伐っている途中、何かの加減で作業用の縄が首にからみ付き、縊《くび》れて死んでしまいました。そのときできた結び目は、玉梓と同じ形に締っていたの」

「恐いね」

「一方、娘に玉梓を送った男は、このことを知って娘を哀れみ、出家して一生娘の菩提《ぼだい》を弔《とむら》ったという話。筋は単純だけれど、結縄が主題になっている民話というのは、とても珍しいのよ」

「素朴な怪談て感じだな」

「でも、ただの怪談じゃないのよ。この民話には、結縄は神聖なものだという寓意が込められていると思うの。結縄は言葉や文字に劣らぬほど大切なもの。その結縄を私欲のために改竄《かいざん》するということは、必ず神の祟りがあると言っているのよ」

「なるほど……でも、変だな」

「何が？」

「その、恋敵《こいがたき》君はどうやって玉梓の結び目を解くことができたと思う？」

「結んだものなら、解けるじゃない」

「だって、一本の紐の両端はしっかり結ばれていたんだろう」

「それも解いちゃうわけ。解いて、元通りに結び直す」

「人の結び目は同じようでも癖があるよ。結び目にやかましい時代なら、男結びや女結びもあるだろうし、元のままの形に結び直すというのは、口で言うほど簡単じゃないと思うな」

「でも……一つの輪の中にできた結び目を解くというのは、紐を切ってしまわない限り、不可能でしょう」

「できるね」

「嘘」

「そう。三次元の世界では、それが不可能なことは、僕だって知っているよ。でも、奇術師なら、それが可能だと思う」

「誰ですって……」

「奇術師、マジシャンさ。奇術師なら、結び目にふっと息を吹き掛けただけで、消してしまうじゃないか」

「…………」

「奇術師の結び目なんて、ばかばかしいかい」

「反対よ。……どうして、今迄、奇術の結び方を思い出さなかったんだろう。不思議なくらいだわ」

「結び目というと、目の色を変える君がね」

「……それはきっと、こうなんだわ。日常の生活ではなるべく解けにくい結び目を使う。けれども奇術の世界では解け易いような結び目が用意されている。つまり二つの世界は陽画と陰画みたいな関係にあるから、なかなか目に付かなかったのね」

「奇術の結び方を研究しても、実用にはならないだろう」

「そこが面白いと思うの。全然違う発想で考え出された結び方ですものね。二つを較べれば、きっと何か新しい発見があると思うわ。そうしたら、鬼《おに》さん、驚くだろうな」

「オニさん……渾名《あだな》かい」

「いいえ、本名。文学博士の鬼先生。大体、わたしが結び目に夢中になるようになったのは、鬼さんのせいなんだ。──ところで、あなたは奇術もやるの?」

「いや、全然できない。でも、ちょうどいいよ。うちのホテルにアメリカの奇術師が泊まっていてね、その人が愛好者を集めて、次の土曜日に講習会《レクチュア》を開くことになっている。何でも、ロープ奇術の大家だってさ」

「その講習会に出席できないかしら」

「頼んでやろうか。講習会の世話人はちょいちょいうちのホテルを利用するから、顔見知りになっている」

「素晴らしいわ。ぜひお願いします」

プリマホテルは小石川《こいしかわ》、春日《かすが》通りの右を入ったところにある、五階建ての小ぢんまりとした建物だった。

玄関のロビーに入ると、案内板を入れ替えていたダークスーツに黒の蝶タイの男が、はっとしたように振り返った。男が右手に持っている案内板には「カミュール氏講習会　三階B会議室」と書いてある。

「警察の……?」

男は低い声で訊いた。

最初にホテルに入った竹梨《たけなし》警部がうなずいた。

「こ、こちらでございます。ご案内します」

男は先に立って、急ぎ足で歩き出した。エレベーターの前を通り越し、非常口と記された暗い階段に入る。竹梨警部の後には、捜査第一課長、現場係長、捜査第一係長とその部下達が前後して非常階段を登る。二階でいい匂いがした。半開きのドアの向こうに調理場が見える。

現場は五階、五〇二号室だった。宿泊客への気兼ねから非常階段を登らされるのだろうが、五階まで歩くと、ちょっとした労働だ。

現場には所轄署の署長達がいて、ただちに現場検証と屍体検視が実施された。

竹梨はまず部屋を見廻した。普通のツインルームだが、カーテンや壁が落ち着いた感じで、調度も高級な品が揃えられている。ホテルに精《くわ》しい刑事の話では、場所がら、有名人のお忍びの宿泊に重宝されているホテルだという。そのせいか、捜査官たちで騒がしくなっても、どのドアもぴったり閉ざされたままだ。

一しきり部屋の撮影が終ると、竹梨はベッドの傍に近寄った。屍体は若い女性でベッドの上にあおのけに倒れている。赤い花柄のワンピースは、ほとんど乱れがなかった。

屍体の顔面は鬱血《うっけつ》が生じ、眼球に溢血斑《いっけつはん》が強く現れている。喉頭《こうとう》の上に横へ二本走行している索溝《さくこう》が見えた。表情には苦悶《くもん》の跡が見られるが、髪の乱れは少ない。犯人は顔見知り、凶行はわずかな時間だったと思われる。

警視庁本部に報告が入ったのは九月二十日の午後八時過ぎ。弱い台風が去って蒸し暑くなった夜だった。

殺害された女性は、持ち物のバッグの中で発見された会社の身分証明書とキャッシュカードから、神田《かんだ》の商社に勤務している、白峰仲子《しらみねなかこ》、二十三歳であることが判った。仲子はその日の午後三時、若い男と連れ立って、ホテルのフロントに現れた。男は宿泊カードに「倉井宗三《くらいそうぞう》」と記している。「倉井宗三」と並んで、同「仲子」と、同伴者の名が書かれている。フロントの話では、前日に電話予約があったという。

倉井宗三は薄いショルダーバッグ、仲子は黒のハンドバッグだけ持っていた。二人はチェックインを済ませると、そのまま二階のレストランで食事をして、部屋に入ったのが四時頃だった。倉井は部屋に入ると、すぐ、ルームサービスの電話をして、小さなデコレーションケーキとシャンパンを部屋に届けさせている。そのとき、ケーキに添える蠟燭《ろうそく》も一緒に注文した。蠟燭の数は太めのものが二本、細いものが三本だった。

そのケーキの残りが、ライティングデスクの上に残っている。残りは全体の約四分の一で、その上に太めの蠟燭が一本立っていた。黒く焦げた芯が長く伸びている。他の四本の蠟燭は菓子皿の上にまとめられ、いずれも根本にクリームが付いていた。

竹梨は残されたケーキの上に立っている蠟燭が気になった。

「君、今日、ホテルは停電したかね?」

係員達を案内した蝶タイの男は、けげんな顔になった。

「……停電などということは、ここ何年もありませんです」

二人の会話を聞いていた金田《かねだ》課長も妙な顔をした。

「竹梨君、ケーキに蠟燭が立っているのは、照明のためじゃありませんよ」

「バースデイケーキに年の数だけ蠟燭を立てるぐらいのことは知っていますよ」

竹梨はちょっと口を尖《とが》らせた。

「ただ、この一本だけは他に較べると、多少長く燃えていたように思えるんですがね」

金田課長はそれで真面目《まじめ》な顔になった。

「君、これと同じ蠟燭を持って来てくれませんか」

蝶タイの男はうなずいて、廊下に立っていたボーイに言い付けた。ボーイはすぐ蠟燭を持って戻って来た。竹梨はそれを受け取って手の中でひっくり返した。

「実験を始めますかね」

と、金田が言った。竹梨はどんなことでも実験してみないと気の済まない質《たち》だった。

「火が欲しいな」

急な事件だったので、ライターを置き忘れたことに気付いた。

蝶タイの男がすぐ右ポケットからライターを取り出して、そのまま火を付けようとした。

「いや、そのまま」

竹梨はライターを受け取り、慎重に蠟燭に火をともした。蠟燭を垂直に持って、時間を計る。ほぼ、二分ばかり経ったところで、火を吹き消す。黒くなった芯から、すうっと青い煙が立ち上った。

竹梨は皿の上に残された蠟燭と見較べた。使用前の蠟燭の頭は丸みを持っていたが、その丸みは完全に溶けていなかった。皿の上に残された蠟燭と同じ形だった。

「どうです。ケーキに蠟燭を立てれば、ほぼ同時刻に火が付けられるでしょう。仲子さんお誕生日おめでとう。あら、ありがとう。こんな会話があって、約二分後、蠟燭は吹き消されます。全部の蠟燭は一度に消されるのが掟でしょう」

「掟はおかしいが、まあ、そうですね」

「ところが、食べ残されたケーキの上に立っている蠟燭をごらんなさい。頭の丸みもすっかり溶けて、芯も長く焦げているでしょう。ということは、蠟燭が消された後、誰かが別の目的で、もう一度蠟燭に火を付けたと考えられますね」

竹梨はもう一度手に持った蠟燭に火を付けた。ほぼ、三分ばかりして、蠟燭の頭の部分がすっかり溶けてなくなった。竹梨は火を消して、ケーキの上に立てられた蠟燭と見較べた。二つは同じ形になった。

「つまり、誕生日の儀式の他に、少なくとも三分余計に、この蠟燭は何かに使われたのです。今日、停電はなかったし――」

「日蝕《にっしょく》でもない」

金田は至極《しごく》真面目な顔で言った。

「日蝕？」

「日蝕の太陽は、蠟燭のすすを付けたガラスを通して見る……」

ホテルのロビーはがらんとしていた。フロントには若いボーイがいるだけだった。

案内板に「カミュール氏講習会　三階B会議室」という字があったが、それが目指す会かちょっと自信がなかった。旅行の準備に追われて、時刻にすっかり遅れてしまい、沖野節子《おきのせつこ》は気がせいていた。八時ちょっと前。一時間も遅くなっている。節子はボーイに訊いた。

「奇術の講習会はどこ？」

「三階B会議室でございます。そのエレベーターでどうぞ」

案内板に「奇術」の字がないのは、不親切に思えた。

「雪折《ゆきおり》さんはいらっしゃる？」

「支配人ですね……ちょっとお待ちください」

ボーイはもぞもぞしていた。節子は待っていられなかった。

「後で、いいわ」

言い残して、すぐエレベーターに乗った。三階で降りると、会議室はすぐに判った。ドアの横に受付ができていて、名を言うと、会費は雪折が払ってくれてあった。

会場は三十人ばかりが思い思いに談笑している。どうやら最初の奇術が一段落して、休憩の時間に入ったところらしい。会員は老若男女、さまざまな人達で、テレビで覚えている奇術師の顔もいくつかあった。会場はある興奮が感じられた。しきりにカミュールを賞讃する声を聞いて、見たいと思っているロープ奇術が全部済んでしまったのではないかと、節子はそれだけが心配だった。

部屋の隅に人だかりができていた。人の肩越しに首を伸ばして見ると、カミュールの著書が並んでいる。節子はその中から「カミュールのロープトリック」という一冊を買った。A5判の分厚いハードカバーで、開くとアート紙にさまざまな形をしたロープの結び目の図が埋まっている。書籍類はあっと言う間に売り切れてしまった。節子は熱心な愛好者の多いのに驚かされた。

会場の正面にテーブルが置かれ、カードやコイン、ロープなどが載っている。その向こうに立って、四、五人に囲まれているのがカミュールらしい。バラ色の顔に上品な銀髪で、洒落《しやれ》ていてユーモラスな感じを受ける。すらりとした長身に、紺の背広がぴったりしていた。

節子はしばらくざわついている会場を見渡していたが、そのうち、一人の女性から目を離せなくなった。

その女性は特に目立つ態度だったわけではない。むしろ反対で、会場の左側にセットされたビデオカメラの後ろで、遠慮勝ちに立っているだけだが、その周囲の空気が、不思議な華やかさに変わっていた。そこに、灯火が置かれたという感じなのだ。この会場だけではない、どこに置いても、一つの風景となるに相違ない。

節子はこれまでに経験したことのない、憧れと陶酔の混った感情で見ていると、若い男が近寄って、何かを話し掛けた。女性は花が開くように笑って、困惑の表情になったが、すぐ、若い男の求めに応じて、本の表紙を開いて何かを書き付けた。

わたしもサインを貰おうと節子は決心した。なぜか、カミュールのサインより価値があるように思えた。節子は買ったばかりの本を開いて傍に近寄った。

「……困りましたね」

低く柔らかな声だった。

「わたしは、もう、過去の奇術師なんですよ」

尋常でない雰囲気は、元舞台に立っていたためだろう。それにしても、この女性の舞台はちょっと想像できなかった。

読み易いサインだった。節子は「曾我《そが》佳城《かじよう》」の名を胸に抱いて、満ち足りた気分になった。

「いつから奇術をなさるようになったの？」

と、佳城が訊いた。節子はちょっと赤くなった。

「……実は、奇術の講習会に出るのも、今日が初めてなんです」

佳城はにこっと笑った。

「それは素晴らしいわ。今日は一生忘れられない日になるはずですよ」

節子は佳城の言う意味は違っても、その言葉は本当だと思った。

そのとき、中央のテーブルの前に世話人が立った。四十前後で、黒縁の眼鏡《めがね》を掛けた、がっしりした体格の男だった。会員達は待っていたように席に戻った。節子はどの席に着いていいものやら迷っていると、

「ここが空《あ》いているわ」

佳城が自分の隣の席をすすめた。

「お待たせしました」

と、世話人が言った。

「前半でカミュール氏の奇術をご覧になって、大変レパートリイが広く、独自のアイデアを持っている奇術家だということがお判り頂けたと思います。これからの後半では、カミュール氏が中でも得意にしている、ロープ奇術を披露してくれるそうです。さっきも、ちょっとロープ奇術のことに触れましたが、あれはロープ奇術の基本と、使用するロープについてでした。いよいよ、これからが他では見られない妙技となります。どうぞご期待ください。ではミスター・カミュール、どうぞ――」

拍手の中をカミュールが中央に歩いて来た。手に真白な太いロープを持っている。伸ばすと

二メートルばかりの長さだ。カミュールはロープの両端を持ち、ゆっくりと一重に結んだ……

その夜、カミュールが演じたロープ奇術は十数種。初めて見る節子には、どれもびっくりするものばかりだった。

ロープの両端を手に持ったまま、カミュールは中央に結び目を作った。次の瞬間、その結び目は泡みたいに消えてしまった。固く結んだ結び目がするすると動き出し、ロープから外れる。いく重《え》にもからみ合ったロープが最後の一結びでぱらりと解けてしまう。鋏《はさみ》で二つに切られたはずのロープが、元の一本に復活する……

不覚にも、節子はカミュールの演技中何度も叫び声をあげてしまった。その度に会員が誘われて笑った。節子が身をちぢめるようにすると、

「恥かしがることなんかないわ」

と、佳城が言った。

「あなたのお陰で、前よりも会場が和やかになっているのよ。あなたは素敵なお客様なのよ」

カミュールは演技を終えると、解説に入った。ロープの結び方、畳み方が次次と講習される。会場にはロープが用意されていて、全員に二メートルばかりのロープが渡された。太さが一・五センチの丸打ちの木綿ロープだった。

「カミュール氏が使っているのと、ちょっと材質が違う点、お断わりしておきます」

と、世話人が言った。

「カミュール氏が使っているのは、合成繊維のロープなんです。前半で説明があったように、

合成繊維のロープの方がからみ易い点があります。ところが、どのロープ専門店に訊いても同じ品が見付かりませんでした。もう少し細いのならあるんですが、特別の注文品でしょうか……ちょっと訊いてみます」

世話人は英語でカミュールに問いかけた。カミュールは大きくうなずいて、世話人に何か説明している。

「……矢張り、特別誂《あつら》えのロープだそうです。もし、お入用の方が沢山あれば、専門店で同じロープを作らせましょう」

ぜひ欲しい、そう言う会員達が何人もいた。世話人はその頭数《あたまかず》をざっと算《かぞ》えて、

「じゃ、そういうことにしましょう。ロープができたら、また連絡します。とりあえず、今夜はお手元のロープをお使いください。まあ、稽古《けいこ》する上では、そう変わりはないと思います」

ロープ奇術の解説は、かなり難解だった。その上、カミュールは私の本に精しく書いてありますと言いながら、どんどん先を進む。節子は必死で食い下がった。

説明が一段落ついたところで、節子の手元を見ていた佳城が言った。

「あなた、奇術は本当に初めてなの?」

「そうです。ですから、難しくて……」

「でも、とても初めてだとは思えないわ」

気が付くと、ほとんどの会員はお手上げ状態になっていて、半数以上はロープを持ったまま呆然としていたり、ただ指先でロープを弄《もてあそ》んでいる。

「奇術は初めてですけれど、わたし、結び目の研究をしているんです」

と、節子は言った。

「卒業論文に結び目の研究を書こうと思っているところなんですけれど、なかなかうまく進まないでいるのを見て、お友達が奇術には珍しい結び方があると教えてくれたので、この講習会を覗いて見る気になったんです」

「そうでしょうねえ」

佳城は納得したように言った。

「人間の行動の中でも、紐を結ぶということは、最も高度な技術が必要だといいますね。ですから、ロープ奇術は、奇術の中でも最も難しいものの一つなんですよ。カミュール氏のロープ奇術は、難しい点じゃ横綱クラスでしょう。その手順を曲がりなりにも追って行くあなたを見て、びっくりしてしまったんですよ」

「結び方の基本は大体知っているんです」

「でも、どうして結び目に興味をお持ちになったの」

「前に、農家の民宿に泊まったことがあるんです。そのとき、面白半分に農業を手伝って、そうしたら、縄がうまく結べないんです。農家の人達は手際良く縄を扱うのを見て、その結び方を習ったのが初めでした。それで、振り返って見ると、わたしの知っている結び方といえば、端を止める一重結びと、真結び、それもうっかりすると縦結びになってしまうんです。最高技はやっと花結びぐらいという貧弱な知識しかないことに気付いて、あっと思ったんです」

「今は水引きなんかも、ちゃんと結んだ物を売っていますからね」

「そうなんです。その上、ファスナーや粘着テープ、接着剤と次次に便利な品が生活に登場しているでしょう。日常生活から結び方がどんどん姿を消しているように思います。わたしの友達には、羽織の紐も結べない人が大勢いるんです」

「卒業論文ができたら、わたしも読みたいわ」

節子は饒舌《じょうぜつ》になってしまったことに気付いて驚いた。それは佳城が聞き上手だという理由だけではなさそうだった。佳城と同じ世界にいたい気持の現れらしい。

講習が終ると、お茶とサンドイッチが運ばれて来た。後は自由に会員達が話し合ったり、カミュールに質問したりして、自然に散会になるようだった。

節子はそこで雪折に会った。雪折はボーイがお茶を運ぶのを手伝っていた。

「雪折さん、ありがとう。とても参考になったわ」

「そりゃよかった」

雪折は何かせかせかしていた。

「忙しい?」

「うん。ちょっと今、大変なんだ」

そう言い残すと、カミュールの傍に行き、何か話し掛けている。カミュールは世話人にその内容を告げたようだ。世話人はちょっと首を傾げたが、すぐカミュールに何か言った。カミュールは内ポケットから、プラスチックの長いタグが付いたキイを雪折に渡した。雪折はすぐ講習会の部屋から出て行った。

「皆さん」

と、世話人が言った。

「このホテルに何か事情ができたそうで、カミュール氏は引っ越すことになりました」

「ホテルで引っ越しなんて、変だな」

と、誰かが笑った。

「引っ越し先は半蔵門《はんぞうもん》の本店です。あそこのレストランはかなり広かったですね。こうしましょう。カミュール氏とまだ話したい方は、本店に行ってもらい、そのレストランで一杯やりながら、二次会にしましょう。タクシー代はホテル持ちだそうです」

それがいいと言う会員が何人もいて、自分の荷物をまとめにかかった。節子は時計を見た。九時。意外と早い時間の経過だった。充実した時間を過ごした証拠だ。

雪折とボーイが、手押車にカミュールの大きなトランクを載せて戻って来た。雪折はしきりに手違いを謝まっているようだ。

「お忘れ物がありませんように……」

雪折は短くなったロープを拾い集めていた。ロープを残して行った会員がいるようだ。雪折は手早く全てのロープを集めて、世話役に渡した。世話役が余りのロープと一緒に、裸のまま持ち出そうとするのを見て、

「ちょっとお待ちください」

すぐ紙袋を持って来て、その中にロープを入れてやった。

節子は初めて雪折の仕事振りを見るのだが、細かなところにまで気が付くと感心した。

「何かあったの?」

節子は雪折にそっと訊いた。

「後で。悪いけど、今、ちょっとね」

エレベーターは佳城と一緒だった。

佳城はロビーで、多くの人と別れの挨拶《あいさつ》を交わしていた。知り合いがいないので、節子は他の会員と本店へ行く気はなかった。それに、飲めば折角《せっかく》覚えたロープの操作を忘れてしまいそうな気がした。節子は最後に、佳城に挨拶をした。

「またお目に掛かれそうね」

と、佳城は言った。

会員達のほとんどは外に出ていた。佳城は歩きかけたが、ふと案内板を見ると足を止めた。

「変ね……」

節子は佳城の独り言が耳に入った。

「わたしが来たときは、ちゃんと〈奇術講習会〉となっていたのに……」

屍体の喉には紐がなかった。

ただし、凶器と覚しい品はすぐに見付かった。頭に近いベッドの柱に、太く白いロープが結ばれている。加害者はそうしておいて、そのロープを被害者の首に巻きつけ、他端を強く引いたものと見える。ただし、被害者がそうするところをただ見ているわけはないので、加害者はあらかじめ何等かの方法で意識を失わせ、最後にロープを使って絞殺したとも考えられる。検視官はまだ屍体を動かしてはいない。部屋の中は撮影が済み、指紋採取が行なわれている。被害者の白峰仲子と一緒だった倉井宗三の行動が気になるところだが、ホテル従業員達の話を綜合して考えると、容疑はそう濃くないのである。

　倉井宗三と白峰仲子がホテルのフロントに現れたのが三時頃、二人はそのまま二階のレストランで食事を済ませ、部屋に入った。直後、レストランのボーイが、ケーキとシャンパンを運んでいる。四時頃にはボーイが元気な二人を目撃した。

　倉井宗三が再びフロントに現れたのが、六時十五分だった。倉井はそこで宿泊費の支払いを済ませ、同伴者は翌朝までいると言い残し、タクシーを呼んでホテルを出て行った。そのままなら、倉井が第一級の容疑者となるところである。

　だが、仲子は十五分ばかり経ってからフロントに降りて来た。フロントにキイを預けてホテルを出、五分ばかりで戻って来た。女性週刊誌を買って来たのである。週刊誌はホテルの近くの薬局に置いてある。仲子はそのまま部屋に戻ったようで、その後、生きている仲子を見た者はいない。仲子の様子は極《ご》く普通で、特に変わった点は見られなかったという。

　屍体の発見者は当直の客室係のボーイと支配人である。発見のきっかけとなったのは、倉井宗三からの電話で、最初、仲子の部屋につないで欲しいということだった。だが、いくら呼出音を続けても、仲子の部屋で受話器を取り上げる者はなかった。

次の電話はかなり切迫した調子で、倉井は今、東海道《とうかいどう》新幹線に乗ったところだが、大切なノートを仲子の部屋に忘れて来たようだと言った。ノートは多分、ナイトテーブルの上で、仲子が部屋にいてもいなくとも、ノートの有無を確かめてもらいたい。仲子がいる場合は仲子が保管しておくように言い、もし仲子が帰ってしまっているときは、ホテルで預っていてもらいたい。十分後にもう一度電話をする。そう言って電話を切った。

係が改めて仲子の部屋を電話で呼んだが、同じだった。客の強い要請だったので、支配人と客室係のボーイがマスターキイを使い、仲子の部屋を開けて、屍体を発見した。

倉井は再び電話を掛けて来たが、事情を聞くと、かなり驚いたようだった。倉井は名古屋《なごや》で下車し、警察に出頭すると言って、電話を切った。

「倉井は一度ホテルを出た後、再び仲子のいる部屋に舞い戻ったと考えられませんかね」

と、竹梨が言った。金田課長はちょっと首をひねった。

「そう。倉井がホテルを出た六時十五分頃には、何かの講習会も始まろうとする頃で、人の出入りも多かったと思いますね。フロントに気付かれず、ホテルに帰って部屋に入ることもできるでしょう。また、フロントを通りたくないと思えば、外から直接レストランに入るという手もありますね。でも、時間的に、ちょっと無理な気がしませんか」

「……仲子の最後の目撃者は、六時三十分頃、週刊誌を買ってフロントに戻って来た姿を見ていますね。一方、宗三は七時ちょうどの新幹線に乗っている。六時三十分に仲子を殺害したとしても、ここから七時の列車に乗れるかどうかですが、急いで運良く間に合ったかも知れませんよ」

「まあ、列車に間に合ったとしてもです、仲子が週刊誌を買いにホテルを出たというのは、気まぐれだったでしょう。仲子が六時三十分頃、目撃者を作ったということは、倉井が予想し得なかったことでしょう」

「まあ、そうです」

「もし、仲子が朝まで部屋を出なかったら、先ず疑われるのは倉井です。それを考えると、倉井は仲子が六時半に人目に立つのを予定に入れて、再びホテルへ戻るというような真似をしたとは思えません」

「とにかく、倉井が仲子を殺してから、七時の新幹線に乗れるか乗れないかを試してみる必要があるでしょう」

竹梨は食い下がった。

指紋の採取が一段落したようだった。

現場係長はベッドの柱に結んだロープの結び目を注意深く見廻した。

「とっくり結びですな」

と、係長は判定した。

「巻結び。かめぐくしなどと呼ぶ人もいます」

「特殊な結び方なのですか」

と、課長が言った。

「なに、特別な結び方というほどじゃありません。棒にロープを結ぶとき、丈夫で簡単な結び方ですから、農業や漁業の経験者なら、誰でも知っています」

「ごく、一般の人は？」

「知らない人の方が多いかも知れませんね。最近ではこま結びしか知らない人も多いようですから」

「ある技術者なら、常識的な結び方なのですね」

「そうです。今言った他にも、運搬や狩猟にも盛んに使われます。それに、この結び目を作った人は左利きです」

「そんなことも判りますか」

「この結びの特徴は、ご覧のように、棒にロープを二巻きして端を巻いた部分に留めただけの単純なものです」

「単純といっても、知らない人にはできないわけですね」

「勿論です。知らない人なら、もっと細かく結ぶでしょうね。ですから、この結び目をこう棒から抜きまして——」

係長は結び目を持ち、ベッドの柱から上に抜き出した。

「こう伸ばしますと、結び目はなくなってしまうのです」

ロープは柱から抜かれたとたん、ぱらりと解けて長くなった。

「奇術みたいですな」

「おや？」

係長は首を傾げた。解けたロープは全部で一メートルばかりの長さだった。係長はロープがもっと長いと思っていたようだ。その長さにしては、端をベッドの柱に結び、更に被害者の首に二巻きするには短すぎるようだ。

「ほう……」

係長は屍体の向こう側から、もう一本のロープを引き出した。同じ丸打ちの白いロープで、二本を較べると、ほぼ同じ太さだった。

「両方とも、わずかに血痕らしいしみがありますね」

と、係長が言った。

「すると、犯人は絞殺した後で、ロープを二つに切ったのですね」

「……いや、三つ以上に切られたと見るべきでしょう」

「三つ以上に？」

「というのは、この二本のロープの切り口をご覧なさい。それぞれ、一方にほつれが見えるでしょう。ほつれているところからすると、切られた後、何かに使われたことを意味しています。つまり、元元長い一本のロープで、それが絞殺に使われたのです。絞殺というような手荒な仕事に使われたため、両端がほつれを生じたのですね。ところが、他の二つの端は、切り口がきっちりしている。切断されたままの状態なのです。ところが、その切り口を見ると、一本がほぼ垂直ですが、もう一本の方は、やや斜めでしょう」

「なるほど……二つの切り口はぴったりしませんね」

「ですから、ロープは少なくとも絞殺に使われた後、三つに切断され、もう一つのロープが見当たらないところを見ると、犯人が持ち去ったに違いありません」

「持ち去られたのは、中央のロープ……」

「そうですね。結び目だった、かも」

「結び目だったとすると、犯人は一本の長いロープを使ったわけじゃないんですか」

「そうです。犯人が使ったロープは、適当な長さに結び合わせた二本のロープでした。ところが、結び目に力が加わったため、固くなって解くことができなくなってしまったんです。それで犯人は犯行後仕方なくロープの結び目を切り取って持ち去った、とも考えられます」

「なぜ結び目を持ち去らなければならなかったのですか」

「勿論、特殊な結び方で、二本をつないだからでしょうね。とっさに、いつも使い慣れている結び目を使ってしまい、犯行後、それに気付いて、結び目を残さなかったのです」

「犯人は相当に用心深い……」

「そうでしょうね」

竹梨はポケットから巻尺を取り出して、ロープの長さを計った。二本の長さを合計すると、一メートル九十七センチだった。

竹梨は二本のロープをこま結びにして、それを解いた。結び目は意外にロープの長さが必要

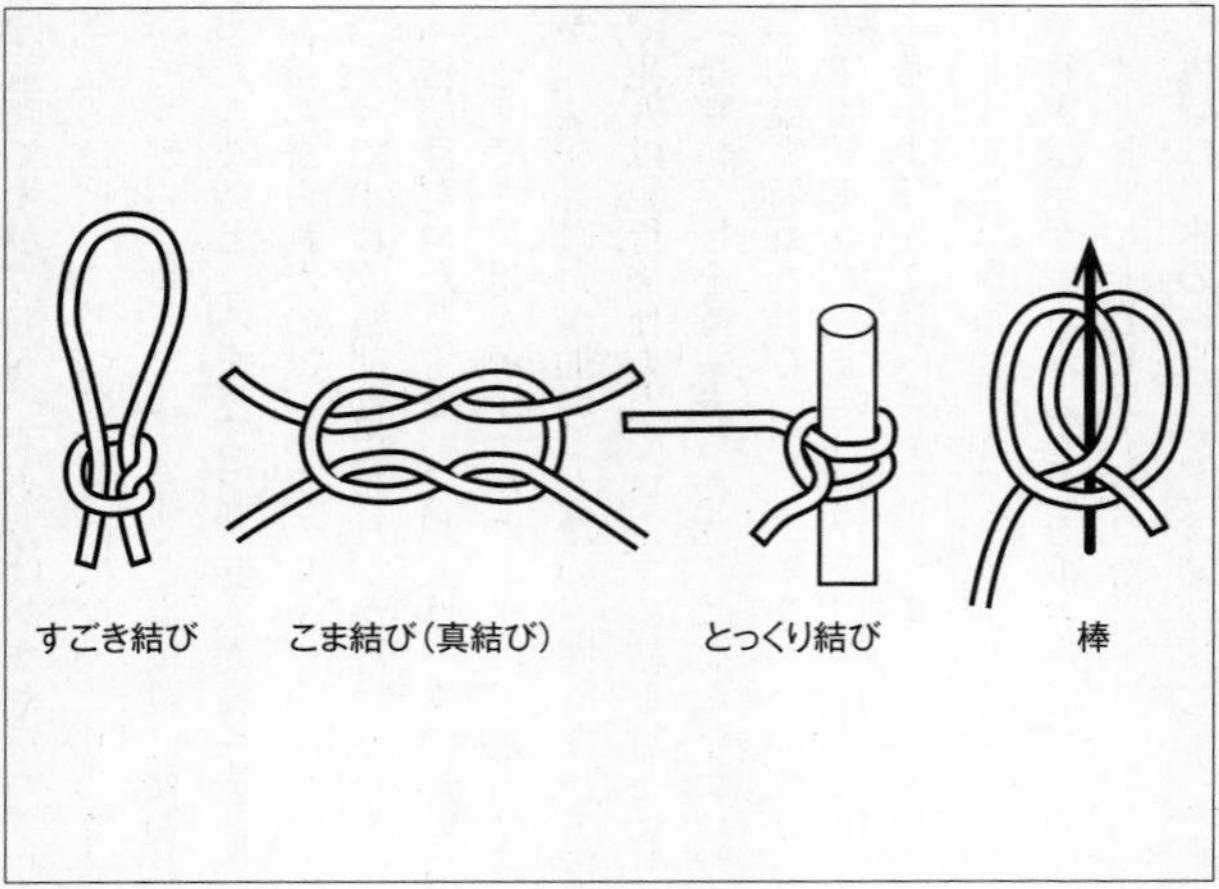

だった。端を結び合せるには、それぞれ十五センチばかりの長さが必要で、それ以上短くすると、結び目が不安定になった。犯人が結び目を持ち去ったとすると、結局三十センチほどのロープが取り去られたことになり、最初のロープの長さは、二メートル三十センチ前後だったという勘定になる。

「何に使うロープでしょうかね」

と、竹梨が言った。係長も首をひねっている。

「それをさっきから考えているんですがね。材質は多分、合成繊維でしょう。形は似ていますが登山用のザイルにしては柔らかい。荷造り用にしては上等すぎるようです。新しいファッションで、ロープをベルト代わりにするというのも聞かないし……」

「縄飛び用のロープなら、手頃じゃありませんか」

「なるほど、遊戯用ね……」

　そのとき、廊下から声が聞えた。五階の泊まり客たちの間を聞き込みに歩いていた刑事で、部屋から出て来た従業員に何か言っている。竹梨の注意はその方に傾いた。

「その荷物は、ここのお客さんのかね」

「そうです」

蝶タイの支配人は部屋の鍵を掛けながら答えた。

「その荷物をどうするんです」

「――お客様が本店へ移ることになりました」

殺人事件のあった隣の部屋では気味が悪いのだろう。

「いつから泊まっている人かね」

「昨夜、一泊なさっただけです。今日は早くから一日中日本のお友達と東京見物をなさって、今、会議室にいらっしゃいます」

「名は？」

「カミユール氏です」

「玄関に講習会の案内のあった、その人かね」

「そうです」

「職業は？」

「ご本職はニューヨークで画商をなさっています」

「じゃ、今日は外出したきり、一度もこの部屋に戻らなかったのだね」

「そうです」

朝からいないとすれば、その外国人から話を聞いても無駄だろう。

「まだ、何か？」

支配人は先を急ぐようだ。

「ちょっと、君」

竹梨は支配人を呼んだ。

「このロープに見覚えがありませんか」

支配人は竹梨のロープをじっと見ていたが、

「多分――」

「多分？」

「カーテンを留めてあった紐だと思います」

「カーテン？」

竹梨はあわてて窓の傍に寄った。

カーテンは閉められていた。竹梨が窓の横を探ったが、金具があるばかりで、カーテンをまとめる紐がなくなっていた。

「カーテンを束ねておく紐は、共布《ともぎ》れでマスクみたいな形に作られているのが普通じゃないかね」

「本当はそうだったんです」

支配人は困ったように説明した。

「お客様のいたずらだと思うんですが、二、三日前、その紐がなくなってしまいまして、一時、これと同じロープで紐の代用にしていたんです」

「なくなったのは、この部屋だけかね」

「カミュールさんの部屋もそうです」

「見せて貰おうかな」

支配人はキイで部屋のドアを開けた。造りは被害者の部屋と同じだった。

竹梨はすぐ窓に寄った。窓の両側の金具に、凶器になったロープと同じロープが輪になって掛けられていた。両側のロープは同じ形だった。

係長はロープを輪に作った結び目を見て言った。

「すごき結びですな」

一重結びの中に他の端を通しただけの、ゆるい、簡単な結び方だった。

支配人が帰って行った後、竹梨は係長に言った。

「以前、大学の鬼さんに結び目を鑑定してもらったことがありましたね」

「今度はその必要はないでしょう」

係長は自信のある口振りだった。

「ごく、単純な結び方ですからね」

「テレビのニュースを見てびっくりしちゃったわ。わたしがちょうどホテルにいたとき、殺人事件が起こったんですもの」

「うん」

「そう言えば、雪折さんとても緊張していたわね。ホテルを出ると色色な車が沢山停っていたし、新聞社の車も到着したところだったわ」

「それで、何かあると思わなかったのかい」

「又、芸能人が追っ掛けられているぐらいにしか感じなかったわ」

「とにかく、講習会のお客さん達に迷惑を掛けなくて、よかった」

「犯人は、矢張り倉井という人？」

「本人は否定しているようだけれど、結局そうなるんじゃないかな」

「犯行は絞殺ですってね。鬼さんは、前に凶器になったロープの結び目を鑑定したことがあったわ」

「今度は？」

「警察は鬼さんが必要じゃないみたい」

「ところで、奇術の方はどうだった？」

「とても面白かった。でも、まだ整理ができていない。凄くむずかしい仕事になるような気がするわ」

「気に入って、よかった」
「これから京都へ行くの。お土産《みやげ》買って来るわ。——忘れてた。突き指の方はどう?」
「もう大丈夫。ようやく右手が少し使えるようになったから」
「じゃあ、切るわよ」

そのとき、文庫本を買う気にならなかったら——と、後で節子は考える。京都の旅は普通の印象しか残さなかっただろう。

だが、節子は東京駅で、一度外に出たのである。買い物を済ませて中央口に戻ろうとすると、一台のタクシーが止った。何気なく車から出て来る人の姿を見て、どきどきしてしまった。俳優が揚幕《あげまく》から出てきた感じだった。その姿は曾我佳城に違いない。

続いてカミュールと講習会の世話人も車から降りて来た。節子は夢中で佳城の傍に駈け寄った。

「先生、昨夜はサインを有難うございました」

節子はぺこりと頭を下げた。

「……あら。奇遇ですね」

佳城はにっこり笑った。カミュールも節子の顔を覚えていた。

「私の会に出席してくれて、有難う」

と、カミュールは言った。

「先生はどちらへいらっしゃるんですか」

「カミュールさんをご案内するんです。ひかりの自由席で、京都へ参ります」

「わたしも！」

節子は思わず叫んだ。本当は指定券を持っていたのだが、そんなことはどうでもよくなった。

「可愛らしい方と、お連れになれるようですよ」

佳城はカミュールに言った。カミュールは両手を拡げ、素晴らしい、というゼスチュアをして見せた。

「先生、本当ですか。本当にご一緒にしてもらって、いいんですか」

「勿論ですよ。楽しい旅になりそうね。さあ、行きましょう」

奇遇はそれだけではなかった。二、三分後に、もう一度現れた。

それは、中年の背広を着た男で、新幹線の改札口の近くで、後から物凄い走り方をして来て節子達を追い越して行った。そのまま改札口を通るのかなと思って見ていると、そうではない。改札口で立ち止ると、ぜいぜい息を切らしながら、食い入るように腕時計を見ている。

「うーん、間に合わない。日曜で道が空いていたというのに、間に合わない」

しきりにつぶやいて、がっくりと肩を落とす。間に合わないからといって、次の列車を利用する様子でもない。男はふと顔を上げた。節子達は改札口に近付いていた。

「佳城さんじゃありませんか……」

男は目を丸くした。

「竹梨さん——ご無沙汰していますわ」

「奇遇ですな……」

「お忙しそうですね」

「昨夜から、ほとんど寝ていません。ははは、相変わらず因果な仕事です」

「すると、昨夜のプリマホテルの……」

「ええ、まあ」

「偶然とは皮肉なものですね。昨夜、わたしもプリマホテルにいたんですよ」

「佳城さんもですか」

「同じホテルにいながらすれ違い、思いも掛けないところでお会いするなんてね」

「すると、確か外国人の講習会があったようですが——」

「ご紹介しましょう。この方が講師のカミュールさんです。ニューヨークの画商の方です」

カミュールは手を差し伸べた。

「佳城さんは……絵の方も？」

「絵は好きですけれど、昨夜の講習会はカミュールさんの趣味の方でした。この方は、ロープ奇術の大家でいらっしゃいますわ」

「ロープ奇術……」

竹梨は喉の奥に物でも詰められたような顔になった。

「そういえば、奇術でもロープを使いますな」

「奇術の大切なレパートリイですわ」

「カミュールさんは、どんなロープを使っているんですか」

「合成繊維の、白くて太い、丸打ちのロープですよ」

竹梨は目を白黒させた。頭の中が混乱し始めたようだ。

「そ、そのロープを見せて頂きたい。いや、ここじゃ迷惑です。佳城さんはどちらへいらっしゃいますか」

「カミュールさんと京都見物です」

「それじゃ、私も一緒に行きます。ちょうど、名古屋で会いたい人もいる。列車の中でぜひお訊きしたいことがあります」

竹梨は有無を言わせなかった。

夏も過ぎ秋の旅行にはまだ早い季節で、列車は空《す》いていた。節子達は席を向かい合せにして腰を下ろした。

竹梨は席に着くと、早速事件の模様を精しく話して聞かせた。

「――というわけで、私はぜひその奇術用のロープが見たいわけです」

と、竹梨は佳城に言った。

講習会の世話役の通訳で聞いていたカミュールは、すぐ、自分のスーツケースを開いた。色色な奇術材料と一緒に、ロープの束が見えた。カミュールはロープを取り出した。

「——確かに、このロープと同じです」

竹梨は目を光らせた。

「でも変ですね」

と、佳城が言った。

「このロープと同じ品がホテルのカーテンをまとめるための紐として使われていたんでしょう」

「そうです」

「ところが、このロープは、カミュールさんが自分の奇術に使い易いように、特別にアメリカで作らせた誂えの品なんです。時田《ときた》さんが方方のロープ専門店を探したんですが、同じ品を見付けることはできませんでした」

「佳城さんのおっしゃる通りです」

世話人の時田は自信ある口振りだった。

「すると、これは、どう考えたらいいでしょうかね」

佳城が答えた。

「わたしの考えでは、カミュールさんのロープを犯人が使ったんだと思います」

「カミュールさんのロープを盗んで？」

「盗むのなら、絞殺に必要な長さを切り取るでしょう。きっと、犯人はどこからか、拾ったんですわ」

「ロープを、捨てることがあるんですか」

「奇術用のロープは消耗品ですから、短くなれば、使えません」

「ホテルでもカミュールさんは使い終ったロープを捨てましたか」

佳城は英語でカミュールに訊いた。カミュールはうなずいた。

「ホテルに到着した日、一度だけ指慣らしに稽古をしたそうです。そのロープは外へ出たとき、五階の廊下にあった屑箱《くずばこ》に捨てたと言っています」

「そ、その長さは？」

佳城が再びカミュールに訊いた。

「一メートルばかりのロープが二本」

「なるほど。カーテンをまとめるロープも同じ長さでした。だが……待ってくださいよ」

竹梨はしきりに首筋をこすっていたが、

「同じロープはカミュールさんの部屋の窓にも使われていた。なぜでしょう」

「犯人の小細工だったと思います」

「小細工……」

「つまり、犯人が凶行に使ったロープは、無造作に屑箱の中へ捨ててあったので、そのロープがカミュールさんが持っていた特別誂えのロープだったとは知らなかったのです。ところが凶行後、そのロープは特殊なロープだということが判って、犯人はあわてたと思うんです」

「ロープの出所がカミュールさんのところだと判れば、それを手に入れることが可能な人間だということが判ります」

「それで犯人は凶行に使われたロープを最初に持っていたのはカミュールさんだということを警察に知られたくなかったのです。それで、そのロープをホテルの部屋の備品のように偽装すれば、警察の注意は他に行かないだろうと思ったのですね。この小細工には危険が少なかったでしょう。被害者の部屋から、そっと元元あったカーテンをまとめる紐を取り去るだけでよかったのです。ただ、被害者の部屋だけというより隣の部屋も同じようにしておけば、それだけもっともらしくなります。偽装用のロープはその後カミュールさんが講習会で何本ものロープを消耗しましたので、不自由はしません」

「すると、犯人は講習会にも顔を出していたのですね」

「講習会でカミュールさんのロープが特殊な品だということを犯人は初めて知ったのでしょう」

「講習会に出席したのは、何人ぐらいですか」

時田が答えた。

「三十人、ちょっとだったと記憶しています」

「会員の氏名は?」

「はっきりしています」

竹梨は極めて満足そうな顔になった。

「いや、佳城さんにお会いできたのは、全く神の恵みとしか言い様がありませんでしたよ。これで列車に乗り込んだ甲斐があったというわけです。では、最後に確かめておきたいのですけれど、カミュールさんが独りで稽古をしていて、使用済みになって捨てたロープですが、その最後のロープの長さはどの位でしたか」

　佳城はカミュールに訊き、竹梨に答えた。

「カミュールさんの演技は、最初きっちり二メートルのロープを使い、途中で二本に切断する手順が加わりますから、演技が終ったときには一メートルのロープが二本になります」

　そう言ってから、佳城は注釈を加えた。

「カミュールさんの言葉は正確だと思います。いい加減な長さのロープを使いません。カミュールさんの芸は、ロープの長さや、重さまで演技の計算に入れているはずです。恐らく、二メートルのロープは、誤差があっても、一センチとないでしょうね」

　節子は改めて感心した。名手と言われるような人は、それだけ目に見えないところにも細心なのだ。だが、それを聞いた竹梨はちょっと残念そうに言った。

「……それじゃ、そのロープとは、矢張り違うかも知れませんね」

「なぜですか」

「現場に残されたロープは、二本合せると、一メートル九十七センチ。けれども、さっきお話したように、中央の結び目を犯人が持ち去ったとすると、あと、三十センチは長くしないと計算が合いません。ご存知でしょうが、結び目というのは、意外に長さが必要なものです」

「だからといって、そのロープがカミュールさんのロープでないということにはならないでしょう」

「……じゃ、犯人が持ち去ったロープは、三センチばかりということになってしまいますよ。

三センチの長さでは、二本のロープを結ぶことができません」

「結ばなくとも、二つのロープがしっかりとつながっている状態にすればいいわけでしょう」

「そのためには結ばなければならない――」

佳城はカミュールのロープを手に取り、切り口を示した。

「竹梨さんは結ぶことにだけこだわっているようですね。いいですか。二本のロープを接続させる方法は、いくつもあるじゃありませんか。まず、結び合せる方法、次に、強力な接着剤を使う方法――」

「犯人はロープを接着剤でつなぎ合したというんですか」

竹梨はびっくりしたように言った。佳城は落着いて、

「違いますね。屑箱のロープを使っている点をみると、犯人は咄嗟《とっさ》の犯行だったと思います。接着剤を用意する閑《ひま》があったら、もっと長いロープを準備していたでしょうね」

「すると?」

「溶接したのですよ」

「溶接ですって?」

節子も最初、その意味が判らなかった。佳城は続けた。

「合成繊維のロープは熱を加えると溶けるんです。二本のロープの切り口を溶かし、接合させます。熱が冷めると、溶け合された部分は石みたいにこちこちになって、結ぶより丈夫につながりますよ。ケーキに立てられていた蠟燭は、ロープの溶接のために使われたんです」

「そうだ……」

竹梨は唸《うな》った。

「それに違いない。……だが、どうして犯人はロープを結ぶことをせず、溶接などしたのですか」

「犯人はロープを結ぶことができなかったと考えるべきでしょうね」

「そんなばかな。犯人はとっくり結びやすごき結びを知っている」

「知っていても、結ぶことができない場合がありますわ。――よく考えると、棒に結び付けるとっくり結びと、紐の両端をからませておくだけのすごき結びは、片手でもどうにかできるでしょう。けれども、二本の紐を結び合せるのに一番丈夫なこま結びだけは、両手を使わないとうまくゆきませんわね」

「すると、犯人は片手の男?」

「たまたま、怪我か何かで、片手が不自由だったということもあるでしょう」

竹梨はあわてて自分のネクタイを解き、片手結びの実験に取り掛かった。それを見ながら、佳城が言った。

「とっくり結びは舟子《かこ》結びとも言って、船の艤装《ぎそう》にも欠かせません。また、犯人は警察と奇術との結び付きをひどく恐れている点があります。警察が現場に到着する前、ホテルの玄関に出ていたカミュールさんの講習会の案内板から〈奇術〉の字を消してしまったのがその証拠です。それができる人で、講習会に出入りすることができた人というと……」

節子はその人間の名を知っていたが、口に出さなかった。奇術講習会を教えてくれたよしみとして、雪折をもう少し自由にさせておいてやりたかったのである。

まだ結縄が使われていた古い時代にもあった、男女の三角関係。雪折の犯行の原因もそれのような気がした。

ビルチューブ

店は小雪の中に凍り付いていた。

小さなスーパーストアで、外の雪明りのせいか、中に入ると薄暗い感じがした。

天気予報では夕方から雪になる。店がちょっと混雑しているのは、早目に買物を済ませる客が多いからなのだろう。

カメラ店は一階の隅にあって、一人だけ客がいた。黒い革ジャンパーに白いヘルメットをかぶり、フィルムをポケットに入れ、釣銭を受け取ろうとしているところだった。その後ろ姿にどこか見覚えがあった。

カメラ店の主人は、レジスターの前に立って、しきりに紙幣を勘定《かんじよう》している。男の横に並び、持っていたカメラと望遠レンズ、それに三脚を置くと、主人は眼鏡《めがね》越しに振り向いて、

「森下富夫《もりしたとみお》様でしたね。ちょっとお待ちください」

愛想よく言って、再び紙幣を算《かぞ》えだした。

横の男は森下という名を聞くと、おやというように顔を向けた。

「……小奈木《こなぎ》じゃないか」

と、森下が言った。

「聞いたような名だと思った。……久し振りだな」

サングラスの奥で小奈木はびっくりしたような丸い目をした。それでなくとも、元元狐みたいな丸い目の男だった。

「……真逆《まさか》、ここで逢うとはね。いつから来ている？」

と、小奈木が訊いた。

「三日ばかり前からだ」

「正月はずっとここか？」

「そうだ。君は？」

そのとき、主人が釣銭を小奈木の前に差し出した。小奈木は紙幣をズボンのポケットにねじ込んだ。

「お知り合いのようですね」

と、主人が言った。森下はうなずいて、

「そう、高校を卒業してから会っていない。もう、六年になるかな」

小奈木の家は印刷屋で、父親が病弱なところから、高校を出るとすぐ店の仕事を手伝うようになったのだ。

主人は眼鏡を掛け直すと、森下の持って来たカメラやレンズを一通り調べてから、保証金を返して寄越した。レジはまだ開いたままだった。

「カメラ、借りてたのか」

と、小奈木がそれを見て訊いた。

「持ち歩きには小型カメラを持っているんだが、今日はちょっと望遠が欲しくなってね」

「そう言えば、お前は前から山へ出掛けて行っては写真ばかり撮っていた」

「お前の方は山で絵ばかり描いていたなあ」

カメラをケースに戻しながら、主人が訊いた。

「何か珍しい物が撮れましたか」

森下はポケットから撮影済みのフィルムを取り出して言った。

「雪まくりの素晴らしいのを撮って来たんだよ」

「……ほう。雪まくりを?」

主人は目を大きくした。

「琴山《ことやま》に行く尾根の斜面で見付けたんだ。日本アルプスを背景にしてね。いい工合《ぐあい》に、撮り終えてから雪になった」

「あすこには、ときどき雪まくりができます。と言っても、何年に一度ですがね」

「雪まくりって、何だい」

と、小奈木が訊いた。

「これでございますよ」

主人は店の壁に掛けてあるパネルを指差した。全紙に伸ばされた写真だった。

白い雪の上に、円筒形の雪が転がっている。よく見ると、円筒の断面は渦巻きになっていて、敷蒲団《しきぶとん》をぐるぐると丸めたような形だ。傍の樹木と較《くら》べると、意外に大きなものらしい。

「変わった雪だるまだね」

と、小奈木が言った。主人は自慢そうにパネルを見ながら説明した。

「雪だるまじゃございません。今言ったように、これは雪まくり。雪の降った上に、木の葉のような物が落ちます。それが風に吹かれますと、転がるでしょう。転がりながら地面の雪を付けてゆきまして、どんどん大きくなってゆくわけです。気温や雪の湿度、それに風とが微妙に作用しましてね。それがうまい状態になりますと、終《しま》いにはこんな大きな雪まくりに成長することがあるのです。まあ、自然の遊びと言いますか。滅多に見られるものじゃありませんね、私が撮ったこのぐらいの雪まくりになりますと」

「僕が今日見たのは、もっと大きかった」

と、森下は言った。

「見慣れませんと、最初はただ感激して、実際よりも大きく見えるものでございますよ。この写真より大きなものは、まあないと言ってもよろしいでしょう」

「それがあったんだ。僕が見たのは、確かにこれよりは大きかった」

小奈木が笑い出した。

「まあ、自慢は写真ができ上がってからにしろよ。写真が何よりの証拠だからな。勝ち負けは俺が判定してやるよ」

「そうしよう。君にちょっと話がある。二階が喫茶店だ。時間は取らせない」

森下は小奈木に会ったとき、一つの計画ができていたのだ。

喫茶店の椅子に坐《すわ》ると、小奈木はヘルメットと手袋を脱いだ。

「大分、上の方が薄くなったな」

森下は遠慮のないことを言った。

「これでも、中小企業の親父だからな。お前みたいに年末年始の休みにスキー遊びなどという呑気なことはしていられない。ここへ来たのも顧客《とくい》の接待旅行でね」

「すると、忙しいのか」

「いや、客の方は社員を付けて帰したところだ。俺はあと二、三日、骨休みをしたいと思っている」

「泊まりはどこだ」

「プリマホテル」

「さすが豪勢だな。ところで、一日ぐらい俺のヒュッテに遊びに来ないか。塩崎《しおざき》と三好《みよし》もいるんだ」

「塩崎というと……ショッパの塩崎。塩崎常彦《つねひこ》か」

「そうだ」

「三好というと、蟻喰いの三好。三好千石夫《ちしお》だ。二人共、元の悪《わる》だな」

「その他に俺の会社に勤めている大島澄子《おおしますみこ》と、その友達の猿江《さるえ》永代《ながよ》という二人の女の子と一緒だ」

「判った。その大島澄子というのが、お前のこれだろう」

「まあね。澄子の友達の永代さんというのが、素晴らしい美人でね。君にぜひ紹介したい」

小奈木は少し考えてから言った。

「そのヒュッテには、部屋は空《あ》いているのかね」

「ちょうど空いているんだ。泊まり客は俺達五人と、もう一組、六人のグループがいたんだが、そのうち、一組の夫婦に急用ができたというんで、昨夜のうち東京へ帰ってしまった。だから、部屋なら大丈夫だ。カマウナ荘という、若い夫婦が経営している呑気な山小舎《やまごや》で、スキーの道具も揃っていて借りることができるんだ」

「その、もう一組のグループというのはどういう人達だい」

「よく判らないが、皆紳士だね。そう、その一人に大岡《おおおか》さんという、ちょっと年齢は上だが、これが又美人で……」

「お前に言わせると、女性は皆美人だ」

「いや、本当だから仕方がない。ぜひ猿江永代さんを君に会わせたい」

「それはまあいいが、澄子さんには会いたいな」

事実、永代を小奈木に紹介したかった。森下は小奈木が囲碁が得意だったのを思い出したからだ。永代も囲碁の有段者だったが、麻雀《マージャン》は知らなかった。夜にかけて風雪が強くなり、明日ゲレンデへは出られそうもない予感がする。永代以外の四人は麻雀という手があったが、永代をどうするか、それに頭を痛めていたわけだ。囲碁の得意な小奈木に出逢ったのは神の助けのようなものだった。

約束して立とうとすると、小奈木は手慣れた態度で伝票を手に握った。

夕食が済むと、外は吹雪《ふぶき》になった。

カマウナ荘のホールにはレンガ造りの暖炉があって、松の薪《まき》が威勢よく燃えている。森下達五人の仲間と、大岡達の四人のグループは、思い思いに暖炉を囲んでいた。外の様子では、とても小奈木は来られまいと、森下は思った。澄子と永代は映画の話がはずんでいる。ショッパの塩崎と蟻喰いの三好は、高校時代、小奈木と組んで演じた悪業の数数を思い出して笑いあう。

森下は四人の話にときどき相槌《あいづち》を打ちながら、大岡達のグループを観察していた。カマウナ荘に来て三日目になるが、このグループがどうもよく判らない。

グループの世話役が、時田《ときた》という背の高い、大会社の係長といった感じの若い男で、ゲレンデで見ると、スキーの技術はプロ並みである。だが、グループの中心にあるのが、大岡という、三十を超した上品な色気を湛《たた》えている女性だった。東京に帰ってしまった宮前《みやまえ》という夫妻は、大岡のことをずっと先生と呼んでいた。ただし、この大岡先生はゲレンデに出るとからきし駄目で、皆から手取り足取りといった状態でやっと雪の上を滑っている。あとの二人は法界《ほうかい》という中年の男に、その娘みたいな年齢の沖野《おきの》という女子大生だった。

東京へ帰った夫妻を含めて、その六人はそれぞれ年齢もばらばらだし、スキーの経験もさまざまなようだった。大岡を別にすれば、地位や序列の関係もないようで、話し方にも屈託《くったく》がない。夕食の後、コーヒーを済ませると、全員が一部屋に入り、何か遅くまでやっているらしい。その日も、そのグループがそろそろ部屋に戻る時刻になったなと思う頃、コーヒーを片付け終ったカマウナ荘の夫婦が、暖炉の両側に立った。

太い八の字髭《ひげ》を生やした山男がどういうわけかウナトット、まだ学生みたいな感じの妻がカマトットと呼ばれている。

「紳士淑女諸君、外は吹雪《ふぶ》いております」

と、ウナトットが言った。

「びゅうびゅうであります」

と、丸い身体のカマトットが応じた。

「これではリフトも運転中止」

「街へも遊びに行けません」

「テレビはぶっ壊れ」

「ラジオも聞えません」

「といって、これから寝るのも野暮な話」

「お見掛けしたところ、新婚さんもいらっしゃいません。ああ、退屈な夜になりそうだわ」

「ところが、僕は名探偵」

「その髭でダンデイなんですか」

「いや、濁りは取るのです」

「とすると、名探偵。やや、もしかすると」

「そう。僕の眼力は素晴らしい。このホールの中に、この夜を楽しくすることができる、魔法使いがいらっしゃるのを見抜きました」

「判った」

「君にも判りますか」

「判りますとも。その魔法使いはわたし。ここでわたしがバレエを踊り、皆様にご覧に入れようというのでしょう」

「君、今夜だけはバレエを止めてください。君が踊ると必ず山が荒れます」

「神様が感動するのですわ」

「神様が脳震盪《のうしんとう》を起こすからです」

ウナトットはにこにこしながら、一人の方を見て言った。

「そこにいらっしゃるのは、曾我《そが》佳城《かじょう》さんですね?」

大岡は不意をつかれたように頰に手を当てた。

「……それは、昔の芸名ですわ」

ウナトットは構わずに続けた。

「私は先生の舞台を覚えていますよ。先生の奇術は飛び切り美しく……」

「昔の話は止めてください。それから〈先生〉などというのも」

佳城は哀願した。娘のように頬が上気していた。

「では佳城さん。僕が昔のことを言わない代わりに、何か奇術を見せてください」

「まるで、脅迫ですね」

「でも、佳城さん達は、毎晩一部屋に籠って、奇術をなさっているんでしょう」

世話役の時田が、笑いながら口を挟んだ。

「なるほど、ウナトットさんは名探偵です。いかにも、僕達は佳城さんから、毎晩奇術を教えて貰っているわけです」

「わたしはスパイの密談かと思ったわ」

と、カマトットが言った。時田は頭を掻いた。

「ゲレンデでご覧になったと思いますが、佳城さんのスタイルはなかなかのものですが、スキーの方は全く下手《へた》なのです。それで、今回は昼の間は私達がスキーのコーチをして、夜になってからは、私達が奇術の弟子になるという約束で、合宿を始めたわけなのですよ」

「それは名案ですね」

と、ウナトットが言った。

「お互い、授業料の節約にもなります」

と、カマトットが応じた。

「あなたはすぐお金の方に心が動きますね」

「お金？　ああ、商品券のことですか」

ウナトットは森下達に向かって言った。

「――というわけで、佳城さん達が毎晩自分達だけで楽しんでいらっしゃるのは不届きでありますから、その何分の一かを分けていただいたらと考えるのであります」

「はっきり言えば、奇術を見せいということっちゃね」

と、カマトットが言った。

「いや、拝見したいのです。拝観したい。拝首、拝伏……」

森下達は手を叩いた。

「曾我佳城という名は聞いたことがあるわ」

と、澄子が森下に言った。

「わたしも……」

永代も目を輝かせていた。拍手が大きくなってゆくと、佳城はにっこりとして立ち上がった。

そのとき、カマウナ荘の表の戸が烈《はげ》しく叩かれた。

「……おかしいな。今頃、誰だろう」

と、ウナトットが言った。

「バレエの嫌いな神様、早とちりをしたのと違うやろか」

と、カマトットが言った。

ウナトットが戸を開けると、吹雪と一緒に、小奈木が転がり込んで来た。小奈木は溶けかかった雪だるまが凍り付いたような姿になっていた。

暖炉の前に連れて行き、ヘルメットと手袋を脱がせると、小奈木の指先は紫色になっていて、とっくに自由がきかなくなっているようだった。

「真逆、こんな晩に来るとは思わなかった」

と、森下が言った。

「約束だからな」

「相変わらず無茶をやる」

と、塩崎が言った。

「おお、ショッパか。森下を見たら、急に会いたくなった」

「気分はどうだ」

と、三好が訊いた。

「おお、蟻喰いか。冷凍室からやっと冷蔵庫に入った感じだ。もう百メートル遠かったら、危なかっただろう」

甘酒の匂いがした。すぐカマトットが厚手の茶碗を持って来た。

甘酒を飲むと、小奈木はすぐ元気になった。森下はウナトットや佳城達に小奈木を紹介した。

「誠実そうな方ね」

猿江永代が澄子にささやいた言葉が、森下の耳に入った。永代は小奈木のような男が好みのようだった。

小奈木の出現で、奇術の方は一時棚上げになった形だったが、森下が事情を説明すると、小奈木はそれをぜひ続けてほしいと言った。

ウナトットが計画した通り、それからの夜は素晴らしい時間になった。

奇術の道具を取りに、一度部屋に戻った佳城達は、衣装を替えて戻って来た。佳城は紺のカクテルドレスで男はダークスーツだった。物怖《ものお》じしないカマトットもすっかり恐縮して、ただちにホールの照明を調整し、ウナトットはギターとサックスを持ち出した。

二人の合奏が始まると、ホールはにわかに劇場の雰囲気になったが、最初に演じた佳城の弟子達の奇術は、あまり感心したものではなかった。

女子大生の沖野節子《せつこ》が演じたのはロープ奇術で、複雑にからみ合せたロープをむずかしそうに操作するものの、何を演じているのかよく判らないままに終ってしまった。まずは研究の途上で、人に見せる機会が不足している感じだった。

時田は押し出しが立派で、堂堂と音楽に合せながらカード奇術に挑戦していた。これはちょっとした手捌《てさば》きだったが、最後、空中へ投げた一枚のカードが、ブーメランみたいに観客の頭上を一周して手元に戻るはずのところで、カードがカマトットの口の中へ飛び込んでしまった。

中年の法界は火の付いた煙草《たばこ》を食べてしまった。火の付いた煙草を口に放り込むと見せて、実は他の場所から出て来るのだろうと思って見ていたが、どこかに手違いがあったらしい。法界はくしゃみと咳《せき》を交互にしながら、喉をげえげえ言わせて、奇術を終りにした。

「皆さん、今日はどうしたんでしょう」

と、佳城が言った。

「気温と湿度のせいです」

と、沖野節子が答えた。

「佳城さんのスキーよりは増《ま》しだと思います」

と、時田が言った。

「私は奇術を始めたら、食欲が出ただけのことです」

と、法界が言った。

その法界は自分の奇術などより、佳城の奇術を見ることになった幸せにわくわくしているようで、カメラを取り出して、しきりに焦点を合せ始めた。佳城はそれをにこにこしながら見ていたが、やがて道具を載せたテーブルの傍に歩きだした。

その夜、佳城が演じた奇術は数種。無論、時田達の演技とは格が違っていた。

その中で、森下が後後までも忘れられなくなった一つの奇術があった。それは多分、自分の持ち物が不思議な現象を起こしたという点でも、印象が深かったのだ。

いくつかの奇術の後、佳城は優雅な口調で観客に言った。

「どなたかわたくしにお金を貸すと言ってくださる方はいらっしゃいませんか?」

「います」

すぐ、法界が答えた。

「何千万円ですか、何億円ですか」

どうやら法界はただならぬ佳城ファンのようだ。佳城は笑って、

「いえ。わたしが欲しいのはお札が一枚だけでいいのです。でも、仲間の方からはお借りできませんわ。あらかじめ約束しておいたお札を渡すと思われてはいけませんものね」

森下はすぐ札入れから紙幣を取り出した。一万円札だった。

佳城は別に紙の板を取り上げ、森下に紙幣の番号を読むように言った。替え玉の紙幣を使う可能性をなくするためだ。森下が番号を言うと、佳城は紙の板にフェルトペンで大きく紙幣番号を書いた。佳城はその番号が観客によく見える場所に置いて、紙幣だけを手にした。

皆の見ている前で、佳城は三つに紙幣を折って左手で持った。別の手で、テーブルの上からライターを取って森下に渡した。金属製の筒形をしたガスライターだ。

「そのライターは、ちゃんと火がつきますね。お試しください」

と、佳城は言った。

森下がレバーを押すと火が付いた。佳城は火に紙幣を近付けた。火は紙幣に移った。

「ご覧の通り、本物の火ですわね」

佳城の指の先で、紙幣はたちまち燃え尽きた。佳城は指先に残った灰を灰皿に落とした。

「ライターの他に、封筒を用意します」

佳城はテーブルの上から小さな白い封筒を取り上げた。

「この中に今お借りした紙幣を……」

佳城は言いかけたが、ちょっと首を傾げた。不安な感じがした。佳城はしきりに封筒をひねっていたが、

「……しばらくこの奇術を演じたことがなかったので、ちょっと手順に前後があったみたいですわ。本当は、お借りした紙幣をこの封筒の中に入れて燃やすはずでしたが」

佳城は当惑気味に灰皿を覗いた。

「どうしたことでしょう。お札はもう燃えてしまいました」

佳城は灰皿と森下の顔とを見較べた。

「でも、お客様に損をさせてはいけませんね。大丈夫。この灰をそっと日本銀行にお持ちになれば、ちゃんと元のお札と取り替えてくれるということを聞いています。そうしてくださいませね」

佳城は灰皿の灰を封筒に入れようとしたが、手が滑ったとみえ、灰は床に落ちて四散してしまった。

「あらあら……重ね重ねの不注意ですわ」

横にいた小奈木が、ほっと太い息を吐《つ》いた。佳城はちょっとそれを見て、

「大層心配していらっしゃるお客様がいらっしゃいます」

と、笑顔になった。

「でも、ご安心ください。実はお借りしたお札はもうちゃんとお客様の手に戻っているのです。そうですね?」

佳城は森下を見て言った。

森下は狐につままれたようだった。森下の手には佳城から渡されたライターがあるだけだった。

「私の手には、何もありませんが」

と、森下は言った。

「でも、何か手に持っておいでですわ」

「これは……さっきお札に火をつけたライターです」

「ちょっと、その底をご覧になりませんか」

森下はライターを手の中でひっくり返した。

「その容器は、上半分がライターですが、下の半分はビルチューブになっているでしょう」

「ビルチューブ?」

「紙幣の筒、ですわ」

森下は心の中であっと言った。ライターの底には小さなビスが見える。これを外すと、どうやら蓋《ふた》が開くらしい。

佳城は小さなドライバーを森下に渡した。ビスを外すのはちょっとした仕事だった。ビスを外すと、円型の蓋がぱらりと開いた。

「筒の中に、何か見えますね」

と、佳城が言った。

「お札みたいです」

森下は唸った。引き出すと、小さく畳まれた一万円札だった。

「お客様の手でお札を開き、その番号をお読みください」

佳城は遠くにいて、紙幣番号を書いた紙の板を観客に向けて持っていた。ライターから出て来た紙幣を掏《す》り替えることは不可能だった。

森下は紙幣番号を読んだ。紙幣番号は完全に一致していた。また、小奈木の溜め息が聞えた。

ホールはちょっとの間、信じられない出来事のためにしんとしたが、やがて熱烈な拍手が沸き起こった。

佳城の奇術が終ると、ウナトットはギターを放り出して、色紙と筆を持ち出して来た。森下は適当な品が思い当たらず、とりあえずライターから出て来た紙幣を差し出した。

「お札にわたしがサインをして、どうなさるんですか」

と、佳城は訊いた。

「今晩の記念に、ずっととっておきます」

と、森下は答えた。

ウナトットの色紙に、佳城は筆を走らせた。

　さまざまに
雪は手品師　佳城

その夜は、雪は止《や》まなかった。

朝になっても風だけは収まらず、生憎《あいにく》のスキー日和《びより》となった。だが、澄子と塩崎は少しも失望の色を見せていない。どうやら、一晩で佳城のファンになり、奇術の初歩を教えてもらう相談ができているようだ。

男達は小奈木が加わったために、夜の酒にだいぶ弾《はず》みがついた。森下もやや二日酔い気味で、天候を理由にヒュッテでごろごろしているのも悪くないと思った。

朝食の時間になって、ホールに降りて行くと、ウナトットは今日はリフトは動いていませんと言い、初心者用のゲレンデも、強風で人の出は少ないでしょうと予想した。

小奈木と永代は囲碁の話をしていた。森下が取り持ったわけではないが、どちらからともなく、共通の趣味を見付けたのだろう。

森下よりちょっと後れて、佳城がホールに降りて来た。佳城の姿を見ると、澄子と塩崎は立って拍手を送った。朝の佳城は爽やかな笑顔だった。

食事が終るのを待っていたように、ウナトットがノートを持って佳城の傍に寄った。ウナトットが遠慮勝ちに話す声が聞えた。

「……お手数ですが、ここに住所とお名前を書いてくださいますか」

ウナトットはノートを広げた。

「何ですか、これは」

と、佳城が訊いた。

「宿帳なのですが……」

「それなら、ここに着いた日、書いたはずじゃありませんか」

「それが、変なのです」

ウナトットは前のページを繰《く》った。宿泊簿といってもただの大学ノートで、適当に線が区切られていて、その中に宿泊者が順に住所と名前を記載していたが、思わず覗き込んだ森下は、あれ、と思った。ウナトットが示すページの中程が、カッターのようなもので、切り取られていたのである。

「誰がこんな真似をしたのか判りませんが、佳城さんの名を持ち去った人間がいるのです」

ウナトットは困ったように言った。

「ですから、もう一度記載をお願いしているのです」

佳城は不思議そうな顔でノートを見ていたが、

「この帳面はどこに置いてあったのですか」

ウナトットはホールの隅を指差した。

「あのカウンターの中です」

狭いカウンターの向こうには事務机が一脚、申し訳みたいに書類や事務用品が並んでいる。その中にあった宿泊簿なら、誰でもわけなく探せそうだった。

「それと、昨夜佳城さんに書いて頂いた色紙も……」

「わたしの色紙？」

それなら森下も覚えている。色紙はウナトットが暖炉の上に立て掛けていた。今見ると、その色紙がない。

「変ですねえ……、色紙が欲しかったら、佳城さんに頼めばいい。佳城さんは断わったりしませんものねえ」

「そう言えば――」

今迄、黙って聞いていた澄子が立ち上がった。

「わたしも佳城さんに色紙を書いて頂いたわ」

永代も立ち上がった。

「わたしも。色紙は昨夜鏡台に置いておいた。でも、朝の記憶では、わたしはその色紙を見てないわ」

「部屋を調べて来ます」

二人は前後して二階に駆け上がって行った。

「カマトットさん」

ウナトットが呼んだ。カマトットが調理室の暖簾《のれん》から首を出した。

「何でしょう」

「昨日、郵便屋さんは？」

「午前中に来ましたよ」

「すると、午後には来ない」

「いつも、そうでしょう」

ウナトットは立ってカウンターの傍に行き、何通かの郵便物に目を通した。郵便物はまだ出していないもので、宿泊客が書いた絵葉書などが主だった。郵便物を届けに来る配達員が葉書などは持って行ってくれる。そのためにまとめて置かれてある郵便物だ。ウナトットは全部を見終ると、顔をしかめた。

「昨日、佳城さんがお書きになった絵葉書をお預りしましたね」

「確か、三通でしたわ」

と、佳城が答えた。

「その、三通だけが見当たりません。一体、どうしたというんでしょう」

そのとき、二階から澄子と永代が駆け降りて来た。

「わたしの部屋に置いておいた、佳城さんの色紙がなくなっているわ」

と、澄子が言った。

「わたしのもよ。何だか、気味が悪いわ」

と、永代が言った。

ホールが騒がしくなった。

「紳士淑女諸君、静粛《せいしゅく》に」

と、ウナトットが言った。

「静粛とは、お静かに、という意味であります」

と、カマトットが応じた。

「信じられないことですが」

「カマウナ荘設立以来の珍事です」

「この山荘から、貴重な品が姿を消したのであります」

「指輪、ダイヤ、金塊？」

「いや、消えたのは主に紙類であります」

「何だ、紙か」

「たとえちり紙一枚たりといえど、お客様の持ち物がなくなったとあれば、私こと経営者の責任になります」

「責任は逃れられません」

「重大です」

「経営者、要求に回答せよ。搾取反対。経営者、逃げるな！」

「何言うとんのや」

「そこで皆様にお願いがあります」

「もう一度、身の回りの品品をお確かめになって」

「万が一、紛失した品がありましたら」

「どうぞこの、どじょう髭めにお知らせください」

その結果、宿泊客の持ち物で、紛失していた二つの品が追加された。

その一つは法界が持っていた、カメラに装塡《そうてん》されていたフィルムである。このフィルムはほぼ半分が撮影済みだった。法界はカメラのフィルムカウンターが0になっていたところから、この盗難を知った。

もう一つの品は、昨夜、佳城が奇術を演じたときに使った、紙の板である。その表面には佳城の筆蹟《ひっせき》で紙幣番号が書かれていたはずだ。

法界のカメラはホールの暖炉の上に置き忘れられたままだった。紙の板は使用済みの品だったから、ホールの隅に置かれたままだった。だから、夜中、人知れず二つの品に手を付けるのは容易である。

「なくなった品品はどうしたのでしょう」

と、ウナトットが言った。

「暖炉で焼いてしまったと思いますね」

と、カマトットが答えた。

「焼いた?」

「そう。朝、暖炉の中を見ますとね、薪ではない焼け残りがありました」

「例えば?」

「厚い紙が残したような灰とか、フィルムの缶……」

「フィルムの缶ね……一体、何のためにそんな細細《こまごま》した物を焼いたりなどしたんでしょう」

「名探偵でも判らない？」

「難問ですね」

「わたしにはすぐ判りました」

「本当ですか？」

「つまり、犯人は佳城さんを消そうとしているんですよ……」

「…………」

ウナトットは絶句してしまった。ホールには気まずいような空気がさっと流れた。

澄子と永代は寄り添って何かささやいている。塩崎は暖炉に薪を放り込み、小奈木はわざとらしく煙草に火をつけた。蟻喰いの三好はガムを噛んでいる。

佳城の傍では、時田と法界がそれぞれカードとカメラを弄《もてあそ》んでいた。隅の方で沖野節子が背を丸めるようにしてホールに集まった人達を窺《うかが》っていたが、その目は何かを期待でもするかのようにきらきら輝いているのが奇妙な感じだった。

犯人は佳城さんを消そうとしていると言ってしまい、その痛烈さに応じ切れず、相棒が思わず絶句したのを見て、カマトットは言葉がきつ過ぎたのを後悔したらしい。両手を挙げて一所をぐるぐる廻り始めた。

一方、当の佳城はそんなことは全く気に掛けない風だった。

「わたしにも、最初からそれが判っていましたわ」

と、佳城はにこやかに言った。カマトットは踊るのを止めた。

「皆さんもそう考えていらっしゃるんじゃありません？　宿泊簿からはわたしが書いた部分が切り取られている。わたしの色紙が全部なくなっている。わたしの手になった品なら小さな葉書から大きな紙の板までがこの山荘から消えてしまいました。法界さんのフィルムがなくなったのも、きっとそのフィルムにわたしの姿が撮影されていたからなんでしょうね」

「そうだ、と思います」

法界がかすれた声で言った。

「このカメラに入っていたフィルムには、昨夜の佳城さんが写されていましたよ」

「その人が何を目的にしているかは判りませんが、この一連の行動で、わたしの痕跡をこの山荘から消してしまおうとしていることだけは確かでしょうね」

佳城はふと、森下の方を向いた。

「昨夜、わたしが奇術をお見せしたとき、一万円札を貸して下さった、森下さんとおっしゃいましたね」

「そうです」

森下は答えた。

「確か、そのお札にはわたしがサインをしたことを覚えていますが、その紙幣はなくなったりはしませんでしたか？」

「そ、そうでした」

森下は佳城の奇術を思い出した。札入れを取り出して中を調べた。佳城がサインした紙幣は無事だった。森下はその紙幣を佳城に示した。

「そのサインだけはなぜなくならなかったのでしょう」

と、佳城は言った。

「僕は一度苦い経験を持っているんです。それ以来、用心深くなりました。現金はいつも肌に着けるようにしています。それで、手が付けられなかったのだと思いますね」

「それは立派な心掛けですわ」

佳城はそう言うと、テーブルに置かれた森下の紙幣を前にして、何か深深と考えているようだった。

「もし、その一万円札も盗られていたら、警察に被害届を出すべきでしょう」

と、ウナトットが言った。

「しかり、紙一枚でも盗難は盗難です」

と、カマトットが応じた。

「被害届を出すべきか」

「出さざるべきか」

「佳城さんが熟慮しております」

「さあ、佳城さん」

「どうしましょう」

佳城はふと顔を上げた。夢から覚めたような表情だった。

「わたし、もう盗難のことなど考えていませんわ」

と、佳城が言った。

「盗られたといっても、高《たか》がわたしが書いた色紙や手紙です。いつでも書き直せるじゃありませんか。また、フィルムにしろ、そうしろとおっしゃれば、いつでもモデルになりますわ」

「では、何を考えていらっしゃったんですか」

「奇術のことです」

「奇術？」

「そう。紙幣を使う奇術のことを思い出していたのです」

「それで、思い出せましたか」

「すっかり、ね」

佳城は小さなバッグを引き寄せると、マッチ箱ぐらいの大きさの、小さな黒い物を取り出した。ホールにいた全員の視線が佳城の指先に集まった。佳城はそれを意識しているようだった。

「さあ、もう詰らない出来事は忘れましょう」

佳城は皆を見渡した。

「それには、矢張り、奇術が一番いいでしょう。これから、小さな奇術をご覧に入れましょうね」

佳城はバッグから取り出した黒い塊《かたま》りを皆に示した。

「これ、何だかお判りですか。色気のない形をしていますが、これは強力な磁石なんです」

そう言って、ウナトットに鋏《はさみ》を持ってこさせた。佳城が黒い塊りを鋏に近付けると、鋏はばしっと音を立てて塊りに吸い着いた。

「小さくとも、力が強いでしょう。ところで、磁石は紙に着くと思いませんか」

佳城はいたずらっぽい目で皆を見渡した。

「思いませんわ」

と、澄子が言った。

「どんな強い磁石だって、紙を着けることは絶対にありません」

「それが着いたら、不思議でしょう」

佳城はにこにこしながら言った。

「早速、試してみましょう」

佳城は注意深く、磁石を紙幣に近付けた。紙幣はぴくりともしなかった。密着させても同じだった。紙幣と磁石は接着する気配もなかった。

「変だわ……」

佳城は紙幣を裏返してみた。結果は同じだった。佳城は自分の髪に手を当てた。

「どなたか、別のお札をお持ちですか」

ウナトットがポケットから紙幣を引っ張り出した。皺《しわ》くちゃだが、同じ一万円札だった。

佳城はウナトットの紙幣を丁寧《ていねい》に伸ばした。

今度は異変が起こった。磁石が近付くと、ウナトットの紙幣は浮き上がるように吸い寄せられた。佳城が磁石を持ち上げると、紙幣は磁石に着いたまま、空中に浮き上がった。佳城は皆にそれを示すと、静かにテーブルの上に戻した。磁石から外された紙幣には、何の異常もなかった。接着剤などが使われたのでないことは一目瞭然《いちもくりようぜん》だった。

「それは、当然の現象ではないんですか」

ぼそっとした声で言ったのは塩崎だった。

「磁石が紙に着くのが?」

と、森下が言った。

「そうじゃないんだ。磁石は紙を吸い着けないが、紙幣なら吸い着けることができるのでしょう」

「紙幣だって、紙じゃないか」

「紙幣は紙だが、印刷されているだろう。そのインクに、微量な鉄分が含まれていて、強い磁石を使うと、そのために吸い着けることができる。どこかで読んだ記憶があるんだがな」

佳城は手を叩いた。

「正解ですよ。その通り、一万円札はあなたのおっしゃる通り、磁石に吸い着きます。これは純粋に物理的な現象ですから、原理を知っていれば、どなたにもできます」

「しかし……」

森下はそう説明されても納得できない点があった。

「では、僕のお札はどうして吸い着かないのですか」

「わたしも、それをさっきから変に思っているところですわ」

佳城はもう一度磁石を森下の紙幣に近付けた。だが、結果は同じだった。

「わたしの考えでは、このお札のインクが違うようですね」

佳城は低い声で言った。

「インクが違うって……、造幣局では違うインクを使うことがあるんですか」

「森下さん、そのお札はどこで手に入れました?」

森下は自分の紙幣とウナトットの紙幣を両手に持って見較べようとした。

そのときだった。別の腕が現れ、あっと言う間に森下の紙幣を奪い取った。

「何をする!」

その男は突き飛ばすようにヒュッテのドアを開け、風の中に飛び出して行った。

「小奈木さん――」

永代が叫んだ。

「小奈木が、どうしたって?」

森下は何が起こっているのか、よく判らなくなった。

佳城が立ち上がった。

「つまり、あのお札は、造幣局で作られたのではなく、あの人の印刷所で製造されたと考えていいでしょうね」

雪の上に残された足跡をたどって行くと、かなり離れたところに小奈木の姿があった。小奈木は焼き捨てた物を足で踏み潰していた。しばらくの間、黒い粉が空中に舞い上がった。小奈木は森下達を見ると、狐みたいな顔をして向き直った。

「森下、お前の札は後で返す。だから、今日のことはなかったことにしてくれ……」

風はまだ止みそうにもない。

カマウナ荘のホールは興奮気味だった。激しく燃える暖炉の両側にカマウナ夫婦が立っている。

「——結局、小奈木氏は金儲けをするには、政府と同じことをすればよいと思い付き、政府の真似をして紙幣を発行したのでしょう」

と、ウナトットが言った。

「ところが、その紙幣は銀行では取り扱ってくれません」

と、カマトットが応じた。

「それで小奈木氏は国庫の役人みたいな仕事もせねばならず、自らその紙幣を使ったのですが」

「気の毒なことに、それを見破られたため、目下逃走中です」

「小奈木氏の考えでは、見破られることはまずあるまいと思っていたのでしょう」

「あなたなら、私製のお札はどういう場所で使いますか」

「そうですねえ。勿論、近所にある顔見知りの店などでは使えませんね。自分の家から遠い場所。店は人の出入りの多いスーパーなどがいいでしょう。そこで、安い品を買い、釣銭を受け取って、さっさと店を離れてしまいます」

「素顔も曝《さら》したくありませんね」

「それにはヘルメットをかぶり、サングラスを掛けます。お札に指紋が残るといけませんから、手袋を忘れずに……」

森下はちょっとびっくりした。森下は立ち上がって、二人の話に割って入った。

「昨日、小奈木はその通りの服装だったよ」

「小奈木氏はまずいところで、知り合いに逢ってしまったんですね」

と、ウナトットが言った。

「小奈木が釣銭を受け取っている最中だった。その上、僕は店にカメラを返して、保証金を戻してもらった。カメラ店のレジは開いたままだったから、小奈木が使った一万円札は、すぐ僕の手に移った」

「なんと間の悪い……」

カマトットが言った。

「もし、森下さんの持っているお札が私製だと判ったら、その出場所はそのカメラ店だということは、すぐ思い出すでしょうね」

「更にカメラ店を調べれば、その紙幣は僕と一緒にいた男がフィルムを買って支払った金だということは、すぐ判ってしまいます」

「そうなっては大変であります。それで小奈木氏はその紙幣の行方を追うために、当山荘へやって来たのですね」

「昨夜はびゅうびゅうの吹雪でした」

と、カマトットが言った。

「でも、自分が凍ってしまうより、紙幣の行方が大切です」

「山荘に着いてみますと、当山荘はご覧の通り、お金を使うようなところはありません。問題の札は当分、森下さんの札入れの中で安住していそうです。小奈木氏はやれやれと一息。明日にでもなって外へでも出た折を見て、森下氏からうまくその札を取り戻してしまおうと考えていたところ」

「再び、危機が訪れました」

「原因はあなた達ですよ」

と、時田が言った。ウナトットはうなずいて、

「そう。私が佳城さんに奇術をお願いしたのが事の起こりでしたね」

「森下さんの札入れの中で落ち着いているはずのお札が再び取り出され、しかも、紙幣番号は控えられるわ、ご丁寧にも写真にまで写されてしまった」

ウナトットとカマトットが後を継ぐ。

「小奈木造幣局は、手間をはぶくため、通し番号ではなく、一種類の番号しか紙幣に使用しなかったとみえます」

「もし、どこかで贋造《がんぞう》紙幣が発見され、その番号が公表されてしまったら、一巻の終り」

「動きのとれぬ証拠を残したことになります」

「佳城さんも人が悪いわ。小奈木氏の紙幣で、紙幣焼きの奇術を演じた。その途中、失敗して本当に焼いてしまったような演出をしましたからね」

「小奈木氏はそのとき、一瞬ほっとしたに相違ありません」

「佳城さんは、小奈木氏の表情を見逃さなかったわけなのでしょう」

佳城は静かに二人の話を聞いていたが、

「確かに、私はいつも奇術を見ているお客様の表情に注意しています。特に、小奈木さんが怪しいから、というわけではなく、奇術家は、今、お客様が何を見ているかということが、次の演技を進める上で重要になりますから。でも、あのときの小奈木さんの表情が、普通のお客様とちょっと違っているな、と思ったことは本当です」

「さすがですね。結局、森下さんの一万円札は奇術の手違いで燃えたわけではなく、佳城さんのライターに仕込まれたビルチューブの中から再び現れました。と、思う間もなく、森下さんはそのお札に佳城さんのサインをもらい、記念として永久保存するという」

「なお小奈木氏の危機は続きます」

と、カマトットが言った。

「その夜、夜陰《やいん》に乗じて小奈木氏は、証拠となる三つの品、紙幣番号が記録されている法界さんのフィルムと、奇術に使われた紙の板、それに、自分が造った紙幣を焼却することにしたのですが、用心深い森下さんの札入れに手を付けることだけはできませんでした。とりあえず、フィルムと紙の板だけは始末したのですが、そのついでに佳城さんの色紙や葉書まで焼かなければならなかった。その理由は何でしょう」

佳城は答えた。

「フィルムと紙の板だけがなくなったのでは、その二つから誰でも紙幣番号を連想してしまいますわ」

「なるほど。佳城さんが残した品だけが持ち去られるというのは、一種のめくらましだったのですね。もし、森下さんの紙幣も盗まれていたとすると、僕達は犯人は紙幣を盗む気ではなく、佳城さんのサインが欲しかったのだと思って、永久に解けぬ謎の中へ迷い込んでいたでしょう」

「さすが、名探偵ですわ」

と、佳城が評した。

「いや、お恥かしい」

ウナトットはどじょう髭をひねり廻して、

「筋の運びはちゃんとできていますから、僕はそれをなぞっているだけのことです。磁石に吸い着かない紙幣から、贋造紙幣を割り出すなどという放れ業は、とても僕が真似することなどできません」

「……でも、あれは、引っ掛けでしたのよ」

佳城は気恥かしそうに言った。

「引っ掛け、ですって?」

「そうなんです。紙幣焼きの奇術を見ている小奈木さんの表情に、おかしな点があったのを思い出して、ちょっと試してみたんです」

「……でも、紙幣を印刷するインクに、鉄分が含まれているというのは本当でしょう」

佳城は答える代わりに、自分のバッグから見覚えのある磁石を取り出した。

「どなたかお試しになれば、すぐ判るでしょう」

佳城が言う前に、澄子はもう自分のバッグから紙幣を取り出して待ち構えていた。澄子は磁石を借りると、すぐ紙幣に近寄せた。だが、磁石は一向に紙幣を吸い寄せようとはしなかった。

「……変ね、着かないわ。もしかすると、このお札も贋物《にせもの》かしら」

「いいえ。本物ですわ」

佳城はちょっと自分の髪に手を当てて、

「そのお札にも鉄分は含まれているはずです。でも、その鉄分は大変に微量ですから、折り目のない新品のお札で、磁石ももっと大きく、強くないと、とても吸い着くなどということはありません。ですから、さっきウナトットさんが貸してくださったような皺の多いお札などでは、とても――」

「でも、佳城さんはあのとき、ちゃんと磁石にお札を着けて見せたじゃありませんか」

「それは、こうでしたわね」

佳城は澄子から磁石と紙幣を受け取って、テーブルの上に置いた。紙幣の上に磁石をかざすと、紙幣は磁石に吸い寄せられて、テーブルを離れた。

「そ、それは？」

磁石は佳城の手に渡ったときだけ、効力を発揮するようだった。

「お判りかしら。実に古い手ですわ。ねえ、節子さん」

佳城は自分の若い弟子に向かって言った。だが、節子は黙って首を横に振った。

佳城はそっと紙幣をテーブルの上に戻した。そして、紙幣を押えて、ゆっくりと磁石を取り除いた。佳城の白い指が、静かに紙幣を持ち上げる……

「あっ、先生。ずるい！」

節子がびっくりしたように叫んだ。

佳城は紙幣の下にあった小さな物を拾い上げた。それは、小さく細いヘアピンだった。佳城は皆にそれを示すと、そっと自分の髪の中に戻した。


風が止んだ翌日、琴山に行く尾根の斜面に、新しい雪まくりができていた。何日か前森下が撮影したものより、もっと見事な雪まくりだった。

発見したのはスキーの巧みな時田だった。

奇跡が起こっているかも知れないというので、カマウナ荘の宿泊者は、全員で雪まくりの前に集まった。

カメラを持っている者が、心ゆくまで撮影した後、ウナトットは注意深く雪まくりにシャベルを入れた。

奇跡は、起こっていた。

巨大な雪のビルチューブの中心から、紙幣が発見された。

少し焦げてはいたが、佳城のサインもはっきりと残っていた。

ウナトットは小奈木が残した最後の証拠品を黙って猿江永代に渡した。

「あなたは小奈木氏を更生させることのできる、この世でただ一人の人です」

「結婚式はぜひカマウナ荘で」

などと騒ぎ立てるより、ずっと爽やかな光景だった。

消える銃弾

銃は口径十三ミリの火打ち石発火式カービン銃である。

黒光りのする銃身は太く短めで、台座の反りはなだらかだ。全長のほぼ半分を占める発火装置と台座は銀色に鈍く光り、手の込んだ彫刻が施されている。

ラ　イールは床に銃を立て、テーブルから火薬瓶を取り上げた。香水瓶を思わせるような形で、胴には銃の台座と同じような彫刻が見える。イールは火薬瓶を銃口に当て、瓶を逆さにした。瓶の口には一定量の火薬が自動的に計量され、銃口に注がれる装置が作られているようだった。

イールは火薬瓶をテーブルに戻すと、小さな紙片を取り上げ、小さく丸めて銃口に当て、細い鉄の送り棒で紙を銃身の奥に詰め込んだ。

今度は銃弾である。イールは鉛色の丸い銃弾を銃口に落とし、再び紙を銃身に送り入れた。銃弾の装塡《そうてん》はそれで終りだった。

イールは銃口を白いハンカチで拭い、銃を持って所定の位置に歩み寄って後ろ向きになる。

イールの動作には少しの無駄もない。ゆったりとした余裕で銃を構え、静かに指が引き金に掛かる。イールと銃身は直角だった。数秒間、銃口がかすかな動きを見せたが、しばらくすると二つは一体となり、彫像のように動きが止った。

茶色の髪を綺麗に撫で付けている。眸《ひとみ》は透き通るような緑色で、きりっと締った口の上に小さく揃えた口髭《くちひげ》が、細面《ほそおもて》の顔によく似合う。

イールは長身にぴったりしたグレイのタキシードを着ている。華やかなフリルのシャツにクリーム色の蝶タイを締め、襟《えり》には真紅の薔薇《ばら》一輪。

だーん……

銃口が火を吹いた。

標的のリンゴが白く砕けて散り、銀のスタンドだけが残った。

それまで、しわぶきの音一つなかった場内が、叫びとも歓声ともつかぬ声で満たされる。

イールは弾が標的に命中したのを見届けると、銃を立て、息で銃口の煙を吹き飛ばした。

イールの傍に助手が近付いて来た。助手は若い男で、黒のタキシードに蝶タイだった。

イールは助手に銃を渡し、代わりにナイフを受け取った。

標的の後ろに、分厚く広い、煤色《すすいろ》の板が立てられている。イールはその板に近寄った。板には無数の弾痕が見える。イールは板を見渡してから、一つの弾痕にナイフを差し込み、銃弾を掘り出して掌《て》の上に載せた。観客席から拍手が起こった。

イールは掌に弾を載せたままリングをまたぎ、観客席の前列に歩み寄った。

「弾に付けられた印をお改めください」

ハンドマイクを持った司会者が言った。濃いドーラン化粧をした、若い女性だった。低い背に鴇色《ときいろ》のドレスを引っ掛けるようにして着ている。

イールに掌を差し出された観客は、指でつまみ上げてしきりにひねり廻している。

「先ほど、お客様がナイフで付けた目印と同じですね」

司会者が観客にマイクを突きつけるようにした。観客はちょっと首を後ろに引いて、

「間違いありません。この傷は確かに私が付けたものです」

と、言った。

観客から再び拍手が湧き起こった。司会者はイールに何か言った。

「?」

イールはその意味が判らぬように首を傾げた。司会者は口を尖《とが》らせて、又、何か言った。今度は通じたようだった。

イールが初めて笑顔を見せた。イールがリングの中に戻ると、パートナーのカトリーヌ イトーがイールの手を取った。二人はそのまま観客に微笑《ほほえ》みながら、拍手の中《うち》にリングを一周した。

カトリーヌは黒い髪をゆったりと後ろで束ね、大きな銀の 簪《かんざし》 で留めている。目鼻立ちが大きく、イールと並んで見劣りがしない肢体に、胸元を深く開けた艶《あで》やかな菫色《すみれいろ》のイブニングドレスをまとい、靴は銀のラメだった。

二人がリングを一周するうち、助手は床に散ったリンゴを片付け、銀のスタンドに新たなリ

ンゴを載せた。

演奏の曲が変わり、イールは再び銃を手にした。カトリーヌはリングの横に待機する。次の芸が始まろうとしていた。

沢山の小鳥を自由に扱う「小鳥の曲芸」の次が奇術だった。出演者がラ　イールとカトリーヌ　イトー。

最初の芸はカトリーヌが入った箱に、イールが無数の剣を突き立てるというもの。現象はショッキングだが、取り分けて珍しい、というほどの演目ではない。だが、イールが本物の銃を取り出し、最初にリンゴを撃ち割ったときには、観客は少なからず驚いたようだ。

夏休みが始まった土曜の午後。

体育館は満員だった。サーカスの実演は順調に進み、番組は半ばまできている。観客の熱気でクーラーもよく効かない。観客席の後ろには三台のテレビカメラがリングに向けられている。

リングには放射状の模様を描いた鮮やかなオレンジ色の床が張られている。正面は城門のようなゲートで、実演中は深紅色の幕が下ろされているが、そこから芸人達が出入りするのだ。ゲートの右側には曲乗りオートバイ用の巨大なアイアンボウルが見える。左側は楽団《バンド》の山台だった。楽団員《バンドマン》は赤い揃いのスーツで、指揮者の園見《そのみ》正人《まさと》が白いタキシードで、リングを見ながら指揮棒を振っている。

天井の鉄柱にはさまざまな照明機具、ロープ、ブランコ、救命網などが見える。今一人、猿のように鉄の梁《はり》を渡り歩き、ロープを操作している場内係がいるが、誰も見る者はいない。観衆はリングのイールの一挙手一投足に目が離せなくなっている。

観客席の照明が次第に弱くなる。反対に、リングの中は一際《ひときわ》光が濃い。

イールは銃を持ったまま、神経質そうにリンゴを載せたスタンドの位置を調整していたが、やがてリングの正面に戻って、カトリーヌに合図した。カトリーヌはリングの中央に歩み出て、スタンドを背にし、イールの方を向いて立った。助手がカトリーヌに近寄り、ガラス板を持たせた。ガラス板は木の額に嵌《は》められている。カトリーヌはガラス板を自分の胸の前に立てて保持した。

観客席が少しざわめき始めた。観客が不安な予感を感じたからだ。

イールの表情には、笑いがすっかり消えていた。イールは口を一文字に結び、リングの横に置いてあるテーブルに近付き、再び火薬瓶を手にした。銃口に火薬を注入し、送りの紙を詰める。

観客の不安そうなざわめきが一段と大きくなった。感じの鈍い観客も、このときこれから起こる事態に気付いたからだ。

イールは送りの紙を詰め終ると、送りの棒を助手に渡し、銃を持ったまま、観客席の方を見た。

「さっき、もう一発の弾を渡した男の子……」

司会者はそう言いながら、さっきとは反対側の観客席に近寄った。

「……君だったわね」

司会者からマイクを向けられた子は、席ではなく、通路の一番前にしゃがんでいた。目が大きく、きびきびした感じの少年だ。

イールが何か言った。司会者は首を傾げ、口を尖らせた。イールはゆっくりと発音した。

「……多分、君の名を知りたがっているんだわ」

観客の緊張が緩んだ。少年はにこりともしなかった。

「串目匡一《くしめきょういち》と言います」

司会者はイールに少年の名を言った。イールは記憶するように、何度かその名をつぶやいた。

「君は、昨日もそこで見ていたわね」

と、司会者が言った。

「今日で、五度目です」

匡一が答えた。

「まあ……サーカスが好きなのね」

司会者はイールに何か言った。

「?」

今度はイールが首を傾げた。司会者はゆっくりと喋《しゃべ》った。イールは曖昧《あいまい》にうなずいたが、すっかり意味が通じたようでもなかった。

改めて、イールが何か言った。

「あなたが持っている弾に、ちゃんと目印を付けましたね？」

と、司会者は淀みなく通訳した。

観客が笑った。この司会者のフランス語は、どうやら打ち合せた言葉しか通用しないということが判ったからだ。

又、イールが何か言った。すぐ司会者が言った。

「その弾をちゃんとこの銃口の中に入れてください」

観客が大笑いした。期待していたことがかなった喜びだ。

イールはリングを越して少年の傍に寄り、銃を差し出した。匡一はしっかりと握っていた拳《こぶし》を開いた。イールは匡一の掌から弾をつまみ上げて、銃口の中に落とした。

「銃の中に、確かに弾が入りましたね」

と、司会者が訊いた。

「はい」

匡一が答えた。

イールは銃を持ってリングの中に戻り、気取った態度で、真白なハンカチを胸のポケットから取り、銃口を軽く拭いてから送りの紙を詰めた。

一時、寛《くつろ》いだ観客が再び緊張を取り戻し始めた。ドラムのシンバルが小刻みに音を立てている。

イールは装塡を終えると、観客を見渡してから、ゆっくりと正面に位置を定める。ゆっくりと銃を構えると、スタンドの上のリンゴ、カトリーヌの胸、ガラス板、銃身が一つの線で結ばれた。

イールはカトリーヌの胸にぴたりと銃口を向け、引き金に指を掛ける。

鋭い悲鳴が起こった。

イールはびっくりしたように、声の方を向き、肩の力を抜いた。

「お静かに願います」

と、司会者が言った。

「これは、大変危険な奇術です。ラ　イールさんの精神統一を乱さないように、どうぞ、お静かにご覧になっていてください」

気持をはぐらかされた観客は、少しの間笑い声を立てたが、すぐ静かになった。シンバルが再び鳴り始める。園見は指揮棒を斜めに構えたまま、じっとイールを見守っている。

イールは心を静めるように、床を踏み固めるような動作をしてから、再び銃を構え、引き金に指を伸ばす。

ふと、シンバルが鳴り止《や》んだ。

締め付けられるような緊迫感である。

だーん……

銃が火を吹き、瞬間、カトリーヌが持っていたガラスがはじけて、ひび割れた。

カトリーヌの上体が、少しよろりとした。

助手が素早く傍に寄り、カトリーヌの手から割れたガラスの額を持ち去った。

カトリーヌは胸に手を当て、顔を歪《ゆが》めた。恐ろしいような静かさだ。カトリーヌはのろのろと胸を探っていたが、ドレスの前を開き、一気に服をかなぐり捨てた。

真白な裸身が強いライトに輝いた。カトリーヌは両手を挙げた。

わずかに胸を覆ったラメの布の下から、真赤なしみが見えた。そのしみはたちまちカトリーヌの白い腹を這い降りた。

観客は自分の目が信じられぬように、押し黙ったままだった。

時間の空白を崩したのはカトリーヌ自身だった。カトリーヌは両手を下ろすと、そのまま、あおのけに床に倒れ落ちた。

イールが駈け寄るのがきっかけだった。観客席の方方《ほうぼう》から叫び声があがったが、楽団は最後まで沈黙したままだった。

体育館はがらんとした感じになっていた。

彩《いろど》りになる照明は全て消され、フラットな光が素っ気なくリングと観客席の椅子を照らし出している。

リングに血溜りがあった。弾受けの板、リンゴを載せたスタンド、小道具用のテーブルなどの間で、警察の捜査官達がそれぞれに仕事を進めている。リングを囲んで、サーカス団の関係者、ユニフォームを着た従業員、踊り子、道化師、芸人、楽団員達が、不安そうに無言で捜査官の仕事を見守っている。

警視庁から直行して来た竹梨《たけなし》警部は、その現場を見て、事件の状態がほぼ判るような気がした。

第一報のあったとき、竹梨警部は捜査一課の部屋にいた。

「サーカスの芸人が射撃に失敗して、妻を撃ち殺してしまったそうです」

電話を受けた雨宮《あまみや》捜査主任が竹梨に言った。

「失敗したというと、被害者は流れ弾にでも当たったのかね？」

「いや、被害者は銃の標的になっていたそうです」

「それならば、射撃に成功したわけでしょう」

「……いや、これまで被害者は毎日、銃の標的になっていたんですが、いつでも射撃は成功で、かすり傷一つ負ったことがなかったと言っています」

「変だな」

「よく考えると、妙です」

車の中で雨宮捜査主任は、思い出したようにポケットから新聞を引っ張り出した。

「〈世界サーカス天国〉の紹介が出ています」

雨宮は芸能欄を折り返して竹梨に見せた。ブランコにぶら下がっているグラマーな美人の写真の横に、七月一日から東京で開催されている「世界サーカス天国」の記事があった。

……サーカスの呼び物といえば空中ブランコ、象や虎などの猛獣使いだが、今度のサーカス団はその間に演じられるアクロバットや曲芸に粒揃いの芸人が名人芸を見せてくれるので楽しい。例えば、奇術のラ　イール師の得意芸は、リンゴの前に美女を立たせてその胸を狙い撃ちにするが、美女を傷付けることなく、後ろのリンゴに弾が撃ち込まれるという不思議。使用する銃も珍しい口装銃を使うなど凝ったクラシックな演出が話題を呼んでいる——

「これですな」

と、竹梨が言った。

「これです」

世界サーカス天国の公演は七月三十一日まで。この後、大阪、名古屋《なごや》と各都市を廻り、九月にはヨーロッパ各地を巡業するらしい。

「このイールという奇術師が射撃に失敗した原因ですが、電話の様子ではどうも普通ではなさそうです」

と、雨宮が言った。

「もしかすると、失敗に導くようなことをした第三者がいるかも知れないと言いました」

「殺人事件、それも、妙に手の込んだ奴だとすると——」

竹梨はふと曾我佳城《そがかじょう》のことを思い出した。元、女流奇術師だった曾我佳城は、奇術がからむいくつかの未解決の事件を見聞きして、竹梨に謎を解く手掛かりを教えてくれたことがあった。

——また、あの魅力的な佳城の顔を見るのも悪くはない。

「竹梨さん、何か嬉しいことでもあるんですか?」

「いや……」

竹梨はぎゅっと歯を嚙みしめた。

「ビデオの用意ができました」

観客席の後ろの方から声がした。

「ビデオ？」

竹梨は声のする方を向いた。

先に到着していた所轄署の刑事が言った。

「ええ、テレビ局が来ているんですよ。秋の連休に放映するため、今日のショウをプロローグからすっかりビデオに収めていました」

「ほう……すると、射殺の場面も？」

「勿論、撮影されていると思います」

竹梨は唸《うな》った。偶然とはいえ、実際に人が殺害される場面のビデオなど、今迄見たことがなかった。

警察の関係者がモニターを取り囲んだ。

テレビ局の職員が、警察官の注文に応じて、何度も事件の場面を繰り返して映し出した。画面は鮮明だった。イールの芸は最初から最後迄、完全に録画されていた。それによって、銃弾の走行までが確かめられた。カトリーヌはイールの銃によって狙撃されたことは、疑うことができなかった。

そのイールは、舞台姿のまま観客席にうずくまり、頭を抱え込んでいた。

「奇術の司会をやっていた女性を呼んでください。イールさんの通訳をしてもらいます」

と、金田《かねだ》捜査課長がビジネスディレクターに言った。

「彼女は駄目ですよ」

と、ディレクターが言った。

「フランス語は役立たずです。通訳なら彼女よりアニタの方がいいと思います」

ディレクターはユニフォームを着た道具係にアニタを呼んで来るように言った。

アニタはすぐリングのゲートに現れ、捜査官の傍にやって来た。

アニタは金髪の、小柄なアクロバットの芸人だった。衣装の上にカーディガンを羽織って、その下から形の良い脚が見えている。

「最初に、銃を見せてください。そうイールさんに言ってください」

アニタは悲痛な表情でイールの横に腰を下ろし、労わるように話し掛けた。

イールは顔を上げた。目の囲りに隈《くま》ができ、髪の毛がすっかり乱れていた。

「銃は演技が終った後リングの上に置いたままです。助手の活浦《かつうら》さんに持って来させるように言ってください」

と、アニタが言った。

助手の活浦はワイシャツだけになっていた。活浦はリングの中に入り、テーブルに立て掛けてある銃を持って帰って来た。銃には指紋採取の白い粉が残っていた。

「調べさせて頂きます」

と、金田課長が言った。

金田は慣れた手付きで銃を調べ始めた。

「テレビの司会者は最初に、火打ち石発火式銃を使うのだと説明していましたね」

と、竹梨が言った。

「そう、これはなかなか立派な銃ですよ。昔、貴族の持ち物だったのでしょう。火打ち石式《フリントロック》は十六世紀にスペインで発明されたんです。それまでの鉄輪式《ホイールロック》に較《くら》べて、ずっと射撃の安定性が良いので、十九世紀まで使われて来ました。初期のライフル銃もこの方式でした」

「鉄輪式というと？」

「ライターと同じ原理で発火させる方法です。引き金を引くと鋸歯《のこぎりば》状の鉄輪が廻って、発火石とこすり合わされて発火するのです。銃ではライターより火打ち石の方が勝《すぐ》れているところが面白い」

「その銃にはどこかに火打ち石が付けられているのですね」

「ここにあります」

金田は撃鉄を起こして見せた。

「この先に石が付けられています。引き金を引くとこの撃鉄が鋼の当て金に打ち下ろされて発火するのです。同時に火皿が露出して、火花が点火薬の上に降り注ぐのです」

金田は何度か銃を空撃《からう》ちしてみせた。その度に火皿の上に小さな火花が散った。

「現在では使われなくなった先込めの古い銃、といっても、現にこうして人を殺すほどの威力は失われていない。当然、サーカスで使用するにしても、警察の許可が必要だったはずですね」

「勿論、警察の許可はもらっています」

と、ディレクターが答えた。

「この芸は本当の射撃を見せるものではありません。奇術なのです。奇術ですから、実弾を銃に込めて射撃することはありません。実は、この奇術は全部空砲で演じられているのですよ」

「空砲？」

「そう。空砲ですから、銃は使っても小さな花火に火を付けるようなものだということで、警察も納得してくれました。消防署へも同じように届け出をしてあります」

「……しかし、最初にリンゴを射撃したときも、空砲なのですか？」

「それは直接、イールさんから説明してもらった方がいいでしょう」

「もっともです」

金田はイールに向かって、射撃の手順を説明してほしいと言った。

「実演してみます、と言っています」

と、アニタが言った。

イールは銃を受け取って座席から立ち上がり、リングの中に入って、テーブルの傍に寄った。

捜査官達もテーブルを囲んだ。

イールはテーブルの上から、銀の皿を取り上げた。皿の中には鉛色の丸い弾が数個転がっている。

「どれでも一つ取り上げてください」

と、アニタが通訳した。

「……どれでもいいのですな」

弾はどれも同じようだった。だが、金田は慎重に一つの弾を選び出した。

イールは皿をテーブルに戻すと、ナイフを取り上げた。

「このナイフで目印を付けてください。替わりの弾を使うのではないという証拠にするためです」

と、アニタは言った。

金田はナイフの先で弾の表面にKと刻み込んだ。

「……本物の鉛の弾ですよ」

と、金田が言った。金田は印を付けながらも充分弾を観察していたようだ。

「どれ……」

竹梨も弾を持ってみた。ナイフの痕が光り、弾は無気味に重い。

その間にイールは銃口に火薬を注ぎ、送りの紙を詰め終えた。

「弾は?」

イールはあたりを見廻した。弾は雨宮の掌に移っていた。イールは手を伸ばすと、雨宮の手から弾をつまみ上げ、金田の掌に落として、銃口を傍に近付けた。

「弾を入れてください」

金田は持っている弾を銃口に入れようとした。そのとき、イールは銃口を掌で塞ぎ、首を横に振った。

「ちょっと待ってください」

と、アニタが通訳した。

金田はけげんな顔をしてイールを見た。

「もう一度、目印を確認してください」

金田はその意味がよく判らないようだったが、弾を見直して、あっ、と言った。

「……目印が消えてしまった」

イールの口元がちょっと曲がったようだった。

「消えたのではありません。弾を掏《す》り替えたのです」

イールは自分の右掌を上に向けた。指の間に、もう一つの弾が隠し込まれていた。雨宮の掌から弾を取り、金田の掌に戻す途中で掏り替えが行なわれたのだ。

「……それにしても、うまくやるものですな。金田さんは気が付きませんでしたか？」

と、竹梨が言った。金田は呆《あ》っ気《け》に取られたように、

「全然、疑いもしなかった。大きさも重さもさっきの弾と全く同じだからです」

「その弾に目印を付けてみてください」

イールは再びナイフを金田に渡した。

金田はナイフを弾に当てたが、さっきと様子が違っていた。ナイフを当てると弾は脆《もろ》く崩れ、

粉になって床にこぼれ落ちてしまった。

「あ……」

金田は空になった自分の掌を凝視した。

「これは、偽の弾なのです」

と、イールが説明した。

「偽の弾は特殊な合金で作ってあります。一見、色も重さも実弾と同じですが、実際は大変脆い弾なのです。ですから、この弾を使って発砲しても、弾は銃身ですぐ粉になってしまいますから、空砲を撃ったのと同じ結果になるのです」

「あっ……そうだったのか」

竹梨の耳元で大きな声がした。振り返ると、助手の活浦だった。

「君は、イールさんの助手だったね」

と、竹梨が言った。

「済みません、つい夢中になって、大きな声を出してしまいました」

「それは構わないが、君はずっとイールさんの助手をしていて、この種が判らなかったのかね」

「……そうです。イールさんは必要以外の種を絶対に教えてくれませんでした。僕は他の種のことを考えていたのです」

「大分、奇術には熱心なようだね」

「僕、実は大学奇術クラブの部員なのです。アルバイトで、舞台に立った経験のある者というので、この仕事をするようになりました」

「ついでに、プロの奇術の種を盗むという利点もあるわけだ」

「こんな芸は、生涯したくはありませんよ」

道具係の手で、弾受けの板の前に一枚の新聞紙が貼られた。イールは偽の弾を装塡した銃を金田に渡した。

「試しにこの銃で射撃してください」

と、アニタが言った。

金田は新聞紙の真中に狙いを付けて引き金を引いた。銃は火を吹いたが、新聞紙は針で突いた傷もできなかった。

「リンゴが割れたのは、弾に当たったからではありません。リンゴを載せるスタンドに特殊な仕掛けがあって、発砲と同時にリンゴが割れるようになっているのです。勿論、受け板に弾が刺さることもありませんから、ナイフの陰で目印の付いた弾を持ち、掘り出す真似をするだけです。カトリーヌが持っていたガラスが割れるのも、同じ原理で額に仕掛けたレバーを銃声に合せて押すと、ガラスがひび割れるようになっているのです」

そう説明されると、この奇術には一発の実弾も使う必要がなかったことが判った。

「……では、どうして実弾が紛れ込んでしまったのですか」

「私には判りません。私は妻を撃つ気など、全くなかったのです」

と、イールが言った。

偽の弾はテーブルの上、観客からは見えないような物の陰に、黒い箱の中に入れられていた。銀の皿に入っている実弾と取り違えることはないはずだ。

金田はイールの同意を得て、その全てを割った。全てが偽の弾だった。

「……一つだけ、偽弾の中に実弾を紛らせておく、という手が考えられる」

と、金田が言った。

「出場する前、このテーブルはどこにありましたか」

と、金田が訊いた。

「勿論、ゲートの向こう側、楽屋です」

楽屋には雑多な道具が乱雑に置いてあるのが見える。芸は複雑な手続きで作り出されるようだ。

「イールさんはずっと道具の傍に付き切りでしたか」

イールはじっと考えてから答えた。

「こういう銃を使う芸ですから、いつも道具には神経を遣っています。しかし、誰かが悪意で道具に触れたとすると、その機会がなかったとは言い切れません」

「すると、犯人はあなたの芸をよく知っている、サーカスの関係者ということになりますかな」

イールは黙ってしまった。

「でも、偽弾の中に一つだけ実弾を混ぜたとすると、その一つはリンゴの方に命中していたかも知れませんし、事件は明日起こったかも知れない」

と、竹梨が言った。

「何だか頭の中がごちゃごちゃしてきました」

と、金田が言った。

竹梨の頭には佳城の顔がちらちらし始めた。

「ビデオを見た限り、実演の最中に実弾が紛れ込んだ可能性はないと思うね。犯人が細工をしたとすれば、必ずその楽屋裏だ」

金田は捜査員に色色な目撃者から話を聞き出すように指示した。

竹梨はテレビ関係者の話を聞こうと思い、観客席に足を向けた。そのとき、非常口に一人の少年が立っているのに気付いた。逆光のシルエットだったが、少年はがっくりと肩を落としていることが判った。

竹梨は何気ない感じで非常口から廊下に出て、ベンチに腰を降ろし、煙草《たばこ》に火を付けた。視線を外しながら少年を観察するうち、少年の態度はある種の典型を示していることが判った。

「……サーカスが中止になって、残念だったね」

竹梨は独り言のように言った。少年は少し後ろに退がった。

「何か話したいことがあるんだろ?」

竹梨は佳城の顔を思い出し、笑い顔を作って見せた。

「心配はいらないよ。おじさんが何でも相談に乗ってあげよう」

少年はためらい勝ちに傍に寄って来た。

「まあ、ここにお掛けよ」

竹梨はベンチから腰をずらせた。だが、少年は立ったままだった。明るい場所に出た少年の顔は蒼白だった。

「僕、大変なことをしてしまったんです」

「?」

「僕はカトリーヌさんを、殺してしまいました……」


「君の名前は?」

「串目匡一と言います」

「学校は?」

「千代田《ちよだ》区の稲川《いながわ》中学校。三年です」

匡一は坐《すわ》ると、竹梨の肩までしかなかった。中学生としては、小さい方かな、と竹梨は思った。その代わり、大きな眸が澄み、答えもはきはきとしている。何か異常なことを告白しようとしているようだが、卑《いや》しげな態度は微塵《みじん》もなかった。

竹梨は匡一の住所を控えてから、改めて訊いた。

「で、君はカトリーヌを殺したというが、一体どういうことなんだね?」

「殺す積りはなかったんです」

「勿論、そうだろうとも」

匡一の目が光っていた。泣き出したいのをじっと堪《こら》えている目だった。

「まあ、一服するか?」

竹梨は煙草を匡一の前に差し出した。

「僕、吸いません」

「こりゃ、うっかりした。君はまだ未成年だったね」

少しだけ匡一の唇がほころんだ。竹梨はこれで大丈夫だと思った。

「僕はサーカスが大好きなんです。この世界サーカス天国は始まる前から待ち兼ねていました。僕がこのサーカスを見るのは、今日で五回目です」

竹梨は改めて匡一の顔を見直した。

「……君か。一番前の通路に坐っていた少年は」

「刑事さんもサーカスを見ていたんですか」

「……私はさっき、ビデオで見せて貰ったよ」

「じゃ、ラ　イールさんの奇術を知っていますね。僕はイールさんの奇術が、不思議で不思議でなりませんでした」

「私も同じだ。まだ、頭の中が混乱しているよ」

「でも、何回か見ているうち、物足らない点が一つ見付かりました。それは、イールさんがいつも自分の用意した弾しか使わないことです。それで考えました。イールさんが用意した弾でなくとも、あの奇術ができるかどうか……」

どうやら、匡一は恐ろしいことを思い付いたようだった。竹梨は思わず身を乗り出した。

「それで僕、今日サーカスに来る前、パチンコの玉をポケットに入れて来ました。イールさんの奇術が始まって、お客さんに弾を選んでもらうとき、僕は大きな声ではいと言って手を挙げました。毎日、同じところで見ていたものですから、イールさんは僕の顔を覚えていたようで、にっこりしながら僕に一つ弾を選ばせてくれました」

そのときの様子はビデオが再現していた。匡一の記憶は確かで誤りはなかった。

「僕はその弾にナイフで印を付ける振りをし、ポケットのパチンコの玉とそっと取り替えました。寸法が違えば中止するつもりでしたが、イールさんの弾は、パチンコの玉とちょうど同じ大きさでした」

「そして、イールさんにその弾を渡したのだね」

「僕は、イールさんならきっとパチンコの玉を使っても成功すると思ったんです」

「君は奇術師の腕を信用し過ぎたんだ……」

竹梨は雨宮捜査主任の若い頃の失敗談を思い出した。

雨宮はショウを見ている途中、奇術師に指名されて、舞台に上げられてしまった。奇術師はロープを取り出し、これで自分の身体を縛ってくださいと言った。雨宮は思わず、その奇術師を本縄に掛けてしまったのである。悪気があったわけではない。本縄でも抜けられるかな、と思っただけだ。だが、奇術師は本縄を抜けることができなかった。その場は、舞台の袖《そで》で見ていたコメディアンの機転で、観客は奇術師の失敗を気付くことなく終ったが、雨宮はすっかり恐縮して、後から茶菓子を持って、楽屋へ謝まりに行った。

雨宮と同じように、匡一も奇術師の腕を過信してしまったのだ。だが、奇術の種目が不運だった。縄抜けの奇術ならただの失敗で済まされるが、この奇術のしくじりは、直接死につながるのだ。

竹梨は匡一に判らぬように溜め息を吐《つ》いた。

「パチンコの玉はまだ持っているかね？」

匡一はポケットから、二つの銀色の玉を取り出した。玉には瓢簞《ひょうたん》の印が刻印されてあった。

竹梨は匡一の手を握った。

「匡一君、君は勇気のある少年だ。よく、本当のことを打ち明けてくれたね。おじさんが付いている以上、心配することは一つもないよ」

「僕、カトリーヌさんに申し訳がなくて……」

新しい匡一の涙を見ながら、心優しい少年だと思った。

竹梨はそっと金田課長を呼び出し、事情を説明した。一件落着——今度だけは佳城の助けが必要でなくなった、と竹梨は反面、少し淋しい気もした。

竹梨は匡一を連れて、そっと裏口から外に出て、タクシーで匡一を家まで送り届けた。居合せた両親に事情を説明すると、二人は見るのが気の毒なほど、取りのぼせてしまった。父親はお前の監督が行き届かないからだと罵《のの》り、母親はあなたが威厳を見せないからですと、くどくど愚痴を言った。

竹梨は匡一より、その両親の方が気がかりになった。匡一に家で謹慎して警察の指示を待つように言い、外に出た。外は変に蒸し暑く感じた。

解剖の結果が出ていた。銃弾はカトリーヌの心臓を打ち抜いていた。カトリーヌはほとんど即死であった。

体内から摘出された銃弾が届けられた。

弾を一目見た金田課長は首を傾げ、竹梨に手招きした。

「……これが、パチンコの玉ですか?」

パチンコの玉にしては重く黒い感じだ。

「パチンコの玉なんかじゃありませんよ」

と、鑑識官が言った。

「れっきとした、鉛の銃弾です」

金田と竹梨は顔を見合せた。

「とすると、犯人は串目匡一ではない、ということになりますよ」

竹梨は頭を叩いた。

「ビデオはどこです?」

「もう一度見るのかね」

「私なんかが何度見ても仕方がありませんよ」

竹梨は金田からビデオテープのケースを奪い取るようにして部屋から飛び出した。

勿論、曾我佳城に見せるためだった。

曾我佳城の応接室。

串目匡一はうっすらと頬を染めて、佳城の横顔を見ている。匡一は佳城の屋敷に一歩足を入れたとたん、夢見心地になっているようだった。

事件のビデオを映し終ると、竹梨はもう一度事情を説明した。

佳城は匡一の熱っぽい視線に少し困ったようだが、静かに話し始めた。

「カード奇術では、よくお客さんに一枚のカードを選び出してもらうことがありますわね。そんなとき、お客さんによって、態態《わざわざ》一番上のカードや一番下のカードを引こうとする方がいます。勿論、奇術家に対して意地悪をしてやる、という気持じゃないんですね。奇術家の意表を衝いて、その技量を試す、ぐらいの軽い気持で、串目君も同じような心だったと思います」

匡一は黙ってうなずいた。

「でも、それは、お客さん自身にとって、決して得なことじゃないんですよ。そりゃ、ちょっとカード奇術を演《や》る人でしたら、どこからカードを引かれようとあわてません。カードは必ず当ててしまいます。けれども、奇術師はカードを引かせる前から、もう奇術を始めているんですよ。なるべく不思議で、お客さんが喜びそうな奇術を見せようと、準備をしているんです。それなのに、お客さんが、奇術家の困るようなカードの引き方をしたらどうなるでしょう。奇術家は途中で予定を変更し、ありふれたカード当ての奇術に切り替えざるを得なくなるかも知れません。そうすれば、そのお客さんは、奇術家が用意していた、得意の楽しい奇術は見られなくなってしまいます」

「なるほど。それは淋しいことですね」

　と、竹梨が言った。

「串目君はまだ若いから、きっと好奇心の方が強過ぎたんですわね。でも、ときどき、立派な紳士が変な奇術の見方をしているのに出合うことがありますわ」

「……つまり、奇術の演者は、奇術を見せながら、相手の性格まで判断することができてしまうんですな。こりゃ、迂闊《うかつ》に奇術を見られません」

「そう難しく考えることもありませんわ。奇術は楽しんで見るのが一番いいんです。もっと上手な見方は、その場の雰囲気をもっと楽しくするように、奇術家に協力する」

　匡一は何度もうなずいた。少年は佳城の言葉を一生忘れないだろうと竹梨は思った。こうした経験を経ながら、少年は早い速度で人格を身に付けてゆく。

「ところで佳城さん、銃で人間を撃つなどという物騒な芸は、昔からあったんですか」

　と、竹梨が聞いた。

「ありましたとも。最初に弾丸受止めの術を演じたのは、ヨーロッパサーカス団のフィリップアストレーだと言われています。この人は軍隊にいたとき、友達の決闘の立会人になるはめになってしまいました。けれども、どちらの友達も失いたくない。そこで色色考え、装塡した拳銃から、密《ひそ》かに弾丸を抜きとる方法を思い付きました。それが、弾丸受止めの芸を完成させるきっかけになったんです。先込め銃全盛の頃は、奇術の重要な演目の一つでした」

「最近では?」

「そうですねえ。現在の銃はオートマチックでしょう。弾を装塡する段階のスリルがなくなったせいか、あまり演る人はいなくなりましたね」

「それに、銃は無闇に持てませんし」

「外国ではミルボーン　クリストファがテレビに出演して、この芸を演じたと聞きましたわ。そのとき、保険を掛けたかったが、どの会社からも断わられたそうです」

「なるほど。それで、実際に失敗した例はあるんですか?」

「これも数多くあります。有名なのはエドモンド　ド　グリジイという人でしょう。この人はローマ法王の御前でも芸を披露したことがあるほど有名で、その芸は、ジョバンニという息子の口にリンゴをくわえさせ、そのリンゴに向かって発砲する、というものでした。発砲後、グリジイは銃弾をそのリンゴの中から取り出しましたわ」

「なるほど。ラ　イールの芸の原形と見ていいでしょうね」

「ところが、あるときグリジイはその芸で、本当にジョバンニを射殺してしまいました。グリジイはそのため、六ヵ月の刑を受けました」

「それは、悲惨です……」

「十九世紀の末には、ミッシェル　ヘタールという奇術師が射殺されました。今世紀では、中国人の扮装で人気のあったチュン　リン　スーがロンドンの劇場で射殺されています。日本では明治時代に、大阪の浪花座《なにわざ》で中村小登久《なかむらことひさ》という女流の奇術師が矢張り失敗し、左眼に重傷を負ってしまいました。この人は気丈な人とみえて、左眼を押えながら、観客に向かって、ちゃんと挨拶《あいさつ》をしてから退場し、楽屋に入ってから気を失ったそうで、そのために却って人気が出たといいます」

「そう無闇に奇術師が撃たれてはたまりませんな」

「銃口の前に立つ奇術師は無謀なわけじゃないんです」

佳城は悲しそうに言った。

「理論的にその芸が可能だから、舞台に掛けるわけでしょう。でも、奇術師も人間ですから、どこかでちょっとした不注意を犯すことがあります。中村小登久の場合は、弾を先込めしたときの送りの紙が濡れていたことに気付かなかったのが失敗の原因でした。その前に水を使う芸を演じていて、その水がこぼれていたんですね。銃が発砲されますと、濡れた紙は燃え切らずに飛び出し、小登久の左眼を撃ち抜いてしまったのです」

「それで、今日の場合ですが、イールの銃に入れたパチンコの玉はどうして鉛の弾に変わってしまったんでしょう」

「それは、イールさんが一番よく知っていると思いますわ」

「そのイールなんですが、すぐ体育館に電話をしたんですが、どこにいるか判らないと言うんです」

佳城は白い指をこめかみに当てた。

「一つ考えがあるんですが、現場を見て確かめないと……」

「すぐ、ご案内しますよ」


体育館には、もう一人の捜査官もいなかった。

佳城はリングの中に入って、観客席の方を見た。竹梨は佳城にスポットライトが当てられているような錯覚を感じた。

「奇術師は自分の立つ舞台にいつも神経を配ります」

佳城は台詞《せりふ》を読むように言った。

「そして、後ろからの観客の視線を嫌います。このサーカスのリングは丸い舞台。ぐるりを観客に取り囲まれているように思えますが、よく見るとそうでないことが判りますわね。演技者の真後ろにはゲートがあり、右側には大きなアイアンボウルが置かれ、左側には楽団の山台が作られています。従って、このリングに出演する奇術師は、真後ろから自分の芸を見られる心配はありません」

「でも、ゲートの両側に待機しているサーカスの進行係や、バンドマンには真後ろを見られるでしょう」

と、竹梨は言った。

「いい質問ですわ。その——」

「佳城……」

突然、ゲートの方から声がした。

竹梨が見ると、アニタだった。アニタはTシャツに七分のパンツになっていた。

「……アニタ」

「日本に来るから会えると思った。でも、どうして初日に来てくれなかったの?」

しばらくすると、アニタは佳城に抱きついてきた。アニタは機関銃のように喋り始めた。

「この人、わたしのファンなの。わたしを見に、毎日サーカスを見に来るの。リングから見ていて、よく判るわ」

アニタは匡一に近寄って、素早く頰にキスをした。匡一は真っ赤になった。

「こちらの人は、さっきの刑事さんね。犯人はまだ捕まらないの?」

竹梨はアニタがキスをしてくれないことが不満だった。

「あなた、日本語が上手になったわね」

と、佳城が言った。

「毎日、カトリーヌと話していたから」

「友達だったのね。残念だったでしょう」

「ええ。ちょうど、イールの次の出番がわたし達だったの。わたしはゲートの幕の隙間から、リングを見ていたわ」

竹梨があわてて何か言おうとしたが、佳城が目で心得ていると言った。

「そのときのことを、もっと精《くわ》しく知りたいの」

「恐かったわ……」

アニタは肩を竦《すく》めた。

「でも、最初は何が起こったのか判らなかったわ。イールが発砲した後、カトリーヌはいつものようにドレスを脱ぎ捨てて、両手を挙げたわ。それで、二人の芸が終ったと思ったの。ところが、お客さんからは拍手が起こらなかったし、いくら待ってもバンドはファンファーレを演奏しようとしなかった。そのうち、カトリーヌは崩れるように床に倒れてしまった。それで、初めてわたしは胸の血を見たの。わたしも一緒に倒れそうになったわ」

「イールはいつからその芸をするようになったのかしら」

「カトリーヌと結婚する、ずっと前からだと言っていたわ」

「前に失敗したことは？」

「一度もなかった。わたし、恐くない？　ってカトリーヌに聞いたことがある。そうしたら、イールの腕を信用して、愛しているから、何でもないって言ったわ。イールも腕には相当自信があったようね。先祖がフランス革命のとき貴族だったんですって。イールが使っている銃はそのときのもの。ねえ、ヨーロッパではイールの芸はもっと凄いのよ。色色な銃を沢山並べて、片端から撃ちまくるの」

「実弾を？」

「そう。だから、日本では思うように銃が使えないと言って、とても不満そうだったわ。これじゃ、花火屋だ、って」

「イールはいつ結婚したのかしら」

「二年前よ。カトリーヌとはシカゴの舞台で知り合い、気が合って一緒になったの。奇術といっても、弾の的にされるなんて、気味が悪いでしょう。それまでは踊り子なんて使っていたので、なかなか思い切ったことができなかったようね」

「カトリーヌは日本で生れたのね」

「ええ、東京で生れたの。カトリーヌは昔のことはあまり話したがらなかったけれど、お父さんはフランスの毛織物の商人で、お母さんは日本の水屋さん」

「……水商売でしょう」

「そうそう。カトリーヌがまだ子供の頃、両親は離婚して、お父さんはフランスに帰り、カトリーヌはお母さんに引き取られて、東京で育ったの。最初、歌手になって、それから女優になるのが夢だったらしいわ。でも、日本ではうまくゆかなくって、外国に渡り、シカゴでダンサーをしていたとき、イールの目に留まったわけ。でも、将来、ハリウッドのスターになるという希望は捨てなかったから、イールと一緒の舞台で、自分じゃ何をするわけでもなかったけれど、カトリーヌ　イトーという名でパートナーになっていたわ。気位は相当高かったようね。日本人の癖に、日本人が話し掛けて来てもフランス語で答えていたわ」

「今日、イールとカトリーヌのことで、何か気が付いたことはない?」

「……いつもと同じだった。でも、変だ」

「何が?」

「佳城、警察みたいな口のきき方をする」

佳城は笑ってゲートの方に寄った。

「アニタがカトリーヌを見ていたのはここ?」

佳城はゲートの右側に立っていた。

「反対側よ」

と、アニタが言った。

佳城はゲートの左側に移り、リングの方を見ていたが、そのうち、ゲートの奥に入って行った。佳城はすぐバンドの山台の上に現れた。山台の後ろの幕が割れ、楽屋と通じるようになっているのだ。

佳城はしばらく山台の上を歩いていたが、バンドマンがそのままにして行った譜面台の下から、何か拾い上げて観客席の方に歩いて来た。

「何です?」

竹梨が佳城の手元を覗き込んだ。

径一センチ、長さが五センチばかりの小さな筒のようだった。筒の一端は、帽子のつばの形に縁《ふち》が伸びている。

佳城は筒を竹梨に渡した。筒は金属製だった。竹梨は筒を覗いて見た。筒は素通しだったが、真ん中の辺に小さな突起が見えた。

「何か、楽器の一部でしょうか……」

「だと思うだろうと、安心してそこに置いたのね」

「誰がです?」

「多分——」

佳城は言い掛けて、口をつぐんだ。

竹梨は佳城の視線を追った。非常口の方から、若い男が歩いて来る。イールの助手を務めていた活浦という大学生だ。活浦は佳城の前に立って、最敬礼をした。

「先生、お目に掛かれて、感激です」

「……嫌ですねえ。先生だなんて」

佳城は軽く口に手を当てた。

竹梨にとっては邪魔な男だった。邪魔者でなくするためには、用を言い付けた方がいい。

「君、イールさんはどこにいるかね?」

と、竹梨が訊いた。

「二階のベランダにいましたよ」

活浦はうるさそうに言った。活浦には竹梨の質問が邪魔らしい。

「どこの、ベランダだ?」

「あの方向」

活浦は自分が出て来た非常口の方を指差した。

「通り掛かったら、バンマスの園見さんと何か話してました」

「呼んで来てくれないかな」

「それじゃ遅いわ。こちらから行かなくては」

突然、佳城が叫ぶように言った。

「二人は、危険だわ」

活浦は佳城の声を聞き、はっとして非常口の方に駈け寄ろうとした。だが、既に遅かった。非常口から人影が現れ、転がるように場内に駈け込んで来た。

「助けて——人殺しだ」

男はバンドマスターの園見だった。園見は右手で左腕を押えている。腕から指先にかけて血が滴《したた》り落ちた。

「助けて……」

園見はリングの中に飛び込みうろたえ声をあげた。

背の高い男が園見を追っていた。イールの手に血に染まった刃物が見えた。

「待て！」

イールが叫んだ。

アニタはとっさにアイアンボウルの扉を開いた。園見はボウルの中に飛び込んだ。アニタは扉を閉め、掛け金を下ろした。

イールは血走った目で皆を見渡した。相手が刃物を持っているので迂闊なことはできない。

竹梨は腰を低くしてイールににじり寄った。

「動くな！」

イールは叫ぶと、いきなり匡一に飛び掛かり、後ろから羽交い締めにして刃物を胸にあてがった。

「活浦」

刃物は今にも匡一の胸に食い込みそうだった。アニタが悲鳴を上げた。

「活浦、扉を開けろ」

活浦はアイアンボウルに近寄った。イールが活浦を目で追った。

隙ができた、と竹梨は思った。飛び掛かるなら、今だ。

だが、どこからか白い物が飛んで来て、イールの右手を叩いた。

「あっ……」

イールは刃物を床に落とした。

二枚目のカードは、イールの顔を狙った。

「串目君、早く」

佳城に叱咤《しった》され、匡一はイールの腕を振りほどくと、佳城の胸の中に飛び込んだ。

代わりに竹梨がイールに体当たりしていった。

活浦が加勢に加わった。アニタが楽屋からロープを持って来ると、観念したのかイールは大人しくなった。

「扉を開けてくれえ」

もう大丈夫だと思ったのだろう。アイアンボウルの中で園見がわめいた。アニタがボウルの傍に寄ろうとするのを、

「警察が来るまでそのままにして置いた方が手間が省けますよ」

と、佳城が引き止めた。

「すると?」

竹梨はイールと園見の顔を見較べた。

「どうやら、イールさんの銃に実弾を入れ、カトリーヌさんを死に至らしめたのは、その人のようですから」

と、佳城は言った。


竹梨が園見の自白を報告に行くと、佳城は匡一を相手にカードを捌《さば》いているところだった。

「カード奇術の手解《てほど》きをしているところです。串目君の上達が早いので降参しそうになっていますよ」

佳城はカードを片付けながら言った。

「バンマスの園見はすっかり喋りました。カトリーヌが東京にいたとき、園見の愛人だったそうです。復縁を拒否された園見は嫉妬のあまり、ああしたことになってしまったのです。イールが園見を襲ったのは、妻の復讐のためでした」

と、竹梨は言った。

「佳城さんがバンドの山台で拾った筒も、矢張り園見が作ったそうです。管楽器の部品を改造したらしいのです。カトリーヌが死んで場内が大騒ぎになった、そのどさくさに、イールのテーブルから抜き取ったのですが、捨て場に困り、一時、譜面台の下に置いて知らん顔をしていたのです。佳城さんの言う通り、あそこなら誰でも楽器の部品だと思うだろうと考えたわけです」

竹梨はポケットからその筒を取り出して佳城の前に置いた。

「ところが、この筒をどう使ったかということになると、まるで要領を得なくなりました。園見の興奮が収まらないので、どうも言うことにまとまりが付かない。そこで、また佳城さんの助けを求めに来たわけなのです」

佳城はそっと筒を取り上げて、少し眉を曇らせた。

「自分の友達の命を救うために考え出されたトリックが、後年、多くの人の命を奪うことになるとは、弾丸受止めを考えた奇術師は、夢にも思わなかったことでしょうね」

「そう……皮肉なものですな」

「ところで、イールさんは何か言っていましたか」

「現在、黙秘したままです。弁護士が来るまで、何も言わないつもりのようです」

「そうでしょう。イールさんは警察の届けとは反対に、自分の芸では、実弾を使っていたのですから」

「実弾を？」

「ええ。発砲の瞬間粉になってしまうような偽の銃弾ではなく、本当の鉛の弾を使っていたのです。イールさんの気持はわたしにはよく判るような気がします。射撃というような難しい技術は、しばらく実弾を使わないで休んでいると、すぐ腕が落ちてしまうものなのですよ。そうなると、元の勘を取り戻すまでがとても大変です。日本での公演は丸二月《ふたつき》。次にヨーロッパの巡業が控えている。アニタの話ですとイールさんはヨーロッパでは盛んに実弾を使っていたそうですから、ヨーロッパのお客様にはその期待に応えなければなりません。それで、日本での二月、技術の空白を作ってはならぬと思い、密かに実弾を使うことにしたのだと思います」

「でも、イールのテーブルには、ちゃんと偽弾が用意されていましたが」

「きっと、日本の警察は銃砲類にやかましいと聞かされていたからでしょう。いつ調べられても言い開きが立つように、テーブルに偽弾を置いておく必要があったのです」

「つまり、前芸のリンゴを撃ち落とす芸、それは実弾を使って演じられたのですね」

「ええ。そして、次にカトリーヌの胸を狙ったときも、偽弾は使いませんでした」

「そんな……」

竹梨は佳城が冗談を言っているとしか思えなかった。だが、佳城は真剣な表情で、匡一の方を向いた。

「串目君、イールさんにパチンコの玉を渡したときの様子を、ここでまた繰り返してごらんなさい」

佳城は後ろの小引出しから小さなコルクの玉をいくつか取り出してテーブルに置いた。匡一はその一つを右手に握り込んだ。

「串目君は座席にいたんじゃなかったわね」

「はい。通路にしゃがんでいました」

匡一はソファから下りて、床に腰を下ろした。

「これから、わたしがイールさんの役をします。竹梨さん、二人の位置をよく見ていてください」

佳城は左手で奇術棒《マジックワンド》を持った。それを銃に見立てるようだった。

「イールさんは串目君に近付いて、前に渡しておいた弾を受け取ります」

佳城はゆっくりと匡一の前に寄った。匡一は佳城を見上げ、右手を開いた。掌の中にコルクの玉が見えた。

佳城はその玉をつまみ上げた。

「いいですか、竹梨さん。この状態で、串目君が差し出した弾は、自分が渡しておいた鉛の弾か、パチンコ玉か、区別が付かなかったと思いますか?」

「勿論、色も重さも違います。パチンコ玉ということは、すぐに判ったでしょう」

「なぜ、イールさんはそれを言わなかったのですか」

「イールは偽弾と掏り替えることができるからです。イールは手の中ですぐ偽弾と掏り替え、銃の中に偽弾を入れます。ですから、戻された弾はどんな弾でも平気だったんです」

「竹梨さん、頭の中だけで物を考えては困りますわ。二人の位置に注意してくださいと言ったのはここです」

佳城は匡一を見下ろして言った。

「串目君、今、何が見えますか?」

「先生の掌が見えます」

「これからすぐ偽弾と掏り替えるには、もう一つの弾を指の間に挟んでおかなければなりませんが、もしわたしがそんな弾を持っていたら?」

「僕は下から見上げていますから、先生の掌の中がよく見えます。先生の掌には余計な弾は見えません」

「イールさんのときはどうだった?」

「同じでした。イールさんも何も持ってはいませんでした」

「うーん」

竹梨は唸った。

「すると、イールはパチンコ玉と知りながら、それを銃口に入れたというのですか」

「そうです。串目君が毎日同じ場所で目を光らせて見ているものですから、イールさんはこの少年を覚えてしまい、弾を調べさせてやることにしたのです。けれども、串目君は違う弾を返して寄越した。そのとき、イールさんは、こう考えたのでしょう。もし、その玉を使って発砲して奇術を成功させれば、少年はびっくりするに違いない」

「……そりゃ、びっくりはしますよ。しかし――」

「大丈夫だったのですよ。イールさんはそのパチンコ玉を銃から抜き取ることができたからです」

「銃身の底にある玉をですか？」

「銃身の底にまで行ってしまったら、逆さにしなければ弾は出て来ませんわ。けれども、小さな道具をそっと使えば、弾は銃口の先で留めておくことができます」

「どんな道具でしょう」

佳城はテーブルの上に置いてある筒を指差した。

「外見はこれと全く同じ筒です。ただし、イールさんがいつも使っていた筒には、ちゃんと底が付いていたと思います」

「…………」

「この筒は銃口にきっちり入る太さに作られているのです。こんな工合《ぐあい》に、ね」

佳城は筒を取り上げて、奇術棒の先に当てた。奇術棒は中空だった。筒は奇術棒の中にすっぽりと入った。

「筒の縁には帽子のようなつばがあるので、銃身の奥には落ち込まず、銃口の先に留まっているでしょう。この筒は、銃弾を銃底に落とさぬための、ソケットなのですよ」

竹梨は段段、筒の意味が判りかけてきた。

佳城はコルク玉を奇術棒の口に落とした。

「さっき見た通り、このソケットの内側に、小さな突起が出ていたでしょう。現在、コルク玉はその突起に引っ掛かり、ソケットから下に落ちることはありません」

佳城は棒を斜めにして中を竹梨に示した。佳城の言う通り、コルク玉は口から三センチぐらいの所で留まっているのが見える。

「次に、イールさんはこんなことをしませんでしたか」

佳城はハンカチでちょっと棒の先を拭いてから、送りの紙を詰める真似をした。

「これで、銃弾の装填は終り。――銃を調べてご覧なさい」

佳城は棒を竹梨に渡した。竹梨は棒の中を覗いて、えっ、と言った。コルク玉とソケットが消えていた。

「……でも、どうやって?」

佳城は手に持ったハンカチを拡げて見せた。その中にソケットがくるみ込まれていた。

「さっき言ったように、イールさんが使っていたソケットは、ちゃんと底が付いていて、銃から弾を抜き取るためだけの道具です。けれども、バンマスの園見さんが似せて作ったこのソケットには、もう一つ恐ろしい企みが加えられていました」

佳城はソケットを逆さにして、コルク玉を取り出し、今度はコルク玉を底の方から入れ、指で強く押した。ソケットを立てても玉は落ちて来なかった。玉は内側の突起に食い込んで引っ掛かっているようだ。

佳城はそのソケットを再び棒の先に嵌《は》めた。

「竹梨さん、パチンコ玉をお持ちですか」

「匡一君が持っていたのがあります」

竹梨はポケットを探り、パチンコ玉を掌に載せて佳城の前に出した。

佳城はその玉をつまんで、棒の口に落とした。すぐ、棒の反対側から、コルク玉が転がり出した。パチンコ玉は自らの重さで、コルク玉をソケットから突き落としたのだ。

「……園見さんは、イールさんが使っていたソケットと、このように、実弾を詰め込んでいるソケットとを、そっと掏り替えておいたのですよ」

竹梨は棒の下から転がり出したコルク玉を拾い上げて太い息を吐いた。

「つまり、このソケットがバンドの山台から見付かったので、佳城さんはバンマスの園見が怪しいと考えたのですな」

「いいえ、実は竹梨さんにビデオを見せてもらったときに、もう……」

佳城は控え目な言い方をしたが、竹梨は顔から冷や汗をかく思いだった。竹梨は佳城より数多くビデオを見ていたからだ。

「でも、それが確実だと判ったのは、実際に体育館のリングに立ったときです」

「……佳城さんは、リングに立つ出演者は、ぐるりを観客に取り囲まれているように思えるが、よく見ると、出入口のゲートやアイアンボウルがあって、実際には真後ろからは見られることがない、というようなことを言っていましたね」

「そうです。ということは、反対に、ゲートの両側に待機している係や、バンドマン達は、いつも観客が見ているものを見られない場合がありますわね」

「……そう言えば、ゲートの幕の隙間からリングを見ていたアニタは、なぜカトリーヌが両手を挙げたのに、お客さんから拍手が起こらないのか判らなかった、と言っていましたね」

「アニタには、カトリーヌの身体から流れている血が見えなかったからですわ。同時に、アニタに近い場所で演奏しているバンドマン達にだって、カトリーヌの血は見えなかったはずです。それなのに、なぜ、バンドはファンファーレを演奏しなかったのでしょう」

「園見が指揮棒を振らなかったから――」

「そう。園見さんは指揮をするのも忘れ、自分の企らみが成功するのをじっと見守っていたのですよ」

佳城は重い気持を振うように言った。

「気の毒に、イールさんはもう精神的に銃を使う奇術を演じることができなくなると思います。でも、それをきっかけに、若い奇術師が誕生するかも知れませんわ」

匡一が目を輝やかしてカードを持っていた。

カップと玉

紀元前二五〇〇年頃の古代エジプト。ベニ　ハッサンの墳墓《ふんぼ》の壁に描かれた有名な壁画群がある。その中の一つ、地面に伏せられた壺に向かい合っている二人の人間の絵に奇術家の関心が寄せられている。エジプト学者の説によると、カップエンドボウルを演じている奇術師の図だという。

古代ローマ時代になると、カップエンドボウルはきちんと文献に残されていて、奇術師は「カップと小石の使い手」と呼ばれていたことが判る。千七百年前のアテネに古い記録があって、その時代のカップエンドボウルは三つの皿と三つの小石を使っていたと記されているから、すでに現在の形を整えていたと思われる。

中世の木版画や油絵には盛んに奇術師が登場するが、そのほとんどはカップエンドボウルを演じている。当時の奇術師達は、街頭にテーブルを置き、その上に三つのカップとボウル、マジックワンドを並べて、腰には籠や袋をぶら下げているのが一定した姿である。中でもボッシュの油絵「奇術師」は取り分けて名高い。

インドではヒンズーカップ。糸底の尖《とが》ったカップを使い、その技法も自《おのずか》ら独得のものとなる。

日本に渡って、お椀と玉。宝暦年間に刊行された「放下筌《ほうかせん》」には棕櫚《しゅろ》の毛を絹布《きぬぎれ》の中に縫い込んでボウルを作る方法が述べられている。このボウルは手の中に握り込んだとき、小さくなって使い易いものである。演技の最後には椀の中から大きな松茸《まつたけ》や仔犬を取り出して見せる。

現在でもカップエンドボウルは世界中の奇術家の手で演じられている。長い歴史を経た現在のカップエンドボウルは、数多くの奇術家によって技術に磨きがかけられ、奇現象はより明解に、構成手順の研究の進歩で、不思議さは更に高められ、完成された数多くの手順《ルテン》が発表されている。

このように、カップエンドボウルは人間が作り出した最古の奇術であり、世界中の人達に愛されてきた最も優れた奇術である。その理由は、わずか三つのカップと三つのボウルだけを使い、怪し気な種仕掛《たねしかけ》によることなく、意外な奇現象が畳みかけるような速度で演じられるからである。完全とも思えるボウルの消失や出現、ボウルの移動や変化、劇的なクライマックスといった、奇現象の全てが盛り込まれているのである。

私は三つのカップを取り入れたことによって、奇術家は新たに三本の手を得たのだと思う。

人類が演じた最初の奇術は、二本の手と一つの品物（例えば小石）を使ったものである。手の中に握り込んだボウルが消えてしまう。或いは、左手のボウルがいつの間にか右手に移動する。これは奇術の基本であり、完璧さを要求される技法だが、それだけでは変化に富む劇的な奇現象は続けられない。それには、もっと多くの「手」が必要である。

「握られた手は、伏せられたカップに同じである」ということを思い付いたのは誰か判らないが、そのとき奇術は飛躍的に発展したのである。

つまり、ボウルを握った手は、ボウルの上に伏せられたカップと対応し、開いた手は上向きに置かれたカップと対応する。三つのカップは奇術家の二本の手に、三本の手を加えたと同じ意味を持つ。

二本の手だけでは、せいぜい一つのボウルを消したり移動させるだけに過ぎなかったのが、カップという「手」を加えることによって、奇現象を多彩にし、奥深い変化を加えることができるようになったのである。

更に付け加えれば、中世の奇術師達が腰に下げていた籠、これをジプシュールといって、現在ではほとんどポケットが同じ役をしているが、ジプシュールも補助的な手の一つだと考えると、奇術師は実に六本もの手を使い、ボウルを自由に扱えるようになったのである。

さて、ここで珍しいカップエンドボウルの手順を紹介したいと思う。

このカップエンドボウルは、ニューヨークの奇術家サーモン　ワイド氏が来日した際、直接見せてもらった手順で、そのときのノートが、最近、蔵書を整理していたとき、私の書棚から出て来たのである。二十年も前のメモだが、読み返すとなかなか面白い。ワイド氏の奇術はあまり紹介されたことがなく、珍しいものなので、最初にその現象を述べ、次号ではその技法を紹介することにしよう。

「社長——」

社家宏《しやけひろし》ははっと我に返って、原稿から顔を上げた。

アルバイトの柿本京子《かきもときようこ》がテーブルの傍に立っている。

「……寝ていらっしゃったんですか」

京子は社家の顔を覗き込んだ。

「いや。寝てはいない」

「この値段を教えてください」

京子は手に持っていた薄い二冊の本を差し出した。古い和書で、社家は「仙曲《せんきよく》続《ぞく》たはふれ草《ぐさ》」という題簽《だいせん》を見てぎょっとした。

「京子ちゃん、こ、この本はどこにあったんだ」

「店の本棚に並んでいました」

「これは、売物じゃないぞ」

「お客さんが見付けたんです。売物じゃなかったんですか」

「だから、値段が付いていないんだ」

「今更そんなことは言えませんよ。お客さんは珍しい本が手に入ったと喜んでいるんですから」

「……じゃ、私がよく説明する。お馴染《なじ》みさんかね」

京子は声を低くした。

「佳城《かじよう》さんですわ」

「……曾我《そが》佳城さんか」

「ええ。社長が憧れている佳城さん。嬉しくないんですか」

「む……」

元、女流奇術師。若い頃、桜が散るように引退して、華麗な舞台姿は夢でしか見ることができなくなった。その佳城の来店は嬉しいが、秘蔵の本を見付けられたのには困った。

社家は上下二巻の「続たはふれ草」を持って店に通じるドアを開けた。

佳城はガラスの陳列ケースの向こうに立っていた。豊かな髪をゆったりと後ろで束ね、白に近いクリーム色のセーターに、襟《えり》の大きい黒のスーツを着ている。佳城の隣に色白で目のぱっちりした少年が立っていた。

「ご無沙汰をしています」

社家は頭を下げた。

「今日は新しい愛好家を案内して来たのですよ」

と、佳城は言った。

「串目匡一《くしめきよういち》です」

少年ははきはきした調子で言った。

「これからは一人でちょいちょいお邪魔すると思いますから、色色指導してやってくださいね」

「かしこまりました。若い奇術ファンが増えるのは嬉しいことです」

「お陰で、わたしも珍しい本を見付けることができました」

「それが……ちょっと困りました」

社家は本を陳列ケースの上に置き、そっと手を重ねた。

「私、ちょっとうっかりしていまして、この本はその棚に置き忘れていたものなのです」

「じゃ、先に買手でも？」

「いえ、これは売物ではなく、私のコレクションなのです」

佳城は社家の困り切った顔を見て、ころころと笑った。

「そんなことじゃないかと思いました」

「恐れ入ります」

「機巧堂《きこうどう》には人に売らない品が沢山並んでいると噂ですよ」

「それは何かの誤解でしょう。店を開いている以上、商品はどんどん売れてもらわないと困ります」

だが、その噂は半分は当たっていた。

機巧堂は都心にあるビルの二階に店を出している小さな奇術材料専門店だが、経営者の社家は元元奇術マニアで、それが高じて店を持つようになった。だから、どこか道楽半分のところがある。加えて、社家は大変大雑把《おおざっぱ》な性格で、自分の私物と売物の区別がきちんとしていない。店がどうやらやって行けるのは、妻の内助の功あればこそだという陰口が、直接社家の耳に入って来るほどだ。

「奥さんはいらっしゃらない？」

と、佳城が訊いた。

「今、サンフランシスコへ行っています」

「奥さんのお仕事も、大変ですわね」

「何、大変なことなんかあるもんですか。私が高所恐怖症で飛行機が嫌いなのをいいことにして、仕入れだとか卸《おろ》しだとか口実を付けては遊びに行っているだけです」

「それにしても……悪いタイミングでしたわ」

妻が店番をしていれば、売らない品など何一つないのを佳城は知っているのだ。妻には社家が虎の子にしていたフーディニの署名入り自伝を愛好家に売ってしまい、社家を半狂乱にさせた前歴がある。

「誠に、ご愁《しゅう》傷《しょう》なことですが、そういうわけで、この本はお売りはできませんのです」

佳城は後ろ髪を引かれるような思いらしく、そっと本のページを開いていたが、ふと手を休めた。

「……太鼓並《たいこならび》に鼓《つづみ》の鳴るを聞いて何ということを知る術」

佳城はその記述に興味を持ったようだった。一人の侍が御簾《みす》内で太鼓を前にして鼓を打ち、別の座敷では主客らしい二人が話し合っている絵が見える。

「『続たはふれ草』の中で、有名な感応術《かんのう》です」

社家は「続たはふれ草」の下巻を開いた。当時の奇術伝授本は、普通、上巻が奇現象を説明する目録、下巻はその解説という体裁をとっている。

「つまり、助手は別室か屏風《びょうぶ》の陰にいて、術者からは見えないのです。客は心に思ったこと、人の名など自由に紙に書いて、助手に手渡します。助手は声には出さず、ただ、太鼓を打つだけ。術者はその音を聞いて、客が紙に何と書いたかをぴたりと当てます」

「なるほど」

「勿論、術者と助手には、予《あらかじ》め太鼓と鼓の打ち方に取り定めがしてあって、その打ち方でいろは四十八文字が伝達されるのです」

社家が開いたページに、その表が示されている。

いろは四十八文字が七字ずつ七行に並べられ、行数と字数に数字が打ってある。太鼓の数が行数を指定し、鼓の数が字数を示すのである。

「つまり、将棋の棋譜と同じ要領で、例えば太鼓を一つ打ち、鼓を三つ打てば〈は〉太鼓が三つ鼓が七つなら〈な〉という工合《ぐあい》で、太鼓と鼓だけでどんな言葉でも送ることができるわけです」

「音による暗号なんですね」

「暗号——」

佳城の言葉が、電気みたいに全身を駈け抜けた。

「そうだ、暗号だ」

社家はあわてて事務室のドアを開け、今まで読んでいた原稿を鷲《わし》づかみにして佳城の前に拡げた。

串目は物珍しそうに店内を見廻している。佳城が「続たはふれ草」を見付けた書棚は天井にまで届き、ぎっしりと奇術の研究書が詰め込まれ、隣のガラスケースにはシルクハット、奇術用のテーブル、色とりどりの花、銀製の燭台《しょくだい》や筒、人形や鳥籠などが雑然として並べられている。カードやコイン、カップなどの小物類は佳城が立っている前の陳列ケース。空《あ》いている壁や天井には奇術のポスター、奇術師のパネルがびっしりと貼り詰められている。

	一	二	三	四	五	六	七
一	い	ち	よ	ら	や	あ	ゑ
二	ろ	り	た	む	ま	さ	ひ
三	は	ぬ	れ	う	け	き	も
四	に	る	そ	ゐ	ふ	ゆ	せ
五	ほ	を	つ	の	こ	め	す
六	へ	わ	ね	お	え	み	
七	と	か	な	く	て	し	

「今気が付きました。これは暗号なんです」

と、社家が言った。

「たった今、速達で届けられたばかりの原稿です。返見《へんみ》重《しげ》次郎《じろう》さんのエッセイなんです」

「返見さんの？」

佳城は返見という名を聞く

と、懐しそうな表情をして原稿に目を落としたが、すぐ不思議そうな顔になった。

「これが、原稿なんですか」

佳城が疑うのも無理はない。原稿はすでに活字で印刷されている。

「ワープロで書かれた原稿なんですよ」

と、社家が説明した。

「返見さんはいつもワープロを使っているんですか」

「いや、それが僕には変に思えるんです。返見さんは原稿を書いて仕事をしているような人じゃありません」

「そうでしたわ。家は洋品店で、その傍《かたわ》ら商店街の有線放送を経営している人ですね」

「でしょう。洋品店や有線放送にワープロが必要だとは思えません。現に、今までの原稿は全部四百字詰めの原稿用紙に万年筆で書かれています」

「ワープロを使う奇術でも考え付いたのかしら」

「私もそんなことを思ったのですが、まだ変な点があります。この原稿は速達で届けられたんですが、原稿の締め切りはまだ大分先なんです」

「そう言えば、最近の『秘術戯術《ひじゅつぎじゅつ》』は少し前に冬号が出たばかりですわ」

『秘術戯術』は機巧堂から季刊で出版されている奇術研究家のための専門誌だ。発行部数も少ない小雑誌だが、奇術マニアの社家の編集が評判で、話題の新作やエッセイ、世界の大会なども一目で判り、着実に部数を伸ばしている。

「そうなんです。大体、返見さんは何度も請求しなければなかなか原稿を書いてくれない人なんですよ。それなのに、今度だけはまだ締め切りが二月《ふたつき》も先だというのに、速達で送られて来たんですから妙でしょう。それと、封筒の宛名なんですが、これも返見さんの筆蹟《ひっせき》ではない。それから、切手の消し印なんですがね」

社家は原稿と一緒に持って来た封筒を示した。

「辺見さんの住んでいる土地の郵便局ではなくて、東京駅の近くの局です。返見さんがそこまで出て来たのなら、ここに寄らないという法はありません。そして、最後に原稿の内容が実に変なのですよ」

佳城は原稿を手に取って、興味深そうに読み始めた。

「……カップエンドボウルの歴史が要領良くまとめられていますね。それに、カップは手だという着想は返見さんらしい、新鮮な発見ですね」

「そこまではいいのです。問題はサーモン　ワイドという人のカップエンドボウルの手順なんです」

ワイド氏のカップエンドボウルは、定石《じょうせき》通り三つのカップを使う。説明上、横に並んだカップを左からＡＢＣと呼ぶことにする。手順は八段で構成されているので、順を追って説明しよう。

1　最初にワイド氏は三つのカップが空《から》であることを示してから、テーブルの上に伏せる。

ワンドでAのカップを叩き、起こすとカップの下から一つのボウルが現れる。同時に両手から一つずつボウルが出現する。

2　一つのボウルをAカップに入れて伏せ、もう一つのボウルをCカップに入れて伏せる。左手には一つのボウルを持っている。

3　中央のBカップをワンドで叩いて起こすと一つのボウルが現れる。Aを開けると空で、Aにあったボウルが Bに移動したことになる。同時に両手とCから一つずつのボウルが出現する。

4　両手のボウルをCに入れる。三つのカップをワンドで叩くと、ABに一つずつのボウルが現れ、Cは空になる。

5　三つのカップを再び叩くと、三つのカップにそれぞれ一つずつのボウルが現れ、左手に一つ、右ポケットからも一つのボウルが出てくる。

6　全てのボウルをAに入れるが、ワンドでカップを叩いて起こすと、ボウルは全て消え、BCから一つずつ、右手に一つのボウルが現れる。

7　カップから全てのボウルが消える。消えたボウルは左手に一つ、右ポケットから一つ出てくる。

8　ポケットから出て来たボウルがAカップの下で消えてしまう。結局、左手に一つのボウルだけが残ることになり、これで全ての演技を終了する。

この手順にはどのような技術が使われているかは次号で精《くわ》しく述べることにする。なお、その次には約束通り「数当てカード」を研究することにしたい。

「どうです?」

社家は佳城の顔を窺《うかが》った。

「確かに、これは変なカップエンドボウルですわ」

と、佳城が言った。

「読んだだけですから何とも言えませんけれど、取り分けて面白い構成とも思えませんね」

「そうなんです。カップエンドボウルのような手順の長い奇術の構成は、一見、無作為のようでいて、実は細かい計算の上に成り立っているものです。最初の驚きから、意表をつく不思議が次次と現れて、最後のクライマックスへ持って行く方法は、戯曲や小説と同じですね。ところが、この手順を読む限り、手順の旨味《うまみ》もなければ山場もない。その上、前半のところでは、カップエンドボウルは三つのカップと三つのボウルを使うのが基本だと書いておきながら、この手順では最終的にいくつのボウルが使われているのかよく判りません」

「記述にもおかしいところがありますね。段の分け方ですが、普通一つの現象が一段落したときに段を区切るものですが、2のところでは、何の現象も起きていないのに、段が区切られていますね」

「まだあります。最後に次は約束通り〈数当てカード〉の研究をしたいなどと書いてありますが、私は返見さんとそんな約束をしたことなど一度もないのです」

京子は串目を相手にしてカード奇術を見せている。京子は機巧堂で働くようになってから奇術を覚え、最近では人にトリックを見せるのが嬉しくて仕方がない時期に入っている。

「何か特殊な技術が使われているのかしら」

佳城は頭をひねった。

「私も最初そう思いました。ですから、何度も原稿を読み返したのですよ。でも、はっきり言ってこの手順はカップエンドボウルの体《てい》をなしていません」

「ときどき、こういった内容の原稿が来ることがあるんですか」

「初心者から、独りよがりの原稿が飛び込んで来ることはあります。けれども、返見さんの場合は別です。返見さんの原稿はいつも誤字一つないのです。で、少し前に電話をしたんですが、留守とみえて呼び出し音が続くばかりでした」

「返見さんは牛方町《うしかたまち》のマンションに一人住いでしたね」

「ええ。一時は有線放送電話協会の会長にあって、忙しい人でしたが、最近ではその役を辞任し、自分の洋品店も養子夫婦に任せてしまい、悠悠と人生を楽しんでいます」

「わたしは返見さんから色色なことを教わりました」

「そう言えば、曾我佳城が登場したとき、返見さんの熱の入れ方は大変でしたね」

「わたしが引退しようとしたときも大変でした」

「そう。返見さんが佳城さんの結婚する相手と決闘すると息巻いたのは本当ですか」

佳城は笑っただけだった。

奇術愛好者にも色色あって、無闇に人に見せたがる演技型、独りでカード奇術に没頭する学究型、どんな小道具でも持っている蒐《しゅうしゅう》集型とさまざまだが、返見は経験の長い人だけに、万遍なく奇術を熟知している愛好者だった。他の芸能にも明るい人だから、奇術を見る目も確かだ。その返見がこのようによく判らない原稿を書くとは思えない。

「サーモン　ワイドという奇術師を知っていますか?」

と、社家は佳城に訊いた。

「よく、知っています」

「実在の奇術師ですね」

「実在していますとも。今、わたしの前に立っていらっしゃる」

「え?」

「あら、気付かなかったんですか。サーモン　ワイドとは、社家宏さんのことじゃありませんか?」

社家はびっくりした。

「……確かに、サーモンはシャケだ」

「ワイドは宏でしょう」

「……矢張り、私の勘が当たっているようです。さっき佳城さんが、暗号という言葉をおっしゃったのでぴんと来たのです。このカップエンドボウルの手順は、私に宛てて送られた暗号ですよ」

「なぜ、返見さんは暗号など送って寄越したのでしょう」

「これは想像ですが、辺見さんはどこかに監禁されているんじゃないでしょうか。監禁されていて、外部へは誰とも連絡できない立場にあるんです。返見さんは助けを求めるために一策を案じました。それがこの原稿なんです。返見さんはその犯人に、機巧堂へ渡す原稿の締め切りが迫っていると言ったのです。原稿が届かなければ機巧堂は催促の電話を掛けて来るでしょう。その連絡が付かなければ、機巧堂は困って、方方《ほうぼう》を当たるに違いない。そうすれば、返見さんの失踪が知れて、犯人には都合の悪いことになる。それで、犯人は返見さんに機巧堂の原稿を書くことを宥《ゆる》したんだと思います。そう考えると、原稿にワードプロセッサーが使われた理由もよく判ります」

「その理由は？」

「返見さんが有名な奇術研究家だということを犯人が知っていたからです。相手を欺すことを趣味にしている油断のならない相手ですから、直接原稿を書かせれば、自分が監禁されていることを何等かの方法で書き込むかも知れない。それを恐れて、犯人は機器を使うことにしたのでしょう。返見さんの口述する文章を原稿にすれば、その可能性がなくなると考えたわけです。出来上がった原稿は犯人の手で封筒に入れられて宛名が書き込まれます。勿論、返見さんが余分な通信ができないようにするためです。慎重な犯人はそのまま投函せず、本当に機巧堂という奇術材料店の存在を確かめた上で速達便にしたのでしょう。郵便がこの近くの局で扱われたのが、その理由です」

「ただし、犯人は奇術に精しくなかったため、カップエンドボウルの変な書き方まで気付かなかったというのですね」

「その通りです」

	右ポケット	右手	カップ C	カップ B	カップ A	左手
一	∩	∩●	∩	∩	∩●	∩●
二	∩	∩	∩●	∩	∩●	∩●
三	∩	∩●	∩●	∩●	∩	∩●
四	∩	∩	∩	∩●	∩●	∩
五	∩●	∩	∩●	∩●	∩●	∩●
六	∩	∩●	∩●	∩●	∩	∩
七	∩●	∩	∩	∩	∩	∩●
八	∩	∩	∩	∩	∩	∩●

社家は返見の原稿を見渡した。

「前半は普通の文章です。問題は手順を説明した八段だと思いますね」

「図にしてみたらどうかしら」

「図……ですか」

「ええ。さっき、段の分け方が変だと言ったでしょう。このカップエンドボウルの記述が、手順を説明するためのものでないとすると、カップとボウルの状態が問題ではないかと思うんです」

「あっ、そうです」

社家は手近にあったノートを千切り、三つのカップを描いた。

「第一段は〈三つのカップが空であることを示してから、テーブルの上に伏せる。ワンドでAのカップを叩き、起こすとカップの下から一つのボウルが現れる〉とありますから、こうでしょう」

社家は三つ描いたカップのうち、左側のカップの中に一つのボウルを書き入れた。

「カップが足りませんわ」

と、佳城が言った。

「足りない――と言っても、カップはABCの三つでしょう」

「でも第一段はそれだけじゃありませんわ。〈同時に両手から一つずつボウルが出現する〉と続きます」

「……両手は、どう描けばいいんでしょう」

「同じカップでいいのです」

「同じカップ?」

「ええ、前半の文章にあるでしょう。〈握られた手は、伏せられたカップに同じである〉ね」

「あっ、それはそういう意味でもあったんですね」

社家は三つのカップの両側に二つのカップを描き足した。

「ジプシュールもお忘れなく」

「ジプシュール？」

「返見さんの考えではジプシュールも補助的な手なのです。手順の中では右ポケットが使われていますね。右ポケットがジプシュールの役目をしているでしょう」

カップの数は六つになった。

社家は六つのうち、左から一番目、二番目、五番目の中にボウルを描き入れた。

「これでいいのですね」

原稿の二段目は「一つのボウルをAカップに入れて伏せ、もう一つのボウルをCカップに入れて伏せる。左手には一つのボウルを持っている」とあるので、図のカップのうち、一、二、四番目のカップの中にボウルを描き入れる。

社家はこの操作を最後の八段まで続けた。

「……段段、暗号めいた感じになりましたね。しかし、これだけじゃ何のことやらさっぱり判りませんが」

「でも一段ずつのカップと玉の位置が、ある文字を示している、換字式暗号のような気がしませんか」

「私もそう考えてこの図を眺めているんですが……」

「カップは六つあります」

「六つのカップが、何かに対応するわけですね」

「原稿の、最後の一行が手掛かりだと思います」

「――なお、その次には約束通り〈数当てカード〉を研究することにしたい、がですか？」

「六つのカップは、六枚のカードではないでしょうか」

「そうだ……京子ちゃん、どこかに数当てカードがあったろう」

京子はきょとんとした。

「……数当てカードなんて、知りません」

「ほら、お客さんが心の中で思った数字を当てるカード」

「ああ、あれですか。あれは電卓を使わなきゃできないので、面倒だから嫌いなんです」

「数当てカードに電卓を使うのか」

「だって、計算でしょう」

「その位の計算が暗算でできないのかなあ」

「わたしは電卓で育った文明人ですから」

「……どうも、今の子は何によらず基本がしっかりしておらん」

社家はぶつぶつ言いながら、ケースの中をひっくり返し、やがて、一組六枚の数当てカードを取り出した。

「京子ちゃん、やり方は知っているんだろう」

「ええ。お客さんにカードに記されている一から五〇までの数字のうち、一つを心に決めてもらうんです。そしてカードを一枚ずつ見せながら、お客さんが心に決めた数のあるカードとないカードをより分け、ある方のカードを全部集めて、それに記されている最初の数、つまり一

数当てカード

8	9	10	11	12
13	14	15	24	25
26	27	28	29	30
31	40	41	42	43
44	45	46	47	

1	3	5	7	9
11	13	15	17	19
21	23	25	27	29
31	33	35	37	39
41	43	45	47	49

16	17	18	19	20
21	22	23	24	25
26	27	28	29	30
31	48	49	50	

2	3	6	7	10
11	14	15	18	19
22	23	26	27	30
31	34	35	38	39
42	43	46	47	50

32	33	34	35	36
37	38	39	40	41
42	43	44	45	46
47	48	49	50	

4	5	6	7	12
13	14	15	20	21
22	23	28	29	30
31	36	37	38	39
44	45	46	47	

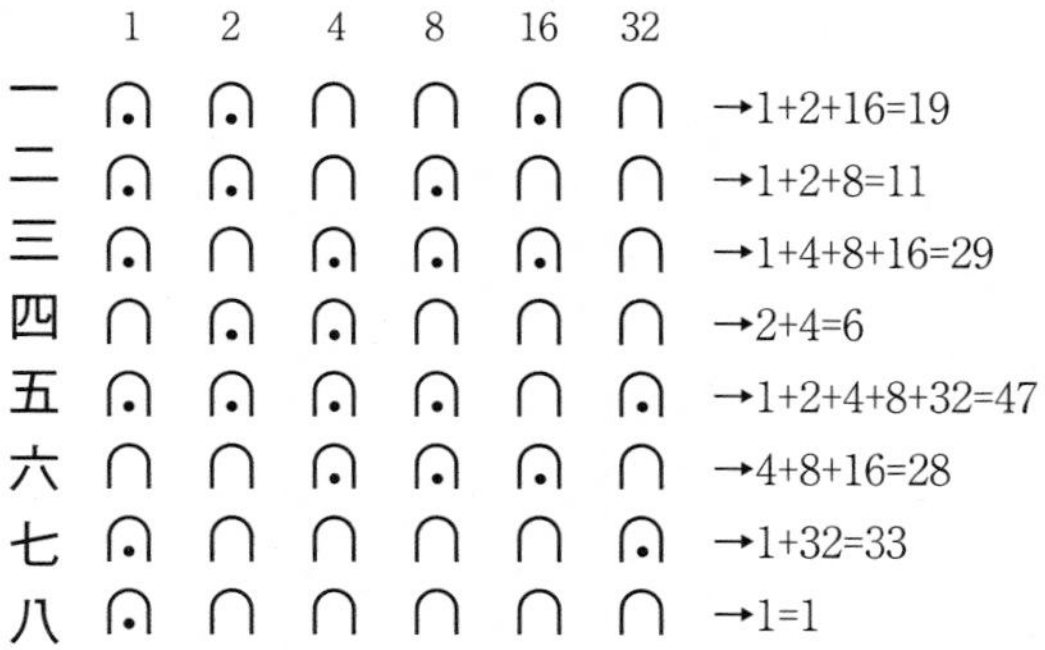

番小さい数を加え合わせると、それがお客さんが心に決めたカードになります」

「これはずいぶん古くからある奇術なんだよ。良い奇術は生命が長い」

「でも、暗算が困るわ」

「昔の子供はこのくらいの暗算は一目で答を出したものだ。とは言うものの、最近私も電卓会社の謀略にかかって、暗算がからきし駄目になりましたがね。ところで、この数当てカードの原理を知っているかね」

「さあ——」

数当てカードを覗いていた串目が言った。

「僕は、判るような気がします」

「ほう……偉いな」

「全ての整数は一、二、四、八、一六、三二、つまり2^nのいくつかを加えた和で表わすことができる。ただし、同じ数は二度使わない、という原理が応用されているんですね」

「その通りだよ」

「数当てカードはコンピューターの原形と考えればいいわけですね」

「数当てカードがコンピューター?」

「だって、2^nは二進法でしょう」

「……ちょっと待った。コンピューターとはどうも相性が悪くてね」

社家は苦笑いして佳城を見た。

「なかなか今の子はなどとばかり言ってはいられない。後生恐るべしという子もちゃんと育っているわけですね。ところで、佳城さん。六つのカップに六枚の数当てカードを対応させる、とおっしゃいましたが」

「つまり、カップの並んでいる順にキイの数字である一、二、四、八、一六、三二を当てていけばどうでしょう」

佳城は社家が書いた表に数字を書き込んでいった。

その結果、八つの数字があぶり出しのように現れた。

19
11
29
6
47
28
33
1

「何ですか、この数字は?」

「〈続たはふれ草〉にあった暗号表を思い出してみましょう」

「太鼓と鼓の数ですか?」

「そんなに複雑に考えなくともいいでしょう。いろはのいが一、ろが二、はが三というように単純に当てるだけでいいはずですわ。最も大きな数字が四七ですから、そんな感じでしょう」

社家は早速、数字といろはを付き合せる作業に掛かった。すぐ、八つの仮名が数字の横に並ぶ。

つるやへすくこい

「〈つる屋へすぐ来い〉と読めます」

と、社家が言った。

「返見さんは社家さんに来て欲しいんですね」

「……京子ちゃん、電話帳だ」

――つるや、つる屋、鶴屋。つるやという屋号は多かったが、牛方町にある店は一軒だけで〈鶴や〉という割烹《かっぽう》料理店だった。

「これから鶴やへ行ってみます」

と、社家は言った。

「気になります。わたし達も一緒に行きます」

と、佳城が言った。

社家は牛方駅前の変貌ぶりにびっくりした。最初、降りる駅を間違えたのではないかと思ったほどだ。

元の牛方商店街はごく平凡な私鉄駅を中心とした街だった。社家が知っているのは、牛方公会堂が新築されたばかりの頃で、返見の肝煎《きもい》りで新築記念の行事の一つとしての奇術大会に出演したとき以来だから、十五年ぶりである。鉄道と交差する大通りを公会堂通りといっていた記憶があるが、現在は駅も高架となり、駅前広場には噴水もあって、ビルが立ち並ぶ大通りには「ウシカタブロードウェイ」というアーチが見える。社家は噴水の傍に立っている、銀行の寄贈になるらしい立派なトーテムポールをぼんやりと見上げた。

「最初に、一応返見さんの家に寄ってみませんか」

と、佳城が言った。

「そうですね。返見さんが助けを求めていることは確かですが、もし家にいて何事もないようでしたら、下手《へた》に私達が騒ぎ立てるのはまずいですからね」

返見の住んでいるビルは牛方の北だった。商店街には「歳末宝捜し大売り出し」の旗が立ち、活気に溢れている。

社家の記憶では元公会堂通り、現在、南口の牛方ブロードウェイになっている道の突き当たりに大きな神社があったはずだが、行って見ると、その大豊《おおとよ》神社は道の左側に移動していて、境内《けいだい》もずっと狭くなっている。新しい道は、どうやら神社の境内を突き抜けて建設されたようである。

三人が神社の前を通り過ぎようとしたとき、鳥居の向こうから、ばらばらと四、五人の子供が駈けて来た。

「待てっ！」

白い着物に茶の袴《はかま》を着けた老人が、木刀を片手にして、血相を変え、子供を追って来る。子供達は散り散りになり、思い思いの横道に飛び込み、あっという間にいなくなってしまった。

老人は三人の前でうろうろした。社家と目が合った老人は、弁解するように、

「油断も隙もないわい。賽銭箱《さいせんばこ》の中に手を入れよった」

と、独り言を言って、鳥居をくぐって行った。見ると、巴の定紋《じょうもん》のある真新しい賽銭箱が見えた。

「偉いもんですね。ありゃ、プロの逃げ方です」

と、社家は言ったが、感心ばかりはしていられない。返見の周辺にはプロの犯罪者の臭いがするのだ。

大豊神社の裏手にある十階建ての新しいビル。返見の住いは九階の九〇一号室だった。三人はエレベーターで九階へ。

部屋はすぐ判ったが、チャイムを押し続けても応答がない。見ると、ドアの郵便受けには新聞がぎゅうぎゅう押し込められている。社家が調べてみると、一番古い新聞は十二月二十六日の分だった。

「……三日前から、家を出たままですよ」

社家は一階の管理人室で様子を聞くことにした。

管理人室にいたのは分厚い眼鏡《めがね》を掛けた、四角な顔をした男だった。短く刈った髪に白髪《しらが》が見える。

「……そう言えば、このところ、ラジオ体操で返見さんの姿を見掛けませんでした」

と、管理人はパイプを口から離して頭をひねった。

「旅行か何かでしょうか」

「いや、旅行ならいつも返見さんは私にそう言って出掛ける人です。万が一……いや、万が一ということがある」

管理人は鍵の束を持ち出して来た。

「あなた方も立ち会ってください」

「こんなときには警察の立ち会いも必要じゃないんですか」

と、社家が言った。管理人は自信たっぷりに答えた。

「いや、その必要はありません。私は元、牛方署の刑事課に奉職《ほうしょく》しておった者です」

管理人と一緒に、再び九階へ。

管理人はポケットから黒い手袋を取り出すと、手早く両手にはめてから、鍵の束の一つで返見の部屋のドアを開けた。

管理人は電灯のスイッチを入れた。玄関のすぐ向こうは居間になっているが、部屋はきちんと整頓《せいとん》されている感じだ。管理人は靴を脱いで部屋に上がり、しばらく各部屋を見て廻っているようだったが、不服そうな顔をして玄関に戻って来た。

「台所にも浴室にも異状はない。戸棚も、洋服箪笥《だんす》の中も――」

「洋服箪笥まで開けて見たのですか」

社家はちょっと驚いた。

「昔、押し込み強盗が人を殺し、洋服箪笥に被害者を押し込んだ事件がありましてね。それを思い出したのです」

「牛方で起きた事件ですか」

「いや、フランスのリモージュにあった実話です」

管理人はドアを閉めて鍵を掛け、郵便受けの新聞に目を通すと、三人の方に向いた。

「あなた方は、どんな目的があって、返見さんを訪問されたのですか」

「……別に大した用件はありません。近くに来たので立ち寄っただけです」

「返見さんとはどういう関係でしょうか」

「友達です」

「名刺を頂けませんか」

社家は仕方なく自分の名刺を渡した。管理人は眼鏡に近付けて名刺を見た。

「……奇術というと、あの、人を欺す奇術でしょう」

「まあ——そうです」

「返見さんも、妙な趣味を持っている人です」

管理人は手袋を外して、ポケットから自分の名刺を取り出した。「宮前《みやまえ》ビル管理装備　大峰《おおみね》正直《まさなお》」とある。大峰管理人は佳城にも名刺を渡した。

「わたし、あいにく持ち合せがありませんの」

と、佳城が言った。

「あなたも返見さんのお友達ですか」

「ええ」

「……失礼ですが、どこかでお見掛けしたようですが」

「そうでしょうか」

エレベーターの指示盤の数字の電気が動き始めた。エレベーターの数字は1まで下がり、再び上がって来た。

エレベーターのドアが開いて、犬を抱いた中年の女性が降りて来た。

「尾沢《おざわ》さん――」

大峰は女性に声を掛けた。犬がびっくりしたようにきゃんきゃんと鳴いた。

「ちょっと待ってくださいね」

尾沢と呼ばれた女性は、九〇二号室のドアを開けると、犬を中に入れて、大峰の方を向いた。

「最近、返見さんを見掛けませんでしたか」

と、大峰が訊いた。

「……そう言えば、二、三日お留守のようですわ」

「最後に見掛けたのは、いつでしょう」

「……二十五日の夕方でしたわ」

「二十五日、ですね」

「ええ。クリスマスの日でしたから、よく覚えていますよ。夕方、買物に出ようと廊下に出たとき、たまたま、返見さんのドアも開いたんです。ええ、挨拶《あいさつ》して。返見さん一人でしたらどうってことはなかったんですが、変な若い男が二人、返見さんと一緒だったんで、その日のことをよく覚えているんですよ」

「どんな男でしたか」

「この辺では見たこともない人でしたね。柄の悪そうな大きな男で、エレベーターの中でも返見さんの両傍《りょうわき》にぴったり付いていて」

「外に出るところを見ましたか」

「ええ。外に黒い乗用車が停っていましたよ。二人は返見さんをその車に押し込めるようにして、すぐ駅の方へ走って行きました」

眼鏡の奥で大峰の目が光ったようだった。

「一体、何があったんですか」

と、尾沢が訊いた。

「いや、まだ発表のできる段階ではありません」

「……判ったわ」

「返見さんと一緒だった男が、ですか」

「いえ。今、思い出したわ。これは、誘拐事件なのね」

「誘拐などとは……」

「そうに違いないわ。前にも同じ場面を見たのを思い出したわ」

「それは、このビルでですか」

「いいえ。テレビで。誘拐殺人事件のサスペンスドラマがあったでしょう。そのドラマで犯人が被害者を誘拐する場面があったけれど、今考えてみると、二十五日の夕方はそれとそっくりな情景だったわ」

「……そう、結論を急いではいけません」

「大丈夫よ。わたしは口が固いんですから。でも、行動は早い方がいいわ。返見さんが誘拐されたとすると、犯人から脅迫状が送られて来る時分でしょう」

「脅迫状……」

「返見さんの身代金を請求する脅迫状だわ。返見さんの養子夫婦は南口で大きな洋品店を開いているでしょう。脅迫状はそこへ届けられるはずだわ」

「まあ尾沢さん、落ち着いてください。勿論、警察へ連絡し、そのようなことが起こっていないか問い合せるつもりです」

「ああ、じれったい。犯人の脅迫状には必ず警察に連絡したら、人質の命はないものと思えと書いてあるのが常識ではありませんか。マルセイユ洋品店では返見さんが殺されるのを恐れて、警察などに通報したりはしませんよ」

「判りました。マルセイユ洋品店で返見さんの誘拐を隠しているとすると、このことを知っているのは私達だけです」

「素敵だわ」

「尾沢さんも喜んではいられませんよ。犯人がそれを知ったら、魔手はあなたの身辺にも伸びるかも知れない」

「まあ……」

「ですから、なるべく外へ出ないようにして、いつ訊かれても困らないように、二十五日の夕方のことをよく思い出しておいてください。とに角、落ち着くことです」

大峰はエレベーターの戸が閉まると落ち着かなくなった。一階に着くとあたふたとして管理人室に入り、電話にかじり付く。

「鶴やへ行きましょう」

社家は佳城にささやいてビルを出た。

「返見さんは私に宛てて鶴やへすぐ来いと言っています。おかしな人と一緒では迷惑すると思います」

佳城もその意見に同じだった。

外は薄暗くなり始め、風が冷えている。商店街の灯が輝きを増して見えた。

私鉄のガードをくぐると南口の牛方ブロードウェイ。駅前の噴水は七色の照明を受けて、夜会服に着替えたような感じだ。

商店街のアーチをくぐったところで、後ろから駈けて来て凄い勢いで三人を追い抜いて行った男がいる。大峰管理人だった。大峰は近くにある洋品店へ飛び込んだ。マルセイユ洋品店という看板が輝いている。

「あのネッカチーフの柄は洒落《しゃれ》ているわ」

と、佳城はショウウインドウを見て言った。

「私はベルトが欲しい」

と、社家が言った。

「僕は靴下が必要です」

と、串目が言った。

三人はマルセイユ洋品店へ入った。

一足先に店の中に飛び込んだ大峰は、主人らしい男を捕えて談合中だった。相手は縁なしの眼鏡を掛け、細い顔をした上品な感じの男だった。

商品を選ぶような振りをしながら、そっと耳を澄ませると、二人のやり取りがよく聞こえる。

「……つまりですな。宛名は定規を使って、活字みたいな字で書いてあります。それでなければ、新聞や雑誌の大きめの活字を切って、並べて貼ってある体の書簡です」

と、大峰が言っている。

「或いは、郵便局からでなく、直接、店に投げ込まれた封筒などです。この場合には宛名が書かれていない場合もあるでしょう。そんなときには、ついうっかりとして見逃してしまうこともありそうです」

「……そんな手紙など来たことはありません」

洋品店の男はしきりに否定している。

「では、変な電話が掛かって来たはずです。押し殺したような声で、最初はきっと、こちらの様子を窺うだけでしょうから、何かわけのわからぬことを言って、一方的に電話を切った、とか」

「それもありません」

「いや、ご心配は無理のないことです。しかし、身内だけで事に当たろうとなさってはいけません。もし、警察がどうしても困ると言われるのなら、ここに私がいます。私は元警察の刑事課におりましたが、今では完全に自由の身です。ですから、私が乗り出すことが知れても、犯人は——」

「何の犯人ですか」

「勿論、脅迫状を書いた犯人です」

「脅迫状ですって？」

「その通り、あなたのお父上、返見重次郎氏を誘拐した犯人の——」

「ちょっ、ちょっとお待ちください。何やらよく判りませんが、ここは店ですので、とに角、中にお入りください」

「そうでなければいけません。よく打ち明ける気持になってくれました」

二人は店の奥に入って行った。

二人を見送っていた女店員がくすくす笑い出した。

社家はいい加減に一本のベルトを選び女店員の前に行った。

「一体、今の人、何なの？」

「ああ、大峰警部ね。あの人、牛方町でメグレ警部のつもりなの」

「ほほう」

「町を歩いては、色色な事件を作り出してしまう人なの。この前も不良学生を捕えてしつっこく取調べていたわ。お金を貰って人を殺したことがあるだろう、とか」

「牛方町にはブロードウェイもあるし、マルセイユもあるし、メグレ警部もいるし、国際的だね」

「わたしはこれでも、マイアミ美女コンテストに入賞したことがあるのよ」

社家はベルトを買い、佳城はネッカチーフを買い、串目は靴下を買った。女店員は三人に、商品と一緒に券を渡した。

「福引きの抽籤券《ちゅうせんけん》です。抽籤所は公会堂の横にあります。一等を当ててください」

「一等は何が当たるんだね」

と、社家が訊いた。

「一等は電子レンジ。その他に特賞があって、ダイヤモンドも当たります」

三人は店を出た。

公会堂はブロードウェイのはずれにあった。以前は公会堂のあたりまで来ると、商店はまばらだったが、現在行ってみると、繁華街は公会堂のかなり先まで続いているようだ。一軒の魚屋が昔風な瓦屋根の平家《ひらや》で、当時の面影《おもかげ》を残している。

地図で見た鶴やは公会堂の裏手だったが、社家はちょっと迷ってしまった。元のブロードウェイに出ると、ちょうど抽籤所の前だった。社家はポケットに福引きの抽籤券が入っているのを思い出した。

「佳城さん、道を訊くついでに、ダイヤモンドでも当てませんか」

「いらっしゃあい」

急拵《きゆうごしら》えらしい抽籤所に坐《すわ》っている、でっぷりと肥った女性が胴間声《どうまごえ》を出した。抽籤所の真ん中に、樽に取っ手を付けたような道具が置いてある。

社家と佳城と串目は一度ずつ取っ手を廻した。樽の中から三つの赤い玉が転がり出した。

「六等賞——大当たりい」

と、胴間声の女性が言った。

六等賞は最下位で、賞品は牛方ブロードウェイの名が入ったボールペンだった。抽籤所の女性はボールペンの他に一枚ずつの紙を手渡した。

「さあ、今度は特別賞を当ててください」

「また、籤《くじ》が引けるのかね」

社家は欲を出して訊いた。

「いや、今度はクイズです。その紙は、宝物が隠されている場所が書いてある絵図面ですから、それを読んで、自由にその場所に行けるわけよ」

「……ところで、ここら辺に鶴やという割烹店はないかね」

「鶴やさんでしたら、その角を曲がって、少し行くとマイアミというキャバレーがあるからその手前を左に入った突き当たりです」

「……ありがとう」

佳城は抽籤所で渡された絵図面を見て言った。

「……これは、なかなか凝った趣向だわ」

社家も自分の紙を見た。それは、牛方ブロードウェイの地図で、古い絵図面のようにデザインされている。裏を返すと、何やら怪し気な字体で、いくつかの文字が並んでいるのが見えた。

そう言えば、街に立てられた大売り出しの旗に「宝捜し」の字が入っていたが、宝捜しというのはこのことらしい。改めて抽籤所を見ると「あなたも謎解きの挑戦者」「一千万円のダイヤモンドがウシカタブロードウェイのどこかに隠されている」といった文句が大きなポスターに殴り書きされている。

卍里投浪
格子《かうし》　馬下《うました》　仕打《しう》ち
貸《か》し馬《うま》　羽化《うか》
歌島《うたじま》　太十《たじう》　島田《しまだ》
玉《たま》　下地《したぢ》　真下《ました》
内田《うちだ》　田打《たう》ち

どうやら、六等の当選者全員にその絵図面が渡され、牛方ブロードウェイに隠された宝物を捜す資格が与えられる趣向らしい。その宝物を捜し当て、抽籤所に届けると、本物のダイヤモンドが渡される趣向だ。

「……二度も暗号に出会うなんて、佳城さん、今日は妙な日ですね」

「わたしには何か偶然でないような気がします」

佳城は絵図面をバッグに入れて社家をうながした。

「返見さんが待っていますよ」

今度はすぐに判った。さっきはキャバレーマイアミのネオンがめくらましになっていたようだ。

竹垣に屋根を檜皮葺《ひわだぶき》にした、狭い門の前が小さな植込みになっていて、黒い蹲踞《つくばい》が置いてある。竹柱の横に小作りの建具看板に灯が入って鶴やという字が浮き出している。玄関の戸は取り払われて、突き当たりは泥塗り砂仕上げの壁、三和土《たたき》は石臼が敷き詰められ、隅に置かれた小さな植木棚に、万年青《おもと》の鉢が一つ載っている。

社家は玄関に入り、左側の格子戸を開けた。まだ、客が来る時刻には早いとみえて、奥に声を掛けると手拭いを手にした従業員が、けげんそうな顔で出て来た。

「返見重次郎さんに会いに来ました」

と、社家は言った。

「返見さんは、ここにいらっしゃるでしょう?」

男はどきりとしたようだ。すぐ奥へ引き込むと、茶の着物に紺の前掛けをした男が現れた。男はこの店の主人だと丁重《ていちょう》に言ってから、何かのお間違いでしょう、そんな人はこの家におりませんと断言した。

「あなた方は、一体、どんな用件でお越しになったのでしょう」

「今日、返見さんから速達が届いたのです。その手紙には返見さんが鶴やにいるから、すぐ来るように書いてありました」

「……何度も言うようですが、当店にはそういった方はおいでにならないのです」

佳城が前に出て、口を開いた。

「お隠しになってもだめですわ。あなた方は、返見さんの原稿を機巧堂へ送ったでしょう。返見さんが余分なことを書かないように、充分注意したつもりでしょうが、返見さんの方が一枚上手《うわて》だったんですよ。返見さんはあの原稿に暗号を組み込んで、わたし達にすぐ鶴やへ来るように言って来たのです」

「……しかし、いない者は、いない」

「あなたがあくまで知らないと言うのなら、わたしの方でも、このことを通報しなければなりません」

「どうぞご自由に。警察に知らせても、私共に疾《やま》しい点はありません」

「いえ。警察などに通報するのではありませんよ。大峰警部に耳打ちするだけです。大峰さんは返見さんの失踪に、大変興味を持っていらっしゃる」

「ちょっと待ってください」

鶴やの主人の顔がみるみる変わった。

「……大峰警部は、このことを知ってしまいましたか」

「大峰警部が知っているのは、まだ、返見さんが二、三日、留守にしているということだけです。まだ手紙のことは話していません」

「そうでしたか……」

主人の表情に、少しだけ安堵《あんど》の色が戻った。しばらく天井を見詰めていたが、主人はがっくりと肩を落とし、

「今日のことは、くれぐれも内密に」

しわがれ声になった。

「……全く、返見さんにあっちゃ、敵《かな》わねえ」

二階の奥。従業員達の個室が並んでいるような場所で、主人は一つのドアの鍵を開けて、社家達を中に案内した。

広くはないが、こざっぱりとした部屋だった。欅《けやき》の長火鉢《ながひばち》を前にして大あぐらをかいている返見の姿が見えた。猫板の上には広蓋や小鉢が並び、返見は銀のちろりで一杯やっているところだった。佳城を見ると、すっかり相好を崩し、

「や、社家先生の智慧《ちえ》にしてはどうも早すぎると思ったら、佳城さんも一緒でしたか。こりゃあ、もうお正月になったのと同じだ」

と、言った。

小部屋に酒肴《しゅこう》がどんどん運び込まれる。

返見は鶴やを買い切ったような気分になっているらしい。至極《しごく》、生真面目《きまじめ》な顔でかしこまっている鶴やの主人の顔をいたずらっぽく見て、

「お口には合わないでしょうが、鶴やさんも一杯付き合いなさい」

などと声を掛ける。

「これが、誘拐なんですかねえ」

と、社家が呆れた。

「いかにも、返見重次郎は誘拐され、監禁されているところなのさ。除夜の鐘が鳴るまで、誰とも話ができない状態だったんだからねえ」

と、返見が言った。佳城は酒を注ぎながら、にこやかに笑って、

「返見さんのことだから、二日も同じ部屋にじっとしているだけで、退屈で死にそうだったことでしょうね」

「その通り。そこで窮余《きゅうよ》の一策、いつも家にいそうな社家君に目を付け、救出を願ったのだが、疑うわけじゃあないが、あの暗号に気が付かないんじゃないかと思って、ちょっと心配だったよ」

社家は頭をひねり、

「しかし、何だって返見さんは監禁されるような羽目になったんですか」

「牛方ブロードウェイの歳末宝捜し大売り出しが原因なんでしょう」

と、佳城が言った。

「さすが、佳城さんだ。その通りなんだ。この頃、商店会の中に、変な案を出す若い者が増えてね、その連中が、公会堂通りをブロードウェイという名に変えたり、駅前に噴水を作ったり、

銀行から金を出させて妙ちきりんなトーテムポールをおっ立てたりしているんだが、今年の歳末大売り出しを一つ宝捜しの趣向で大いに宣伝しようということになって、その宝物をダイヤモンドに決めたんだ」

「抽籤所のポスターには一千万円と書いてありましたよ」

「商店会がいくら景気が良くっても、一千万円は出し切れない。あれは一万円です」

「一万円？」

「そう。あの〈千〉の字は、仮名の〈チ〉の字にも読めるように書いてある」

「一チ万円ですか……それも返見さんのアイデアなんですね」

「まあね……」

社家が言った。

「つまり、その秘密が外部に洩れないように、事実を知っている返見さんを、商店会の人達が監禁してしまったんですか」

「少し違うね。社家君はまだそのいきさつが判らないようだが、何だか喋《しゃべ》るのが億却《おっくう》になってきた。佳城さん、代わって説き聞かせてやってください」

佳城は小さな錫《すず》の盃を静かに干して、

「でも、見たわけじゃありませんわ」

「なに、構わない。違っていれば、私が訂正します」

「では申し上げますが、多分、こうだと思います。商店会の若い人達は、宝捜し大売り出しの企画を思い付いたものの、実際にどう運ぶかが考え付きませんでした。そこで、奇術やパズルで有名な返見さんのところへ相談に来たのですね」

「そうです。ただし、私が奇術で有名なのは牛方だけですがね」

「そこで、返見さんは宝捜し大売り出しについて、色色と意見を交し、段取りを決めて行きました。抽籤所で渡している絵図面の暗号も返見さんが作ったのですね」

「そう。あまり単純では意味がない。といってあまり難解では正解者が年内に出なくなってしまう。その点、私なりに苦心があったのです。秘密も厳守しなければなりませんから暗号の正解を知っているのは、暗号を作った私と、立会人になった魚長《うおちょう》という魚屋の二人だけでしたよ」

「抜かりがありませんわ。そうした返見さんの協力があって、歳末宝捜し大売り出しの企画は軌道に乗り、十二月から蓋《ふた》が開けられることになったのです。珍しい趣向ですから、かなり評判になったと思いますわ。商店会の若い人達は返見さんに礼を言い、まずは一段落と思っていましたが、二十五日の日に、返見さんは重大なことに気付きました。……多分、立会人の魚屋さんが返見さんを裏切っていたんですね」

「その通り」

「返見さんはそれに気付くと腹を立て、すぐ魚屋さんに電話をして、弁明を求めました。そして、魚屋さんの言い訳にすっかり臍《へそ》を曲げてしまい、それなら、あの暗号を街の人達に公開することにすると脅したんですね。返見さんのことですから、有線放送を使って、種明かしをしてしまうと啖呵《たんか》を切ったのかしら」

「魚長は驚きましたよ」

「そうでしょう。秘密の場所に一時にどっと人が押し寄せ、混乱して怪我人《けがにん》が出るかも知れませんもの。第一、宝捜し大売り出しはめちゃめちゃになり、商店会の信用も落ちてしまう。相手は急いで返見さんのところにやって来ました。ところが、やって来たのは謝罪に来たのではなく、返見さんを拉致《らち》して、売り出しが終るまで、暗号を公開することができないように軟禁するための人達でした。——大体、こんなところかしら」

「まあ、ここの取り扱いは丁寧でしたが、退屈には困ったよ。といって、秘密は守ります、宥してくださいなどとは口が腐っても言いたくはありませんでしたね」

「その、魚屋の裏切りとは、何だったのですか」

と、社家が訊いた。

「それは、問題の暗号を解けば判るでしょう」

佳城はバッグを開けて、抽籤所から渡された絵図面を取り出した。

「佳城さんはすでにカップエンドボウルの暗号を解読したんだから、その暗号を解くのは簡単だと思う」

と、返見が言った。

「……待ってくださいよ。格子がなぜ〈こうし〉でなくて〈かうし〉と古めかして言わなければならないのか。あ、まだあるわ、太十がなぜ〈たじゅう〉でなく〈たじう〉なのか。下地が〈したじ〉でなく〈したぢ〉なのか……」

	う	し	か	た	ま	ち	
	1	2	4	8	16	32	
かうし	○	○	○				1+2+4=7
うました	○	○		○	○		1+2+8+16=27
しうち	○	○				○	1+2+32=35
かしうま	○	○	○		○		1+2+4+16=23
うか	○		○				1+4=5
うたしま	○	○		○	○		1+2+8+16=27
たしう	○	○		○			1+2+8=11
しまた		○		○	○		2+8+16=26
たま				○	○		8+16=24
したち		○		○		○	2+8+32=42
ました		○		○	○		2+8+16=26
うちた	○			○		○	1+8+32=41
たうち	○			○		○	1+8+32=41

「先生、字は色色難しそうですが、その単語の音だけ拾い出すと〈かうしたちま〉の六字だけですね」

　と、串目が言った。

「ほう、この子は鋭いぞ」

　返見は嬉しそうな顔をした。

「〈かうしたちま〉は、組み換えると〈うしかたまち〉つまり、牛方町はキイワードだと思います」

「……六字のキイワードだとすると、カップエンドボウルのときと同じですわ。あの解き方でいいんですね。つまり〈数当てカード〉を思い出して〈う〉を一

〈し〉を二〈か〉を四、と対応させてみましょう」

串目は暗号の横に数字を書き入れて行った。その作業は一分と掛からなかった。

その結果、次のような数字が一つずつ現れた。

7 27 35 23 5 27 11 26 24 42 26 41 41

これをいろはに対応させると、

トオテムホオルノウシノミミ

「〈トーテムポールの牛の耳〉となります。駅前に立っているトーテムポールのことですね」

それまで、黙って見ていた鶴やの主人が、思わず身を乗り出した。

「どうです。素晴らしい人達でしょう」

と、返見が自慢した。

佳城は続けた。

「つまり、宝物はトーテムポールの牛の耳の中にあるということですが、あれは確か銀行から寄贈されたようで、銀行の名が大きく書いてありましたね。返見さんはそれを計算の上で、宝物の隠し場所に決めたんですか」

「とんでもない。私は銀行に媚《こ》びるようなことは大嫌いだ」

と、返見が言った。

「とすると、最初、返見さんが作った暗号は違っていたのですね。広告塔まがいのトーテムポールなど宝の隠し場所に選びはしなかった。魚屋さんは返見さんの暗号を、勝手に作り替えてしまったんですね」

「その通り。魚屋は銀行のご機嫌を取ろうとしたんだ。私はその了簡《りょうけん》が気に食わなかったね」

鶴やが口を挟んだ。

「魚長は家《うち》の出入りですからよく知っていますが、最近家を改築するので、銀行から金を借りなければならない立場にあるんですよ。だと言って、自分だけ宝捜し大売り出しを利用する考えは、よかあありませんがね」

「じゃ、最初の隠し場所はどこだったんですか」

と、社家が訊いた。

「佳城さん、判るかね」

返見は佳城に問い掛けた。

「それなら、絵図面の最初の一行〈卍里投浪〉がヒントになりそうですわね」

社家はその文字を目で拾った。

「まんじりとうろう――と読むんでしょうか」

「わたしの考えでは、この四つの文字には〈巴〉という文字が隠されているような気がします。〈卍巴《まんじ》〉〈巴里《パリ》〉〈巴投げ〉〈巴浪《ともえなみ》〉どれも巴と縁があるでしょう」

「なるほど。牛方で巴が関係する場所というと……」

「神社でしょう。大豊神社のお賽銭箱に巴の紋《もん》が付いていました」

「とうとう追い詰めましたね」

と、返見が感心した。

「佳城さんの言う通り、最初、宝物は賽銭箱の三角形の桟《さん》の裏側に貼り付けて置く計画でしたよ。勿論、暗号には何本目の桟にあるかまで明示しておきました。賽銭箱に手を入れるのは、誰でもためらうでしょう。その心理を隠蔽《いんぺい》に利用したつもりなんだ」

「じゃ、暗号が変更されたのに、なぜその四つの文字が残されたんですか」

と、社家が訊いた。

「魚長にそのことを知らせなかったからですよ。それは副次的な暗号で、色取りとして添えたわけで、暗号の本文を解読すれば、それはなくとも済む。そう思ったから、魚長には深い意味は教えなかった。暗号を書き替えた魚長は、しかし、その四文字の意味が判らぬまま、残すことにしたのでしょう。暗号が不完全になっては困ると思って。暗号を書き替える相談を私にはできませんからね。お陰でこの暗号全体が、欠陥作品になってしまった。私が憤怒《ふんぬ》した、最大の理由はここにあります。その怒りはまだ消えていない」

返見は鶴やを意地悪そうな目で見た。

「ねえ、鶴やさん。聞いての通り、ここにいる佳城さんは、自分の力で暗号を解きましたね。これから、実際の宝物を取りに行くのに異存はないでしょうね」

鶴やは落ち着かなくなった。

「しかし、それは……矢張り、関係者の知り合いの方が正解者では、どうも……」

その鶴やに、助けの神が現れた。

鶴やの従業員が小部屋にやって来て、報告したところによると、少し前、宝捜しの正解者が、抽籤所に名乗りを上げに来たという。抽籤所からの連絡では、正解者は五人組の小学生で、五人は智慧を合せて暗号に挑み、理論的な解読に成功した結果、駅前のトーテムポールの牛の耳の中から、宝物を発見したのであった。

石になった人形

「大昔はね、君みたいな子を坊さんや予言者が秘密で使っていたこともあったのよ」

「本当？　麗那《れいな》のママ」

「勿論、テレビやラジオのない時代」

「テープレコーダーも？」

「ええ、レコードも蓄音機もなかったわ」

「マイクもスピーカーも、選挙もありません」

「そういう時代ですからね。人が喋《しゃべ》りもしないのに声が聞えて来たら、誰でもびっくりするでしょう」

「それで、聞いた人はその声が神のお告げや予言だと信じたんだね。麗那のママ」

「腹話術がわたし達みたいに、こうやって舞台に出るようになったのは、そんなに昔じゃなかったのよ」

「つまり、腹話術に於《お》ける詐術としての歴史は古く、芸能としての歴史は新しいというわけだ」

「そんなに顔までしゃっちょこ張らせることはないわよコン太。それでも、最初に腹話術を見た人達はとてもびっくりしたものよ」

「僕みたいなお人形が喋りだすんだからね」

「その当時のお人形は、コン太よりずっとお粗末でした」

「じゃ、何で作ったの？　麗那のママ」

「まあ、大体は張りぼてね」

「張りぼて？」

「新聞紙を丸めて、お人形の頭の形に作って、その上に何枚も新聞紙を貼っていくの。そうして、今度は新聞紙を水でどろどろにした紙粘土で形を整え、乾いたところで頭を二つに切って中の新聞紙を取り出し、頭を元通りに貼り合せて、色を塗って出来上がりね」

「早い話が、古新聞の頭だ」

「そうよ。昔は今みたいに人間の肌そっくりなビニールやシリコンはなかったんですからね」

「紙の頭じゃ、ぼこぼこしない？」

「上等のお人形は木で作ったわね」

「木というと、木偶《でく》だ」

「紙よりはましでしょう」

「でも、頭の中は空《から》っぽなんでしょう」

「そう、コン太のように、コンピューターが組み込まれているわけじゃないわ」

「それで、口は動いたの？」

「下唇と顎《あご》の部分に切れ目があってね。上下にぱくぱく動くわ」

「じゃ、僕みたいに、こう、ちゅっとキスすることはできないんだ」

「そう。下唇の両傍《りょうわき》に二本の筋が見えたものね」

「何だか気色が悪いなあ」

「だからコン太は幸せなのよ。あなたは筑《つく》波《ば》博士が苦心して作った、記憶装置もちゃんと付いている、最新の機械人間なんですからね」

「つまり、筑波博士は僕のママなんだ」

「ママじゃありませんよ。筑波博士は男性ですから」

「でも、麗那のママは僕を産んだりはしなかったんでしょう」

「人間が人形は産めないわ」

「じゃあ、僕を作った筑波博士は、矢っ張りママかな」

「ママじゃないわ」

「じゃあ、麗那のママがパパか」

「この子、電池が弱っているのかしら？」

「筑波博士がパパだとすると、麗那のママとは深い関係にある」

「益益《ますます》変だわ」

「変じゃないよ。悪いのは僕のコンピューターにそうインプットした人が悪いんだ」

「電池が一本足りないんだわ」

「人間って、不便だね」

「なぜ？」

「僕なんか動かなくなったら、電池を取り替えりゃいいんだけれど、人間が動かなくなったら腐るしかないからな」

「偉そうなことを言うわね」

「麗那のママはまだ当分保《も》ちそうだ」

「当たり前だわ」

「この頃、何だか嬉しそうで顔色が良いもの。嬉しそうな顔をしていると、綺麗だな」

「今度はお世辞なの？」

「きっと、良《い》い人ができたんだろう」

「そんな人はいないけれど、でも、最近良いことがあったんだ」

「何、良いことって？」

「この間、郵便屋さんが書留を届けに来てくれたの」

「書留……はあ。現金でも入っていたんだね」

「いいえ、お風呂に入っていたの」

「書留が？」

「書留がお風呂に入るわけはないでしょう。お風呂に入っていたのは、わたし」

「じゃあ、困ったでしょう」

「ところが困らなかったわ。後で郵便局まで取りに行ったから」

「じゃあ、よかったじゃない」

「ところが、よくはないの。判子《はんこ》を忘れちゃった」

「気を付けなくっちゃいけないよ。いい後は悪いってね。人間万事裁縫《さいほう》が釜《かま》って言うでしょう」

「人間万事裁縫が釜?」

「そう。こっちで一生懸命お裁縫していると、向こうでお釜が吹きこぼれる。ガスの火を調節して戻って来ると、お裁縫の針が見えなくなってしまう――」

「ちょっと変ね。それを言うなら、人間万事塞翁《さいおう》が馬《うま》だわ」

「……きっと、筑波博士がインプットを間違えたんだ。判子を忘れたら、書留が貰えなかったでしょう」

「でも大丈夫。郵便局にはわたしの顔をよく知っているお友達がいて、拇印《ぼいん》でいいと言ってくれたわ」

「じゃあ、困ったでしょう」

「なぜ?」

「麗那のママは郵便局で、あられもなく裸になって――」

「ばかね。拇印と言うのはおっぱいじゃないわ。拇指《おやゆび》の拇印よ」

「じゃあ、よかったんでしょう」

「それが困ったの。書留の封を開けたら、英語ばかりで、少しも読めなかったわ」

「じゃあ、困ったでしょう」

「それが困らなかったわ。隣に住んでいる大学生が読んでくれたから。手紙はブラジルからだったわ。ブラジルにはわたしの叔父が移民しているの」

「じゃあ、よかったじゃない」

「それがよくはないの。その叔父が死んでしまった知らせだったから」

「じゃあ、悲しかったんだ」

「それが悲しくはないの。わたしは叔父のことをよく知らないんだから」

「じゃあ、どうでもいいんだ」

「どうでもよくはないの。叔父はブラジルで大金持ちになっていたのよ。その遺産がわたしのところにも来ると言うのよ」

「じゃあ、よかったんだ」

「それがあまりよくはないの。叔父の遺産が全部貰えるわけじゃないんだもん」

「じゃあ、詰らなかった？」

「詰らなくもないの。向こうでは少しの積りでも、わたしにとっては莫大な額なのよ」

「じゃあ、よかった？」

「よくもないの。今、税務署がそれを狙っているのよ」

「税務署にはどの位取られるの？」

「そうねえ。十階建てのマンションが建つ位」

「わあ。コンピューターが狂いそう……」

「小榎《こえのき》麗那というのはマイクロコン太という人形を使う女の腹話術師で、年齢は三十二歳。雑《ぞう》司《し》が谷《や》の小さなマンションに独りで住んでいます。本名は小榎麗子《れいこ》」

と、新川《しんかわ》署の捜査主任、司野《しの》警部補が説明した。

「……なるほど、芸名は〈声の綺麗な〉という言葉に掛けてあるんですね」

と、竹梨《たけなし》警部が言った。

二人の傍に、新川商店街の謝恩歌謡ショウの担当者、小池田《こいけだ》が青い顔をして立っている。小池田は薄い唇を震わせるようにして、

「おっしゃる通り、声も綺麗なら、顔も綺麗。芸も達者な人でした」

と、言い足した。

竹梨警部はうなずいた。三階の広い楽屋の床に横たわっている小榎麗那は、豊満な美人だった。くっきりしたドーラン化粧と、ワインレッドのイブニングは、ほとんど乱れがない。わずかな苦悶《くもん》が残っている唇から一筋の血が糸を引いて、表情は妖しく肉感的だった。

「小榎麗那の出演は、前から決まっていたのですか」

と、竹梨警部が訊いた。

「そうです。昨年から予約してありました」

と、小池田が答えた。

「たまたま、新川公会堂が建設されてから、今年がちょうど二十周年に当たります。それを記念して、商店街で謝恩歌謡ショウを開催しようと言うことになったのです。今日お集まりのお客さんは、昨年の暮、歳末大売り出しのとき、抽籤《ちゅうせん》で入場券を当てた方方です。ショウの中心は小嵐星四郎《こあらしせいしろう》で、助演の歌手とバンドは芸能社と相談して選びました」

その芸能社の社員は、少し前に楽屋から出て行った。歌謡ショウが終演に近付いたからだ。

小池田は話を続ける。

「歌の間に、色取りとして小榎麗那の腹話術を入れたいと思いました。何度かテレビで出演するのを見ていて、彼女が気に入っていたからです。それが、こんなことになるとは夢にも思いませんでした。麗那さんが所属している芸能社は小さいようで、さっきから電話をしているんですが、誰も出てくれません」

まだ、正月の気分が抜けない一月十三日。

穏やかな日曜日で、歌謡ショウは満員の盛況だ。その三階の楽屋で、出演を終えたばかりの小榎麗那が変死したことを観客は全く知らずに、小嵐星四郎の歌に聞き入っている。ときどき、観客席の拍手や歓声が遠くから聞えて来るが、楽屋がかなり離れた場所にあるのが幸して、観客は同じ公会堂で事件が起こったのを気付いていていない。

楽屋には大勢の捜査官がそれぞれの仕事を続けている。窓際は鏡台で、十面あまりの鏡が並び、反対側はスチール製のロッカーが整列していた。楽屋の奥は更衣室で、半分開けられたカーテンの間から、ハンガーに掛けられた革ジャンパーが見える。

更衣室のすぐ手前に、車の付いた大きなトランクが立てられていて、麗那の屍体はその傍にあった。

「麗那さんは何時に公会堂に来たのですか」

と、竹梨が訊いた。

「開演の三十分ぐらい前に、車で到着して、そのまま楽屋入りをしました。ですから、五時半頃だったと思います」

と、小池田が言った。

「この楽屋を使っているのは？」

「麗那さん一人でした」

「一人？」

竹梨はあたりを見廻した。確かに、楽屋にあるものは、麗那のトランクと更衣室に掛けられているジャンパーだけで、寒寒《さむざむ》とした感じだが、一人だけで使うには不自然な広さだった。小池田はそれをこう説明した。

「この公会堂は本格的な歌舞伎やオペラも上演できるように設計されて建てられたのです。それで、楽屋の数も多いのです。ここが一番広い楽屋なのですが、三階になっているため、舞台から遠いので、特別な公演でもないと、出演者はあまり出入りしません。今日のような歌謡ショウなどでは、舞台の袖《そで》がかなりゆったりしているので、大抵の方はそこで間に合ってしまうようです。もっとも、小嵐星四郎は一階の小部屋を使っていますが」

「すると、麗那さんは特にこの楽屋を使いたいと言ったのですね」

「そうです。麗那さんは歌謡曲の人達とはあまり親しくはなかったようですし、女性ですから、舞台衣装に着替えるときなど、舞台より遠くても、空《す》いている部屋がいいのだなと思い、大して気にも留めませんでした」

竹梨は灰皿の中を調べている鑑識官を横目で見ていた。鏡台の前に置いてあるアルミの灰皿で、底に煙草《たばこ》の灰が残っているようだ。

「麗那さんは煙草を吸ったのかな」

と、竹梨が言った。

「煙草は吸わないのだと聞きました。声を大切にする人でしたから」

とすると、灰皿の中に落とされた灰が気になる。灰皿には灰だけで煙草の吸い殻《がら》が見えないのも不自然だ。

「麗那さんの他に、この楽屋に出入りした人間を見たかね？」

「……さあ」

小池田は考え込んだ。

「私はほとんど、舞台の袖にいましたから、三階にまでは目が届きませんでしたよ」

「三階の階段を登り降りした人達は？」

「二階に照明室と機械室がありますから、階段はいつでも人が登り降りしていました」

「関係者以外が人に判らないように楽屋に出入りができるかな」

「開演前には楽器類を運び込むため、舞台袖のシャッターが開けられていました。まあ、関係者のような顔をしていれば、観客席の方からでも、楽屋の出入りは自由でしょう。それに、外には鉄製の非常階段が付いていますから、それを使えばあまり人と顔を合せることもなく、三階の楽屋に出入りすることができます」

非常階段は建物の裏の駐車場に通じている。現に竹梨達、警視庁の職員も、その駐車場に車を停め、非常階段から現場に来たのだ。

「確かに、被害者以外、この楽屋に出入りした者がいます」

と、司野警部補が言った。

「被害者の所持金が見当たりません。その上、車のキイもです。駐車場から被害者の車がなくなっているのですよ」

公会堂の裏は、閑静《かんせい》な住宅地だった。ショウの開演前には関係者達の車が出入りしただろうが、ショウが開演すれば、建物のシャッターは降ろされ、駐車場は静かになってしまうのだ。

「現在、その車の目撃者がいないか、聞き込みの最中ですがね」

竹梨は別の質問をすることにした。

「では、麗那さんは到着するとすぐ楽屋に入って、出番になったとき、三階から降りて来たのですね」

「そうです。イブニングドレスを着て、腹話術の人形を抱いていました」

と、小池田が言った。

「そのときの麗那さんの様子は？」

「別に変わったことはないと思いました」

「その時刻は？」

「七時十五分ぐらいでした。小嵐星四郎が一部で最後のメドレーを歌った後です。私は打ち合せの通り、舞台中央のマイクの前に、椅子を一つ用意しました。麗那さんはその椅子に腰を下ろして人形と喋り始めました」

今、売り出し中の女流腹話術師。

小榎麗那の艶麗《えんれい》な容姿と美声と、そして最大の武器はマイクロコンピューターを内蔵していると言われる、精巧な人形だった。麗那はその特別製の人形で、ロボット時代、ＳＦが読まれ、ワープロが普及し始めた時代を、見事に先取りしたのだ。

竹梨は以前、デパートの正面に展示されていた、楽器を弾きながら歌う等身大の少女の人形に心を奪われたことがあった。

現在、人間そっくりという人形は、さほど珍しくはない。人形に適した新しい材質が次次と開発されているからだ。にもかかわらず、その人形に驚嘆したのは、あまりにもリアルな動きにあった。とりわけて、言葉を喋り、歌を歌う唇の動きが尋常ではない。人間の動き、そのままを写していた。

パネルの説明によると、人形に内蔵された録音機が声を出すと、コンピューターにつながり、その指示で唇を動かす機械が操作されるのだという。

麗那が使っている人形、マイクロコン太は、その少女の人形に劣らない出来栄えだった。いや、むしろ、麗那自身の腹話術で、自由自在、当意即妙にテンポの速い会話をすることができるのだから、竹梨が感心した少女の人形以上、限りなく人間に近い。

「マイクロコン太のような人形を使っている腹話術師は他にもいますかね」

と、竹梨は小池田に訊いた。小池田は芸能に精《くわ》しそうな感じがする。

「私の知る限りでは、麗那さんだけです。私はマイクロコン太を、腹話術史上の画期的な出現だと思っています」

「それで、今晩の麗那さんの出演はどうでした?」

「僕が見た限り、舞台での芸はいつもながらですが、テレビなどで見るよりずっと感心しました。生《な》まの演技を見ていると、麗那さんの芸の段取りがよく判り、私には大変興味深いものでした。よく、芸能人は舞台に出た瞬間に観客の心をつかまなければならないと言いますが、麗那さんの場合、その条件は完全に揃っていました。麗那さん自身が大柄な美人ですし、抱いている人形も実に精巧です。観客は麗那さんを見、人形が一言二言喋り始めると、舞台から目を離すことができなくなってしまいます。麗那さんはここの辺りの呼吸が見事でした。最初のうち、ゆっくりとした喋り方で、観客がよく人形を観察できるように心掛けながら、さり気なくコン太の特徴を説明したりするうち、観客がコン太に馴れ、親近感を持ち始めたな、ということが判ると、会話のスピードを上げ、笑いの多い話題に切り替えて行きます。これからが、麗那さんの本当の見せ場になります」

「なるほど……」

竹梨は感心した。今迄、腹話術師と人形が喋る話題など、気軽に聞き流していたのだが、小池田にそう説明されると、芸というものはかなり細かな計算の上に成り立っていることがよく判る。

「そして、観客の笑いを盛り上げながら、一気に最後の山場に持って行くわけなのですが、そこで観客をもう一度びっくりさせるため、麗那さんはジュースを飲みながら人形と話すという放れ業をやってのけます」

「その芸なら、テレビで見たことがありますよ」

と、竹梨は言った。

「しかし……物を飲んでいるときには、声帯が使えないでしょう」

「そうですね」

「それなのに、相手の人形が喋るというのは、不可能のように思えますが」

「そのときには、声帯の替わりに特殊な技術で胃を使うと聞いたことがあります。飲み物を飲みながら発声することは不可能ではありませんが、難しい技術で、それができるのは世界で何人もいないでしょう」

「じゃあ、人形の中に録音機が入っているわけでもないのですね」

「……それは何とも言えません。私はコン太の身体を調べたわけじゃありませんからね。けれども、録音機など使わず物を飲みながら声を出すという技術は昔から腹話術師が使っていたようです」

「麗那さんは、今日もその芸を演じたのですね」

「そうです。ところが、その後で、麗那さんは変と言えば、多少変な態度になったのです」

「変とは？」

小池田はふと恐ろしそうに口をつぐんだ。それを見て、司野警部補が口を挟んだ。

「この人は、そのとき被害者が毒を飲まされたのではないか、と疑っているのです」

「舞台の上で？」

司野は小池田に言った。

「もう一度、そのときの状況を話してくださいませんか。私も自分の考えをまとめながら聞きたいと思うのですよ」

小池田は少し声を落とすような感じで話し始める。

「……麗那さんとコン太の掛け合いがどんどん進められて行き、最後に麗那さんが喉が渇いた、というようなことを口にすると、コン太がポケットからジュースの瓶と、カクテルグラスを取り出すのです。そこで、一《ひと》しきり漫才のようなやり取りがありまして、麗那さんが持っているグラスにコン太が瓶のジュースを注ぎ、それを麗那さんが飲み干すという段取りになるのですが――」

「ちょっと待ってください。本当に人形が瓶やグラスを持つわけですか？」

「ええ。でも、コン太がいくら精巧だといっても、物を持つような機能はありません」

「そうでしょう」

「でも、人形が物を持つように見せることはできます。これは腹話術の人形に限らず、人形劇などでもよく使われている、基本的なトリックなのですが、人形の掌《てのひら》に磁石を埋め込んで置くわけです」

「磁石を？」

「ええ。そして、人形が持つことになっている品物にも、同じように磁石か鉄片を仕込んで置けばいいのです」

「……なるほど、人形は指で物を持つのではなく、物を掌に吸い着けるわけなのですか」

「現在では、小さくて強力な磁石が簡単に手に入りますからね」

「それで、そのとき飲んだジュースに毒が入っていたのではないか、と考える理由は何でしょう」

「舞台を退場してからの麗那さんの態度が、普通ではなかったからです。麗那さんは舞台でジュースを飲んだ後、一、二分、コン太と喋り、舞台を終えたのですが、私が退場して来た麗那さんに、お疲れさまでしたと声を掛けると、ろくに返事もしません。出場する前は笑顔で挨拶《あいさつ》してくれたのに、変だなと思って顔を見ると、ひどく苦しそうで、額には玉のような汗が吹き出ているんです。でも、そのときは、腹話術というのは相当に重労働なのかなと思い、深くは気にも留めなかったのです。――もし、あのとき、私が気付いて、人形でも楽屋に運んであげたら、もっと早い手当てができたのではないかと思うと、残念でなりません」

「すると、麗那さんは自分で人形を抱いたまま、三階まで登って行ったのですね」

「ええ。階段を登る姿は、這うようでしたよ。でも、麗那さんは人形をとても大切にすると聞いていましたので、余計な手出しはしたくなかったのです。私も、他の用が重なっていましたからね」

「その後の麗那さんには、誰も会っていないのですね」

「そうです」

竹梨は小池田に訊いた。

「それで、麗那さんが舞台で使っていたジュースの瓶とカクテルグラスは見付かりましたか?」

「ここの鏡台に載せてありました。さっき、鑑識が持って行ったところです」

「で、毒は?」

「その可能性は充分にあります」

小池田はほっと太い息を吐《つ》いた。

「舞台で倒れなかったことに感謝をしているのですよ。観客を混乱させることなくちゃんと舞台を務め、楽屋に戻って倒れたというのは、麗那さんは芸人の意地を持っていたのでしょうねえ」

竹梨はむずかしい顔をしながら自分の頰をつねっていた。

「……しかし、だとすると、人形が腹話術師に毒を飲ませたことになるのですな」

「その上に、まだ不可解な点があるのですよ」

舞台は歌謡ショウの最後を迎えているようだった。

小池田が楽屋からいなくなると、司野は苛立たしそうに竹梨に言った。

「麗那の変死は、救急車が到着するまで、誰も知らなかったのですからね」

「そう、屍体の発見者のことをまだ聞いていませんでした」

「屍体の発見者は、いなかったのです」

司野は窓際に身体を寄せた。二人の傍を担架を持った係官が通り過ぎる。

「屍体を見付けた者がいない、というのはどういうことですか」

「最初、救急車が到着して事件を知り、警察に連絡してきたのです」

「救急車を呼んだ人間が、第一発見者ではないのですか」

「違うのです。救急車を呼んだのはどうやら、被害者自身だったと思われます」

「被害者?」

「ええ、小榎麗那だったようです」

司野は楽屋の入口を指差した。そこにはピンク電話が置いてある。

「急病を知らせた電話の主が、自分で公会堂に出演している小榎麗那だと名乗った、と言うのですよ。自分は腹話術の小榎麗那だが、毒を飲まされたようで、動けずに苦しんでいるからすぐ来てほしい。そう言ったのです」

「本当にその声は、本人でしたか」

「電話に出た係員は、麗那をよく知っていました。声の特徴で、まず、麗那の声に間違いないだろうとのことです」

「……麗那さんは舞台を終えて、この楽屋に戻り、身体の異状に気付いて、その電話で助けを求めた、と言うのですね」

「すでに、階段を降りられない状態だったと思われます」

「ジュースの瓶は、公会堂に来る以前に準備されていたのですか」

「そうですね。公会堂には売店はありますが、観客席側のロビーです。でも、被害者は楽屋入りしてから、観客席に行った形跡がありません」

「なるほど。ジュースの中に毒が入っていたとすると、それは麗那さん自身ではありませんね」

「勿論です。舞台で出演中に毒を飲んで自殺などという話は聞いたこともありませんからね」

「それでは、救急車が公会堂に到着したときには、ショウの関係者は誰も麗那さんの死に気付いていなかったのですね」

「そうです。救急車の職員は、屍体を診て、すぐ異状に気付き、警察に通報したのですが、被害者は電話で助けを求めた後で、変なことを付け加えたと言います」

「…………」

「自分はこのまま死ぬかも知れない。もし、救急車が来る前に死んでいたら、楽屋に置いてある自分のトランクを、曾我《そが》佳城《かじよう》という人に渡してくれ、と」

「曾我佳城――」

司野の口から、意外な人物の名が出たので、竹梨はびっくりしておうむ返しにその名を言った。

「曾我佳城。ご存知ですか」

「知っていますとも。元、プロの奇術師で、舞台に立っていた女性です。私とは不思議な縁がありましてね、昨年の夏のサーカス殺人事件、その前にはホテル殺人事件など、いくつかの事件で、佳城さんの助言をいただいて、事件を解決したことがあります」

「……その事件なら全部知っています。そのときの女性が佳城さんでしたか。竹梨さんが顔見知りなら助かります。すぐ、連絡していただけますね」

「麗那さんは佳城さんと知り合いなんでしょうかね」

「さあ……ただ、楽屋にあるトランクを佳城さんに渡してくれと言うことです」

「その他には？　麗那さんは犯人の名を告げたりはしなかったのですか？」

「私もさっきから、それが気になっているんですがね。被害者は自分を殺そうとした人間の名など言わなかったそうです。被害者自身、加害者を知らなかった、としか考えられないのですがね」

竹梨はトランクを見た。革製のがっしりしたトランクだった。

「麗那さんが死ぬ直前、トランクのことだけ言っていたとすると、よほど大切な品物が入っているに違いありませんね」

「例の、人形でしょう」

竹梨は大きくうなずいた。

「これまで、ずっと大切にしてきた人形を、関係のない他人の手に渡したくない。その気持は判るような気がしますよ。佳城さんは広い邸《やしき》の中に、膨大な奇術道具や書籍のコレクションを持っています。そうした品物をとても大切にする人ですから、麗那さんは佳城さんに人形を託せば安心だと思ったのでしょう」

「一応、トランクの中を改めて見る必要がありますね」

「そうですね。こうした緊急の場合ですから。中を改めたことについては後で佳城さんに、事情をよく説明しておきましょう」

担架に乗せられた麗那の屍体が運ばれて行く。

司野はトランクの傍に寄り握りに手を掛けた。

「……重いですよ」

言いながら、司野は慎重にトランクを部屋の中央に移し、横に寝せた。

トランクの掛け金は簡単に外れた。すぐ、トランクの蓋《ふた》が大きく開く。

「…………」

トランクの中を覗き込んだ竹梨は、しばらく声を失っていた。

「……一体、こりゃ何だ？」

司野が呆《あ》っ気《け》に取られたような声を出した。

「石……じゃありませんか」

トランクの底には、漬け物にでも使うような石が一つ、無言で転がっているだけだ。

「——というわけで、佳城さん。そのトランクを持って来たのです」

と、竹梨が言った。

「そうですか。それは、お手数をお掛けしましたわ」

陽差しが部屋の奥深くまで届いているサンルーム。佳城はオレンジ色のタートルネックのセーターに、黒のスラックスで、蔵書の整理をしているところだった。部屋の隅には雑誌類がうずたかく積み上げられている。

「お忙しい最中とは知りませんでした」

竹梨が申し訳なさそうに言うと、佳城はひとなつこそうに笑って、

「いえ、構わないのですよ。ちょうど今、一休みしようかと思っていたところです。ただ、ちょっと外が騒騒しいでしょ」

と、言った。

庭には何台もの工事用の車が入り、シャベルカーが地面を掘り起こしている。

「大きな工事のようですね」

と、竹梨が訊いた。

「ええ。やっと着工の段階にこぎつけたところですわ。多勢の研究家にも利用してもらおうと

思って」

「そうすると、いよいよ奇術博物館ができるわけですね」

「ええ。狭いんですが、思い切って、劇場も作ることにしましたのよ」

「劇場も……そりゃ、愛好家は大喜びでしょう」

「わたしが、世間のお役に立つようなことは、それしかできませんもの」

見るからに純真そうな少年が、紅茶のセットを載せたワゴンを押して部屋に入って来た。竹梨は顔に見覚えがある。サーカス殺人事件に巻き込まれたことのある、串目匡一《くしめきょういち》だった。

「串目君は今、学校がお休みですから、手伝いに来てもらっています」

と、佳城は説明し、匡一も一緒に茶を飲むように言った。

竹梨と同行して来た宇津木《うつき》部長刑事が、麗那のトランクを運んで来た。

「一応、お確かめください」

宇津木はトランクを開けた。

佳城は不思議そうな表情でトランクの中を見る。竹梨が説明した。

「その後の捜査で、この石は公会堂の裏にあったものだということが判りました。ええ、駐車場の隅がちょっとした植え込みになっていまして、そこに同じような石がいくつも転がっていたのです。石の置いた跡が地面に残っていました。それと、非常階段にもこぼれた土が見付かったのです。この石に付いている土と植え込みの土とは同じものです」

「すると、何者かが、トランクの中から腹話術の人形を盗み出し、代わりに公会堂の裏からこの石を運んで来て入れ替え、人形は車で持ち去ったと考えられますね」

「その通りですよ。しかし、何のためにそんなことをしたのか、さっぱり判りません」

「その人物が、麗那さんを殺した犯人かしら」

「大いに疑うべきでしょうね。現在、近所で目撃者を捜している最中ですが、有力な手掛かりがなく、捜査は難航しているのです」

　宇津木が口を挟んだ。

「トランクのポケットに、本があります」

　佳城は蓋の内側に付いているポケットを探り、軽装版の本を取り出した。

「笑いのメニュー」と題する、漫才の台本集だった。著者は禿原徳平《とくはらとくへい》。出版元は大文字屋《おおもじや》書店。

「後ろの見返しに〈豊三〉という署名があるんです」

　と、宇津木が言った。

　佳城は一度本を閉じ、後ろの表紙を開き直した。

「……持ち主の名でしょうか」

「とすると、麗那さんはその本を借りたか、古本屋から手に入れた、ということですかな」

「いずれにしろ、麗那さんは腹話術の参考に読んでいたのでしょう」

　竹梨は匡一が入れてくれた香りの高い茶をすすって、

「その小榎麗那ですが、佳城さんは親しくお付き合いしていたのですか」

　と、訊いた。佳城は首を傾げ、

「そうですね。特別、親しかった、というわけではないのですよ。もっとも、わたしは知らなくとも、佳城の名を知っていて、亡くなった奇術研究家の遺品などを寄贈してくださる遺族の方が最近、かなりいらっしゃいます。でも、こうした形で品物をわたしに預けようとした人は初めてでしたわ」

「そうですか。麗那さんは藤形《ふじかた》少女歌劇団の出身でしたね」

「そうです。でも、その時代の麗那さんはあまり知りません。麗那さんは歌劇団を出て、一時バラエティホールのダンサーだったことがあるんです。短い期間でしたが、矢張りそこの専属奇術師だった、艮三郎《うしとらさぶろう》の紹介でお食事をしたりしたことがありました」

「そう、当時バラエティホールと言えば、一流のボードビリアンが一堂に集まった感じで、大した人気でしたね」

「……今、考えると、バラエティホールのあの時期は、奇跡のような気さえします」

佳城は遠くの方を見るような表情になった。

「奇術の艮三郎、ギター曲弾《きょくび》きの馬酔木達平《あしびたつへい》、曲芸の荒岩《あらいわ》イサノ、物真似の立田一円《たてだいちえん》、クラウンの仁王雲介《におうくもすけ》に曲豆三《まがりまめぞう》……。皆さん、芸熱心で、芸を大切にして、言い合せたようにテレビが大嫌いで。ですから、片端から外国の興行主に目を付けられて引き抜かれてしまったんですわ」

「麗那さんはその時代、腹話術を覚えたようです。同時に、細藤康夫《さいとうやすお》という人と結婚しました」

「ええ、知っています。確か、バラエティホールに勤めていた文芸部員でしたわね。でも、長くは続かなかったんでしょう」

「結婚四年目に別れたようです。三年ばかり前ですがね。ところで、佳城さん。細藤と別れてからの麗那さんの男関係について、何かご存知でしょうか」

「……男性ですか?」

「ええ。どうも私には、麗那さんの背後には男がいたような気がしてなりません」

「わたしは麗那さんの男関係などは知りませんが、そう言う人がいるのですか」

「いや、調べると、そうではないと言う人の方が多いのです。だから逆に、と言うわけではないのですが、麗那さんの背後に男を感じるのは、麗那さんが舞台で演じるコン太との対話なんですがね」

「コン太との対話?」

「腹話術では台本と言うのでしょうか脚本と呼ぶのでしょうか、よく判りませんが、麗那さんをよく知っている人の話では、その台本を特別の作家に作ってもらっているのではなく、全部麗那さんの自作なんだそうですが、その中のギャグに〈人間万事裁縫が釜〉と言うのがあるんです。勿論〈人間万事塞翁が馬〉が元なんですが、これをコン太が、こっちで一生懸命お裁縫していると、向こうでお釜が吹きこぼれる。ガスの火を調節して戻って来ると、今度はお裁縫の針が見えなくなる、と変な解釈をして笑わせるんですが、その中国の諺《ことわざ》と言い、裁縫とかお釜といった発想が、どうも麗那さんの年齢にしては古すぎると思うんですがね」

「……そう言えば、そうですね」

「それから、麗那さんはブラジルに住んでいる大金持ちの叔父が急に死んで、莫大な遺産が転がり込んで来た、というような話をしていましたが、これはどうも、麗那さん自身の体験だったらしいのですよ」

「じゃ、本当にブラジルには麗那さんの叔父さんがいたのですか」

「いや、ブラジルではありません。コン太との対話はかなり面白くするために誇張が加えられているようですが、実際はそんなに巨額なものではない。しかし、麗那さんが一生困らない程度の遺産を受け継いだことは事実です」

「……じゃ、麗那さんが死ぬと？」

「そう、その遺産は細藤康夫のものになってしまうんです」

「すると、麗那さんはまだ籍を抜いてはいなかったんですか」

「ええ。私は細藤が離婚に同意しなかったと睨《にら》んでいるのですがね。麗那さんの籍はそのままになっているんです。一方、細藤の方を調べてみますと、この男は根っからの怠《なま》け者です。麗那さんと別居をしてから、ほとんど働いていません。加えて、博打《ばくち》が飯よりも好きときている。現在、かなり借金を抱えていることも判っています」

「何から何まで、疑いたくなるような立場にいる人のようですね」

「そうなんです。けれども、麗那さんを殺したという、決定的な証拠がありません。その上、麗那さんが公会堂にいた時刻、細藤にはしっかりしたアリバイがあるんです」

「毒は、楽屋で飲みものに投入された、と考えられるのですか」

「勿論、他の場所——例えば、麗那さんが自宅を出るとき、すでにジュースに毒が混ぜられていた可能性も充分にあります。そう考えた場合には、細藤のアリバイは成立しないのです。ところが、当日、公会堂の三階の楽屋に、麗那さん以外の人間がいて、麗那さんと話をしていた、という証人が出て来ているのです」

「まあ……」

佳城は髪にちょっと手を当てた。匡一の視線が白い指を追う。

「それは、公会堂を掃除するパートタイムの主婦なんですが、たまたまその日の六時前後、三階の楽屋の前を通り掛かったのです。その主婦は、楽屋から麗那さんが誰かと話をしている声を聞いているのです」

「相手の姿は?」

「残念ながら、姿は見ていません。しかし、楽屋に麗那さん以外の人がいたことは確かだと言っています」

「……もしかして、それは、麗那さんが人形を相手に腹話術の稽古《けいこ》をしている声だったのではないんですか」

「そう、私も一応はそれを考えましたよ。でも、パートの主婦の観察はしっかりしていました。麗那さんの相手は、腹話術師独得の、かん高い裏声ではなく、普通の話し方だったと言うのです」

「……すると、その人間がトランクの中の人形と石を入れ替え、麗那さんの車を使って立ち去ったんでしょうか」

「と考えると、細藤は白になってしまうんです。細藤を第一、それを第二の容疑者とすると、第二の人物について、私達は何も判っていません」

竹梨は謎が多過ぎて困った、という表情をして、それとなく佳城を窺《うかが》った。佳城はじっともの思いに耽《ふけ》っていて、何も言わなかった。ただ、

「その日もコン太はいつものように、麗那さんのことを〈麗那のママ〉と呼んでいたのですね」

と、念を押した。

竹梨はショウの担当者、小池田が「麗那の舞台の芸はいつもながらですが、テレビなどで見るよりずっと感心しました」と言っていたのを思い出し、佳城にそう伝えた。

警視庁に戻ると、雨宮《あまみや》捜査主任が、新川署から連絡があったばかりだと言った。

「細藤が麗那の車とトランクを渡して欲しいと要求しているようですよ」

「車は事件の日から、まだ見付かっていない。トランクは麗那さんの遺言で、佳城さんのところに届けに行ったばかりです」

と、竹梨が言った。

「いや、細藤という男、想像以上に強欲そうです。麗那のそんな遺言などは無効だと息巻いているようです」

「……確かに、そんな電話の声だけでは遺言として成立はしませんがね」

「細藤は腹話術の人形が欲しいんでしょう」

「しかし——トランクの中身は石ころになっていましたよ」

雨宮は皮肉な笑いを泛《うか》べた。

「新川署の司野さんも人が悪い。そうなっているとは細藤に言わなかったようです」

「どうしましょう」

「何も知らせずにトランクを返し、細藤の反応を見たいと思いませんか」

竹梨は佳城に電話をした。佳城は相手がそう申し出たのなら、トランクはいつでもお引き渡ししますと言った。


「――麗那はいい女でした。ただ、僕とはちょっと性格が合わなかったのでしばらくの間別居しているんです。麗那はいつでも自分の傍にかしずいて、ちやほやしてくれる男でないと駄目だったんです」

後ろ座席で、雨宮捜査主任に、細藤康夫が話しているのが聞える。

「麗那は我儘《わがまま》な女王様でしたよ。芸は熱心でしたが、家庭のことは何も判らなかった。僕はこう見えても、フェミニストなんですがね。その僕でも麗那が駄駄っ子になると、付いて行けないことがありました」

細藤は目が腫《は》れぼったくて細く、頬骨が前面にせり出した寸詰りの顔である。とてもフェミニストとは思えない。場外馬券売場にうろうろしていそうな男だ。

街は成人式を終えて、着飾った娘が数多く目に付く。天候も穏やかで、一足早い春が感じられた。

車は郊外に出て、やがて佳城の邸の前に出た。工事で塀の一部が取り毀《こわ》され、そこから工事の車が自由に出入りしている。竹梨はちょっとためらったが、改めて人を呼び、門を開けてもらうまでもないと思って、工事用の車に倣い、邸内に入って車寄せに駐車する。

すぐ、串目匡一が姿を現し、三人をサンルームに案内した。

「蔵書の整理は大変だろうね」

と、竹梨が訊いた。

「一日中続けると、かなり疲れます。でも、知りたいことがどんどん覚えられますから、苦痛ではありません」

実際、匡一の表情は明るく輝いている。

「昨夜はずっと腹話術の本ばかり探していましたよ」

「ほう……佳城さんの言い付けかね?」

「そうです」

佳城も今度の事件に、並並ならぬ関心を寄せているようだ。

待つ間もなく、佳城がサンルームへ姿を現した。

「度度お騒がせします。例の品を受け取りに来ました」

と、竹梨は言った。

細藤は無遠慮に佳城と部屋を見廻し、お座なりに頭を下げると、煙草に火を付けて、騒騒しく煙を吐き出す。

「あなたも、芸人さんだったんですってね」

細藤は佳城に向かってぼそりと言った。

「だが、うちの麗那などとは、偉い違いだ」

佳城は細藤に取り合わず、匡一にトランクを持って来るように命じた。

匡一はサンルームから庭へ出て行った。竹梨はトランクが外に置いてあるのかなと不審に思ったが、匡一はすぐトランクを押して戻って来た。

「このトランクですね」

と、佳城が言った。

「間違いありません。麗那が持っていた品ですよ」

細藤は煙草を床に捨て、靴で踏み消した。

「じゃ、頂いて帰ります」

佳城は冷い調子で言った。

「一応、中をお改めなさい」

「……そうですね。麗那が金を掛けた人形だと言っていました。間違いがあってはこっちが困ります」

細藤はトランクを横にして、掛け金をいじり廻したが、すぐには掛け金が外れない。

「……変だな。鍵が掛かっているようだ」

「鍵など掛けた覚えはありませんよ」

と、佳城が言った。細藤は改めてトランクの前にこごんだ。

「……矢張り、これは——あ痛《つ》っ！」

細藤は電流にでも触れたように、トランクから手を引いた。

見ると、細藤の掌が赤く染まっている。

「どうしたんだ？」

と、竹梨が言った。

細藤は掌を口に当てた。

「畜生……何だか金具がおかしくなっているんです。何か、道具を貸してくれませんかね」

佳城はじっと細藤を見詰めたままだ。

「……ねえ、佳城さん。あんたは美人だが、ときどき変な目をするね。ねえ、鍵を毀すんだ。何か道具を持って来て下さいよ」

「その必要はなさそうですね」

「何ですって？」

「そのうち、トランクは自然に開くと思います。静かに見ていなさい」

「僕は怪我《けが》をしたんですよ。痛くって仕方がねえ。ねえ、佳城——」

トランクが動いたようだった。

竹梨は思わずトランクを見詰める。だが、動きは続かなかった。気のせいか……

そのとき、ぐっというような声がした。振り向くと、細藤が胸を押えている。顔が歪《ゆが》み身体がねじ曲がる。

突然、トランクの蓋が開いた。

「あっ!」

竹梨は思わず叫んだ。

トランクの中から、一メートルばかりの人形が立ち上がったのだ。人形は手に持っている短剣のようなものを細藤に投げ付けた。光るものは細藤の肩に突き刺って、床に落ちた。

「――き、貴様は……」

細藤はもつれる舌で言った。人形の口が動いた。

「そうさ。俺はマイクロコン太だ。麗那の仇《あだ》を討つために出て来た。その剣には猛毒が塗ってある。お前はもう助からないのだ。うんと苦しむがいい……」

「くそっ――」

細藤は歩こうとするが腰が定まらない。

「こ、これは?」

竹梨は細藤に手を貸そうとした。佳城は力強くその腕をつかんだ。

「もう、こうなっては仕方がありません。そっと見守っている方がいいでしょう」

「しかし、なぜ、あの人形が?」

「あれは人形じゃありませんよ。以前、仁王雲介と一緒に組んでクラウンをしていた、曲豆三さんです。そうですね?」

トランクの中の、小さな男がうなずいた。亘三は細藤が床に倒れ、動かなくなるのを見ると、佳城に恭《うやうや》しく一礼した。

「佳城さん、お邸《やしき》を騒がせて申し訳ありません。僕はもう逃げも隠れも致しません」

亘三は興奮が収まると、ハンカチを取り出して顔を覆ってしまった。足元にはマイクロコン太の、ビニール製の仮面が転がっている。

「佳城さん。あなたは最初から腹話術の人形が亘三さんの変装だということを知っていたのですか」

竹梨の驚きは、まだ収まっていなかった。

捜査本部に通報した竹梨は、取って返すと、すぐ佳城にそう訊いた。

「最初から判っていたわけじゃありません。わたしだって、ずっと、麗那さんは凄く技術のうまい腹話術師だとしか思っていなかったんですよ」

「それが、どうして？」

「竹梨さんがトランクを運んで来たとき、色色話を聞いて、もしかすると、と考え始めたのです。けれども、わたしは腹話術の専門家じゃありません。そこで、昨夜、腹話術の本を匡一君と手分けをして探し出し、腹話術の発声法を知って、コン太が本物の人間だということが判ったのです」

「それは？」

「結局、麗那さんの芸が、あまりに上手過ぎたのですね」

「佳城さんは前に伺ったとき、コン太が麗那さんのことを〈麗那のママ〉と呼んでいるのをひどく気にしていましたが」

「そうなんです。腹話術の専門ではなくとも、腹話術が極度に唇の動きを押える発声法だぐらいのことは判ります。そのとき、一番困る発音は、マ行、それにバ行とパ行の発声なのです」

竹梨は早速アカサタナハマヤラワと、実際に発音してみた。佳城の言う通りだった。他の音は唇の動きを押えてもどうにか発声することができる。だが、マ、バ、パ行の音は別だった。それを言うには、完全に口を閉じてからでないと発声が不可能だった。

「腹話術師にとって、マ、バ、パ行の発声は、とても難しいことが判りますわね。昨夜読んだ腹話術の入門書には、なるべくその音を言わない台本を作れと注意しているものもありました。もし、どうしても発音しなければならないときには、観客に気付かれないように他の音と言い替える。例えば、パンダをタンダと言い直す。ムカシをウカシと言う、といった工合《ぐあい》です。それほど、腹話術師はその音には神経を遣っているのです。ところが、麗那さんの場合、コン太に自分のことを、麗那のママと呼ばせていて、しかも、その言葉がかなり頻繁《ひんぱん》に使われていたでしょう」

「麗那のママ……なるほど。マの音が続けざまに二つも重なりますね」

「普通の腹話術師なら、当然、避けるべき音を、麗那さんはごく無造作に使っていたんですよ」

「そう言えば、コン太はテープレコーダー、スピーカー、コンピューター、インプット、そうした言葉をよく使っていましたね」

「ですからねえ……麗那さんは特別の技術でそれが楽に使いこなせるようになったのか。それで、腹話術の本を調べたのですが、矢張りかなり難しい技術のようです」

「麗那さんとコン太の対話は、かなり当意即妙なところがありますから、録音機などは使っていないことは私でも判ります」

「とすれば、残るのは本物の人間しか考えられませんね。とすれば、その人は誰でしょう。人形に変装することができるような体格をしている特別な人は？　わたしはバラエティホールでクラウンを演じていた、仁王雲介という身体の大きな人と、相手役の曲豆三のことをすぐ思い出しました」

「佳城さんのおっしゃる通りです」

豆三は涙でくしゃくしゃになった顔を上げた。背は子供ぐらいしかないが、体格は整っていた。顔は丸い童顔だった。竹梨はバラエティホールでの豆三の人気が判るような気がした。

「麗那はこの世の中で、僕を愛してくれた、たった一人の女性でした。麗那は僕の全てでした。麗那だって、この世に信頼できるのは僕しかいなかったはずです」

豆三の声は、小学生のように声変わりしていないことが判った。

「佳城さんのおっしゃるように、僕達はバラエティホールで知り合いました。僕は最初から麗那が細藤と一緒になることに反対でした。麗那が細藤と別居するようになってから再び会ったとき、麗那から色色相談を持ち掛けられたんです。そのとき、僕は麗那に本心を告げました。

麗那は僕の気持を前から判っていたようで、すぐ願いを受け入れてくれました」

豆三の言葉には判ってもらいたいという、ひたむきな調子が感じられた。

「……ええ。最初、身体が小さいのを利用して、そのまま腹話術の人形になるということを思い付いたのは僕です。苦労して台本も書きました。僕がちょっと裏声を使い、声を頭の方に響かせるようにすると、麗那の裏声と区別が付かなくなりました。それで、腹話術の急所急所を僕の声でカバーすることにしたのです。それまでになるには、かなり稽古しなければなりませんでしたが、僕達は熱心でした。僕は人形になっているときが、一番幸せでした。温かい麗那の膝《ひざ》の上で、麗那の声に合せて口を動かしたり、麗那の気持になって喋ったりしていると、まるで僕自身が麗那の身体の一部になってしまったような気がしたものです。僕は満足で、たまたま楽屋が狭くて、多勢の人が立て混んでいるようなときでも、じっと長い間トランクの中で辛抱していることもできました。それなのに……」

豆三は絶句した。新しい情動が起こったようだ。

「この秘密は二人だけで守り抜こうと約束しました。僕が本当の人間だと判ってしまえば、奇術師が自分で奇術の種を明かしてしまうようなものですからね。ですから、秘密を知っているのは僕と麗那だけです。家に帰っても僕はほとんど外に出ません。仕事のときは、家からトランクに詰められ、麗那の車で運ばれました。こうしてクラウンの豆三はいなくなり、マイクロコン太という腹話術の人形が誕生しました。僕が麗那のために、熱心に人形の役を務めると、麗那はとても大切に取り扱ってくれました。まるで、女の子が人形に優しくするように、麗那は僕をいとおしんでくれ、舞台用の衣装も自分で作ってくれたんです。そうしたことが何よりも素晴らしく、嬉しかったんです」

「じゃ、細藤も君のことは知らなかったんだね」

と、竹梨が訊いた。

「知りません。別居してからも、細藤はしつっこく言い寄って来るので、麗那は何度も住いを変え、住所も知らせませんでした。ところがあの日、どこで聞き付けたのか、細藤は雑司が谷のマンションに麗那を訪ねて来て、くどく麗那に金を無心したりしていました。僕はその間、ずっとトランクの中にいたわけです。トランクからは外が見えません。細藤は麗那の隙を見て、そのとき舞台用に用意してあったジュースの瓶の中に、毒を投げ込んだのです。人形でいた僕は、口惜《くや》しいがそれに気付きませんでした」

「すると、掃除をするパートの主婦が、楽屋で聞いた声というのは？」

「麗那と僕が喋っている声だったのでしょう。公会堂の楽屋を使ったのは麗那だけでしたから、僕はトランクから外に出ていたのです」

もし、不意にパートの主婦が楽屋を覗いていたとしたら、そこに異様な光景を見たかも知れない。

「麗那さんが毒を飲まされたと気付いたのはいつだね？」

「公会堂で演技を終えた直後でした。麗那は僕に、何だか胸苦しい、とそっと言ったのです。麗那は僕を抱いて舞台裏の階段を登るのがやっとでした。人気《ひとけ》がなくなると、僕は麗那の胸から下り、手を貸して、やっと三階の楽屋までたどり着きました。麗那は苦しいうちにも、これは毒を飲まされたに違いない。もしそうだとしたら、自分の財産を狙う細藤の仕業だと言いました」

「……それを、なぜ、すぐ警察に知らせなかったんだね？」

「僕は自分の手で、麗那の仇が討ちたかった。……麗那の苦しみがひどくなり、口から血を吐いて絶命してゆくのを目の前にして、僕はどうすることもできなかったんです。ただ、細藤が憎かった。麗那がいなくなれば、僕だってこの世にいないのも同じだ。石ころになったも同然です。この世に金や家や女や警察があっても僕なんかには関係がない。ただ、この手で細藤を処刑することだけを考えていました」

「すると、電話で救急車を呼んだのは麗那さんではなく？」

「ええ。僕が舞台のときの発声で喋ったのです」

その電話を受けた係員が、麗那の声と判断したのも当然だ。麗那の声はコン太の声と同じだったからだ。

「けれども、細藤を処刑する、と言っても、僕は普通の人とは較《くら》べものにならない不利な条件を背負っていることも、充分承知していました。何しろ、この身体でしょう。どこへ行くにも目立ってしまう。細藤と会うことができても、まず相手が警戒してしまうでしょう。力ずくでは、元より相手にはなりません。僕は改めて、身体の不自由さを悲しみました。そのとき、神様のお告げのように、佳城さんのことが頭にひらめいたのです」

「佳城さんに、このことを相談した？」

「いいえ、相談などしませんでした。佳城さんと会うのは、久しぶりです。勿論、電話で話したりもしませんでした。ただ、麗那は佳城さんの奇術の舞台を見たことがあるんです。それで、佳城さんのような魅惑的な芸を演じたいと、佳城さんをいつも芸の目標に置いていたのを思い出したのです。僕は佳城さんが大きな邸に住んでいることを知っていました。普通の家に忍び込むのは人目に付き易いが、現在工事中の大きな家なら楽だろう、と」

「忍び込む？」

「ええ。僕は自分の身体では、細藤を倒すことが無理だと考え、コン太に戻ることにしたのです。人形が入っているトランクなら、細藤は安心して傍に近付くだろう。チャンスはそのときしかない。実際、その通りでした」

「トランクに石を入れたのは？」

「本当は、僕が入ったままのトランクが運ばれるのが一番いいんですが、これは殺人事件ですから、警察は必ず中を調べます。そのとき、いくら扮装が上手でも、身体に触られれば、生身の人間だということはすぐに知れてしまう。僕は一時警察の前から姿を隠さなければならなかったんです。でも、空のトランクを佳城さんに届けるより、意味ありげな品が入っていた方がいいと思い、大体僕ぐらいの重さの石を公会堂の駐車場から見付けて来て、僕の代わりにしたんです」

「佳城さんのところに石を入れたトランクが運ばれる。そのトランクは、細藤が引き取りに来る……。君の予想した通りになった」

「少しでも多くの金が欲しくて仕方のない細藤ですから、今、評判になっている人形を誰かに売り付けようとするに違いないと考えたのです。昨夜、この邸に忍び込んで、トランクの中の石と入れ代わるのは思ったより楽でした。トランクはサンルームの外に出ていましたし――」

「トランクが外に置いてあった？」

竹梨ははっとして佳城を見た。

トランクの蓋に付いているポケットには「笑いのメニュー」という漫才の台本集が入っていたのである。腹話術の台本を書くという豆三が、参考に読んでいた本に違いないのだが、その後ろの見返しにあった署名を、竹梨は豊三と読んでしまったが、明らかに曲豆三の読み違えである。

しかし、バラエティホールの芸人に精しい佳城なら、それはすぐ曲豆三と読めたはずだ。佳城はそのとき全てを理解して、トランクを態態《わざわざ》豆三の目に付き易いような邸の外に置いたのではないだろうか。とすると、これは殺人幇助《ほうじょ》ではないのか。

佳城は微動もしなかった。

ただならない空気を感じたのか、匡一が庇《かば》うように佳城の前に立った。

竹梨はこれまで、このようなりりしくも凄艶《せいえん》な佳城の表情は見たことがなかった。

そのつもりは全くないのだが、竹梨が同行を求めたら、佳城は舌でも嚙み切ってしまいそうだった。

雨宮が耳を澄ませた。

「……車が到着したようですよ」

竹梨は豆三の方に近寄った。

七羽の銀鳩

「ウェル——品の良い外国人が、にこやかな顔でこう言います」

「ウェル？」

「そう、ウェルです。そうしますと、画面がズーミングしまして、人物が小さくなり、あたりの風景が見えます。遠くに山などが見える田舎《いなか》で、外人は井戸の傍に立っているわけです。外人は井戸を見て言います。オウ、ヴェリ、ウェル。そこで、クレジットタイトルがばんと出るのです。超音波井戸鑿井《さくせい》　平和《へいわ》井戸株式会社……」

「何だね、それは」

「つまり、英語で井戸をウェルというでしょう。ヴェリ、ウェル——ヴェリグッドという意味と良い井戸という意味のヴェリウェルが掛けちょうになっているわけです。どうです、オウ、ヴェリ、ウェル……」

「井戸をウェルという英語は、まだ一般的ではありませんね」

「しかし、コマーシャルはある程度、これは一体何であろうと思わせる部分がないと、人を引き付けることができないのでありまして……」

「判っていますよ。でも、内の親父は大の英語嫌いでしてね。スーパーソニックとかボーリングなどという言葉を使わない。未だに社名も昔ながらの鑿井という難しい字を手放せないでいるほどでしょう。外国語の出て来るコマーシャルでは、まず、パスしないでしょうね」

平和井戸株式会社の深井《ふかい》宣伝部長はそう言ってメタルフレームの眼鏡《めがね》に手を当てる。

「じゃ、こういうのはどうでしょう。これは傑作だと思います」

スリープロダクションの三野《さんの》品夫《しなお》は手に持っているスケッチブックを繰った。

「時代は江戸時代。場所は下町です」

「ほう。親父は時代劇が大好きですよ」

「じゃ、社長さんに気に入っていただけるでしょう。江戸見物に出て来た田舎者と、江戸の大工との対話です。田舎者が言います。〈これ、イドかね？〉大工が首を振ります。〈イドじゃあねえ、江戸だ〉画面がズーミングしますと――」

「判った。二人の傍に井戸があるんでしょう」

「その通りです。面白いでしょう」

「どうも君の話を聞いていると、君のいう面白いというのは駄洒落《だじゃれ》じゃないかね」

「しかし……スポットのコマーシャルで、社名を視聴者に印象付けるには、こういう手が一番早いのですがね」

「それはそうだが、親父は東北の出だから、田舎者をからかうようなのは駄目だよ」

「なるほど……難しいですな」

「社名でも平和をテーマにしたアイデアはなかったかね」

三野は再びスケッチブックを繰る。

「あります。こういうのを考えたスタッフがいます。原爆が落ち、一面の焼野原に累累《るいるい》たる屍体。よく見ると画面の中央に一つの井戸が口を開けていて、その中から骸骨《がいこつ》のような男が這い出します。〈ああ、平和な井戸……〉」

「ちょっと待ってください。どうして平和が焼野原に累累たる屍体なんです。平和なら美しい花や山河をなぜ連想させないんです?」

「……それは斬新な連想ですよ。私達はどうしてもひねる癖が付いていて、そう素直になり切れないのです」

「発想は平凡であれ。いつも親父はそう言っています。兎《うさぎ》でなくともいい。いつも亀であれば最後にはきっと勝つのだ、とね。この時代、家庭用の井戸が見直され、少しずつ注文が増えて社運を挽回しつつあるのは、昔ならどの家庭にもあった井戸が絶えてしまうはずはないという、親父の単純な発想のお陰なのです」

「じゃ、単純なのがいいわけですか。単純に考えると、平和なら、鳩ですか」

「平和——鳩。いいですねえ。そういうテーマがありますか」

「一つだけあります。しかし、センスがありません。平凡なだけです」

「いや、平凡は悪いことではありませんよ。参考のため伺いましょう」

「あまり参考になるとは思いませんがねえ。——最初、青空に真っ白な鳩が十羽、ぱっと飛び立ちます。次のショットは高層ホテルを背景に飛んで行く鳩の群。最後は和服の女性が静かにお茶を点てています。〈井戸のお水どす〉それで、クレジットタイトルになるのです」

深井は少し首を傾けて聞いていたが、はた、と膝《ひざ》を叩いた。

「なかなか良いじゃありませんか」

「しかし、センスの閃《ひらめ》きがありません」

「なぜあなたはこんな結構なアイデアを認めようとしないのですか。〈井戸のお水どす〉どの響きに韻《いん》があって、駄洒落より数段上品じゃありませんか。白い鳩、高層ホテル、茶の湯。平和ですねえ。それに較《くら》べ何ですか。屍体が累累、イド、エド、イドなどとは」

「真っ白な鳩が気に入ったようですね」

「勿論です。これに決めましょう。親父も嫌とは言わないでしょう。早速、撮影に掛かってください」

「決まったよ」

スリープロダクションの狭い事務所のドアを開け、三野はスケッチブックをぱたんと机の上に投げ出した。

「例の、井戸屋さんの、ですか」

と、カメラマンの蓮図《れんず》明夫《あきお》が訊いた。

「そう。亀ちゃんの十羽の鳩がぱっ、て奴に決まり」

一番若い亀坂進《かめさかすすむ》がびっくりしたようにテーブルから顔をあげた。

「本当ですか」

「亀ちゃん、喜ぶんじゃないよ。これで喜ぶと才能が伸びないよ。と言うものの、今日は実に、良い、経験でしたね」

「僕の、どこが良かったんでしょう」

「どこも良くはない。ただ、向こうさんの社長の頭と亀ちゃんの頭の相性が変に良かっただけ」

「すると——僕は井戸を掘っていた方が出世するわけですか」

「今更、そんなことを言っても遅いやい。それよりも、明朝撮影だからね、すぐ十羽の白い鳩ぽっぽを集めるんだ。と言って、お宮の屋根にいるのや伝信管をくっ付けたのは駄目。色付きだから。判ったね、真っ白な鳩が要るんだよ」

「とすると、ペットショップに訊けばいいわけですね」

「そう、その調子。観賞用の鳩だからペットショップ。文房具屋にあるのは鳩目《はとめ》さ。発想は単純なるをもって良しとすだ」

亀坂は電話帳を繰り、方方《ほうぼう》へ電話を掛けていたが、やがて諦めたように言った。

「とても、明日の朝迄に揃えられそうもありませんよ」

「なぜだい」

「真っ白な鳩は、銀鳩というんだそうですが、どこで訊いても十羽も揃えている店はありません。方方から集めるとなると、時間的に明日の朝迄は無理です」

「ふうん……」

「昔、奇術師が銀鳩を買い漁った時期があって、そのときにはかなり値上がりがして銀鳩が殖《ふ》えたこともあったらしいんですが、最近ではそんなこともないので銀鳩の数も少なくしていると話してくれた店があります」

「奇術師が？」

三野は指を鳴らした。

「そうだ。ずっともやもやしていたんだ。鳩と奇術師。これですっきりする。奇術師は帽子やスカーフの中から、何十羽という鳩を取り出して見せる。奇術師に頼んで、帽子の中から、ちょっと十羽ばかり鳩を出してもらおう」

「でも、鳩は奇術師の商売道具じゃありませんか。商売道具をちょっとと借りるわけにいきますか」

「商売道具をちょっと借りるわけにゃいかない。だからさ、アマチュアを狙うんだ。最近はアマチュア奇術師が玄人《くろうと》裸足《はだし》の道具を使って得意になっているのをテレビで見たことがないかね。アマチュアなら毎日舞台に立って鳩を使うことはないだろう」

「アマチュア奇術師のことなら、奇術材料店で訊けば判りますね」

「そうそう。亀ちゃん、今日は冴えてるね」

亀坂はすぐ情報誌で日本橋人形町《にほんばしにんぎょうちょう》にある「機巧堂《きこうどう》」というマジックショップの電話番号を探し出した。

「主人が親切な人で丁寧《ていねい》に教えてくれました」

と、亀坂が報告する。

「確かに、アマチュアの奇術研究家で、奇術用の鳩を飼っている人は何人もいますが、十羽もの鳩を揃えている人はあまり聞いたことがないそうです。ただ、大学の奇術クラブとか、引退した奇術師なら、鳩を多く飼っているかも知れないと言っています」

「学生ねえ……この節の学生は勘定高いからなあ」

「じゃ、引退した奇術師を当たりますか」

「引退した奇術師……おっ」

三野は自分の頰をぴしゃりと叩いた。

「なぜ、今迄思い出さなかったんだろう。今日の俺は相当いかれとるよ。曾我佳城《そがかじよう》さんの屋敷には沢山の鳩がいた」

「曾我佳城——って、誰です?」

「佳城様だ。勿体なくてお前なんぞに教えられるか」

三野はあわてて手帖を取り出し、電話に手を延ばした。

「……わたくし、スリープロダクションの三野品夫と申します。や、覚えておいででしたか。光栄です。以前、コマーシャルの出演をお願いしたときのことを覚えておいででしょうか。はい、先生は、特に好きでもない商品の宣伝に使われるのは、まだわたしを覚えているファンを裏切るようで、そういう出演は困るとおっしゃいました。いえ、その蒸し返しじゃございません。そのとき、冗談に、わたしの鳩ならいつでも出演させましょうとお笑いになりましたね。その鳩なのですが、鳩ちゃんはご健在で？　ははあ、卵を産んだのがかえったり、不用になった鳩が持ち込まれたりして殖えた？　殖えることはいいことです。実は、その鳩ちゃんを十羽ほどコマーシャルに出演させてほしいのです。大したお礼はできませんが、餌代ぐらいで何とか……」

うららかな春の陽に溢れている曾我佳城の屋敷。

佳城は豊かな髪を無造作に後ろで束ね、ペンシルストライプのカッターシャツに茶のカシミヤのスカート。砕けた身形《みなり》で三野達を出迎えた。

「普段着でいると、少女のように若やいで見える。ううん……不思議だ」

と、三野が佳城に見惚《みと》れて唸《うな》る。

「一体、佳城さんはいくつなんですか」

と、助手の亀坂が訊いた。

「ばか。佳城様は伎芸天《ぎげいてん》だ。天女に年齢があると思うか」

広い邸内の一隅《ひとすみ》に足場が高く組まれて、劇場のような建物が建築中だった。舞台のある奇術博物館になるのだと佳城が説明する。

鳩舎《きゆうしや》はサンルームの隣。広広とした金網の中に、二十数羽の銀鳩が舞い、枝に羽を休めている。平和そのものと言いたい世界だ。

屋敷に住み込み、奇術を勉強中だという串目《くしめ》という少年が鳩舎に入って一羽ずつ別の籠に入れてくれる。鳩は人が入って来ても騒ごうとはしない。

「年寄りの鳩は若いとき沢山働いてきたわ。だから、若い鳩を選ぶのよ」

と、佳城が言う。

その言葉を聞いてか、カメラマンの蓮図はすっかり佳城が気に入ってしまったようで、熱心にカメラを佳城に向け始める。

鳩舎から別にされた鳩は芝生に放たれる。佳城が餌を掌《て》に載せると、鳩が一斉に集まった。蓮図が十六ミリ撮影機をセットする。佳城は準備が整うと頃を見計り、軽く手を叩いた。十羽の鳩は一斉に舞い上がる。稽古《けいこ》をしたわけではない。鳩には佳城の心が判るようだ。

撮影は順調で、思い掛けない短時間に終った。

「これも先生のお陰です。もう一日だけ十羽を貸してください。明朝早く、新宿のホテルサイドホテルでロケーションしたいのです」

と、三野は言った。

「あら、偶然ですわ。わたしは明晩、ホテルサイドホテルへ行きますのよ」

「先生はお仕事ですか」

「いえ。ホテルのディナーショウに招待されているんです。艮《うしとら》三郎《さぶろう》という若手の奇術師が出演しているんですよ。その人の芸も鳩を使います。観て、批評してくれというんです」

「ホテルのディナーショウですか。そういえば明日は雛祭でしたね。いや、鳩の方はご心配なく、大切に扱いますよ」

だが、佳城の手を離れると、鳩はどういうわけか思う通りに動いてはくれなかった。

新宿《しんじゅく》の超高層ビル街。ホテルサイドホテルは一番新しい建物で、前にゆったりとした広場があり、ロケーションには最適な場所だった。

しかし、鳩が言うことを聞かない。掌に餌を載せて差し出してもそっぽを向く。勝手に飛び廻り、必死で並べても、手を叩いたぐらいではびくともしない。

「呆れたものですね」

と、蓮図が言った。

「鳩なんて、案外図図《ずうずう》しいんですね。相手がそう出れば、こっちも考えなきゃ」

亀坂に言い付けて、全部の鳩を集めて抱えて空中に放り出す。あるいは、鞄に付いているベルトを外して鞭のようにして鳩を追い立てる。そうなると、もっと厄介《やっかい》な野次馬も現れる。

ホテルの隣にある銀行の前で、開店を待っていた老婦人が二人連れ立ってしばらく撮影の様子を見ていたが、ずんぐりして眼鏡を掛けた方の老婦人がつかつかと撮影機の前に立ち塞がった。

「動物の虐待《ぎゃくたい》は宥《ゆる》しません」

「虐待？　虐待なんかしちゃいませんよ」

と、蓮図がびっくりしたように言った。

「でも、鞭を使っていたじゃありませんか。おお、可哀相に……」

「鞭を使われて喜ぶ人もいます」

「それは変態でしょう。人間はどうでもいいのです。無心な動物に対して鞭を振うなどとは何という野蛮な人達でしょう。ご覧なさい、気の毒にぽっぽちゃん達は丸い目をして怖がっているじゃありませんか」

三野が飛んで来て、とにかくお話を伺いましょうと二人を撮影場所から遠退ける。その間に仕事を片付けようと、蓮図はてんてこ舞いだ。

そのうち銀行のシャッターが開くと、二人の老婦人は矢張り金の方が大事とみえて、連れ立って銀行の中に姿を消した。撮影は続けられて、蓮図はどうにか物になりそうなショットをいくつか撮影することができた。それで、気が緩んだのがよくなかった。

わずかな隙に、鳥籠に入れた十羽の鳩が、籠ごと全部消えてしまった。


「ここに、リョウザブロウという奇術師を出して頂戴《ちょうだい》」

二人の老婦人が楽屋の入口に立ちはだかっている。ずんぐりして眼鏡を掛けた方が、そう言って助手の小沼田《こぬまた》を睨《にら》み付けた。

「リョウザブロウという奇術師なんかここにはいませんよ」

と、小沼田は迷惑そうに答えた。

「嘘おっしゃい」

痩《や》せて目の飛び出た老婦人が言った。

「わたくし達、ホテルのディナーショウをこの目で見ていたんですよ。空中から鳩を沢山取り出していた奇術師がいたでしょう」

眼鏡の老婦人が小沼田にプログラムを突き付ける。

「ここに、ちゃんとリョウザブロウと書いてあるじゃないの」

「それなら、艮三郎です。良の字に点がないので、艮です」

「艮でも辰巳《たつみ》でもいいから、鳩の芸を演《や》っていた奇術師と会いたいのよ」

「艮三郎は私の師匠です。今、着替中でこれから明日の支度《したく》に掛からなければなりません。とても、忙しいのです。面会のご予約を頂いてありますか」

「予約などしていないわよ」

「それではお引き取りください」

「逃げる気ね。一時逃れは通用しませんことよ。わたくし達は毎日やって来ますから」

「一体、どんな用件でしょう」

眼鏡の老婦人は大きな鰐革《わにがわ》のバッグを開けて名刺を取り出した。

国際動物慈恵協会東京支部長　荒井花子《あらいはなこ》としてある。目の飛び出た老婦人の方は、国際動物慈恵協会東京支部新宿班長　千瓶霞《ちかめかすみ》という名刺を取り出した。

「わたくし共、罪のない動物が多勢の観衆の前で虐待されているのを見かねて抗議しに参ったのです」

と、荒井花子が言った。

「虐待？　先生は動物を虐待したりしてはいません」

「まあ、白白《しらじら》しい。ああした奇術を見せておきながら、よくそう言うことが言えますね」

「ああした奇術？」

「鳩の奇術よ。わたくし共、奇術は魔法でないことをちゃんと存じていますのよ」

と、千瓶が言った。

「それはそうです。奇術は魔法ではありません。ちゃんと種や仕掛けがあります」

「それご覧なさい。だとすると、気の毒な鳩ぽっぽちゃんは、きっと長い時間、暗くて狭苦しいところに押し込まれて、息もできない状態にされていたんですね」

「………」

「それが証拠に、鳩ぽっぽちゃんは突然舞台に出されるとびっくりして目を丸くしていたわ」

荒井も大きくうなずいて、

「鳩を隠し易くするために、羽や尻尾を切る、と聞いたことがありますよ」

と、付け加えた。

「……それは奇術を知らない人の邪推ですよ」

「ああ、わたくしなどは聞いただけで震えてしまいますわ。暗く狭いところというのは鼠《ねずみ》の次に怖ろしいものじゃありません？」

千瓶も同じように身を竦《すく》めてみせる。

「そうですとも。罪のない小さな動物に怖い思いをさせてお金を儲《もう》けようなどとは、とんでもございません」

「さあ、艮三郎をここに出してもらいましょう」

「今、言いましたように、艮三郎は忙しくて残念ですがお相手できません」

小沼田が手を焼いていると、スクリーンの向こうから響きの良い声が聞えた。

「小沼田君、私がお相手しよう」

魅力的なバリトンである。

年齢は二十四、五。しっかりとした目付きで細面《ほそおもて》の青年だった。艮三郎はワイシャツの両袖をまくり上げ、はだけた胸元には黒い胸毛が見えている。

二人の老婦人はやや気圧《けお》され気味に上背《うわぜい》のある艮を見上げた。

艮は左手に持っている白い鳩を二人に示した。

「あなた方のおっしゃっていた鳩とは、このことでしょう」

「そうですわ。こんなあどけない動物を虐待するなんてね」

と、荒井が言った。

「奥様、本当の虐待とはこうすることでしょう」

艮は言葉の終らないうち、鳩の片方の羽をもぎ取った。

「きゃっ！」

艮は相手の表情を見ながら不敵な顔をして、更にもう一方の羽も引き抜いた。鳩はずんぐりした大根のような形になった。

「な、何をなさるんです。残酷な……」

艮はばらばらになった鳩を二人の目の前に差し出す。

「よくご覧なさい。この鳩は生き物じゃありません。ギミックス——種の鳩です。毛糸で作った偽の鳩です」

二人はぽかんとして鳩を見詰めた。

「でも、鳩は舞台では羽ばたいていたじゃありませんか」

と、荒井は疑わしそうに言った。

「奥様、現代はロボットが工場で自動車やテレビを作り出している時代ですよ」

「……でも、舞台では鳩は止まり木にも止まりました」

「それは止まり木が鉄で作られていて、鳩の足に磁石が埋め込んであるからです」

「……一羽の鳩は照明にびっくりしたようで、止まり木には止まろうとしなかった」

「あの鳩は機械がちょっと故障していたのです。本物の鳩なら、必ず止まり木に止まるはずではありませんか」

荒井の顔が脹《ふく》らみ、段段に赤くなった。

「じゃ……矢っ張りね。いえ、わたくしも最初は本物の鳩がああ後から後から出て来るはずはないと思ったんですよ。でも、こちらの千瓶さんがあまり喧《やか》ましく言うもんですので、つい……」

千瓶の目が段段引っ込んでいった。

「私のように世界の国国を飛び廻っている者は、本物の鳩を使うより、本物に限りなく近い鳩を使った方が楽なのですよ。税関の手続きも簡単だし、餌代も不要です」

「そう……でございましょうわね」

艮はばらばらになった鳩をまとめてズボンのポケットに押し込んだ。それをきっかけにして、二人の老婦人は挨拶《あいさつ》もそこそこに帰って行く。

「……しかし、全く今日は妙な日だ。これからは、誰が来ても留守だと言いなさい」

艮が二枚の名刺を見較《みくら》べながらスクリーンの向こうに姿を消すと、再びドアがノックされた。

「どうぞ――」

小沼田が言うと、今度も女性の訪問者だ。

「艮三郎さん、いらっしゃいますか」

「先生は留守です。もう、お戻りにはなりません」

「あら、残念ですわね」

スクリーンの向こうから、あわてた声がした。

「そういうお声は、佳城先生じゃありませんか」

佳城という言葉を聞くと、小沼田は急に取り逆上《のぼ》せたようになって、あたふたと椅子を持ち出し、袖で椅子を拭き清めて佳城の前に置きなおす。

艮はネクタイを締め、上衣《うわぎ》に片腕を通した姿で現れ、珈琲《コーヒー》を取り寄せるように小沼田に言い付ける。

佳城は白に近いジャケットの胸に真珠のペンダント、スカートは漆黒《しっこく》のシルクサテンだった。

佳城の後ろに小柄な少年が大袈裟《おおげさ》でない花束を抱えている。

「串目匡一《きょういち》君です。今、家に住み込んで奇術の勉強をしています」

と、佳城が紹介した。

艮は花束を受け取って串目の手を握る。

「羨《うらや》ましいですね。佳城先生の傍にいれば、それだけで奇術が上達します」

艮はそう言ってから、表情を暗くした。

「すると、今日の舞台をご覧になったのですね」

「勿論ですわ」

「そりゃ……悪い芸を見られてしまいました。今日は本当に変な日なんです。舞台は最低でした」

「そうは思えませんよ。ただ、艮さんが使った鳩が七羽共、ちょっと舞台に慣れていなかったみたいね」

「そう言って頂くと、多少は救われます。言い訳染みますが、そうなんです。今日使った鳩は僕の鳩じゃないんです」

「艮さんの鳩じゃない？」

佳城は不思議そうな顔をした。艮は真顔になり、声を低くした。

「ディナーショウは今日で五日目ですが、こんなことって初めてですよ。昨夜、いつものように鳩や道具をこの楽屋に置いて帰ったんですが、今日来てみると、七羽の鳩が全部、僕の鳩じゃなくなっていたんです」

「……掏《す》り替えられて？」

「ええ。誰が何のためにそんなことをしたのか、見当も付きません」

佳城は耳を澄ませた。スクリーンの向こうから、くうくうという鳩の声がする。佳城が部屋に入ってから、鳩は何やら急にもの騒がしくなったようだ。


古代エジプトのパピルスには、アヒルの首を切断し、元通りにつないで歩かせた奇術師の記録がある。その頃から、奇術師は生き物を扱うと効果的なことを知っていたのである。

江戸時代の奇術書には「お椀と玉」の最後に、仔犬を取り出す方法が述べられている。お椀の中に玉が隠現《いんけん》するのを驚かない人でも、何もなかったお椀の中から生きている仔犬が出現すれば、大抵は胆《きも》を潰す。

昔から奇術師が扱ってきた生き物は、ヒヨコやインコといった小動物は無論、フラミンゴ、蛇、ヒョウ、虎、象までも舞台に乗せ、これは使えないという生き物はない。その生き物が意外であればあるほど、奇術の成功率は高まるばかりだからだ。

多少のトリックと共に演じられるヤマガラの曲芸は日本人の発明だし、ガリガリは空《から》のカップから無数のヒヨコを取り出してみせる。ボリショイサーカス団のキオは、美女をライオンに変える芸が売物だったし、ラスベガスでは、ジークフリードとロイのコンビが、舞台で虎を自由に扱い、象を一瞬のうちに消失させている。

しかし、奇術師の手の中から現れたとき、白く大きくはばたく銀鳩の美しさに敵《かな》う生き物はいない。

銀鳩はジュズカケバトの変種で、おとなしい性格も奇術向きだ。同じ鳥でもオウムなどは頭が良く、出演の時間を覚えていて、奇術師が出演前に手を出すと暴れだすという。

銀鳩は古くから数多くの奇術師が使ってきたが、鳩の奇術に新しい時代を開いたのが、チャニング　ポロックである。

ポロックはスライハンドマジック（手練《しゆれん》奇術）の手順《ルテン》の中で数多くの鳩を取り出すという、奇跡的な手順を完成した。しかも、舞台のポロックは笑顔が甘く、燕尾服《えんびふく》がよく似合う。美人の助手を従え、長い指先からカードや鳩を次次と産み出してゆく。ポロックの芸を収めた映画「ヨーロッパの夜」が一九六〇年に封切られると、世界中に鳩の奇術のブームが起こった。

日本でもポロックに触発された奇術師は十指を下らない。アマチュアとなると算《かぞ》え切れない研究家が鳩と取り組んだ。銀鳩の価格がうなぎ登りになったという時期である。

現在でもポロックのスタイルを踏襲する奇術師は多く、鳩の奇術は一つの分野になったと言ってもいいほどだ。近年ではランス　バートンがローザンヌのＦＩＳＭ（国際マジック連合協会）一九八二年の大会で、アメリカ人として最初のグランプリを獲得して一躍有名になった。

バートンの扱う鳩はよく訓練されていて、手を放れた鳩は全部所定の止まり木に飛んで行く。その秘密を聞けば、なんだというほど単純な方法だが、ポロック以降、二十余年もその方法を思い付いた奇術師はいなかったのである。

　舞台で鳩を扱う場合、奇術師は鳩に慣れ、鳩は奇術師に慣れていなければならない。艮三郎も勿論、手に慣れた鳩を使ってディナーショウの舞台を続けていたのだが、昨夜のうち、奇術用の七羽の鳩全てが他の鳩と掏り替えられていたと言う。

「夕方、楽屋入りをしたとき、すぐ気付いたのですが、もうどうすることもできませんでした」

　艮は忌《い》ま忌《い》ましそうに、佳城に話して聞かせた。

「舞台の照明に慣れていないせいでしょう。出現させると鳩はひどく興奮してすぐ飛び立とうとします。ご存知のように、銀鳩は飛ぶのが上手じゃありませんから、幕にぶつかってみっともなく床に落ちてしまう。一羽などはどうしても止まり木に止まってくれない。そのために、演技の調子は狂う、ちょっとしたアイデアがあったんですが、危なくてむずかしい手は使えなくなる。いや、散散な目に遭いましたよ」

「それは、災難でしたわ」

「でも、いい経験です。これからは面倒でも、奇術の道具はいちいち持ち帰ることにしようと思います」

「じゃ、今日の舞台は見なかったことにしましょう」

「面目ありません。先生にはいずれ稽古をやり直して、ちゃんとした手順を見て頂きます」

「世界大会は来年ですから、まだ充分時間がありますわ」

「そう言って頂くと、元気が出て来ます。きっと、グランプリを取って見せます」

「ところで、掏り替えられたという鳩のことが、さっきから気になっているんですけれど、拝見できるかしら」

「ええ、どうぞ」

艮は立ってスクリーンを動かし、壁に押し付けた。

窓のない、コンクリートがむき出しにされた部屋だった。

突き当たりが、二面の鏡が張られていて、上には棒形の蛍光灯が付けられ、形ばかりの化粧台になっている。化粧台の右側に白い手洗台があって、排水管が金網のなくなった太い排水口に突っ込まれている。

左の壁には艮の舞台衣装がハンガーに掛けられ、マジックテーブルや鳩の止まり木などの奇術道具は乱雑に床に置かれたまま片付いていない。

串目はテーブルの上に載っているロープやコミック用の偽手を興味深そうに見廻した。

鳩を入れた金網製の鳥籠は、全部で三つ。二羽ずつの籠が二つ、三羽の籠が一つ。鳩は全部で七羽いた。

佳城が籠にかがみ、手を伸ばすと、鳩は寄って来て佳城の手を突つこうとする。

「おかしいな。さっきは僕が近寄っただけで騒ぎ立てたのに」

と、艮が言った。

どの鳩も、佳城が手を伸べると餌でも与えられるような身振りをする。

「匡一君」

佳城は串目を呼んだ。

「ここへ来て、鳩をご覧なさい」

串目は一目籠を見て叫んだ。

「先生、この鳩は全部、先生が飼っている鳩じゃありませんか？」

「真逆《まさか》……先生の？」

艮はびっくりして佳城の顔を見た。

「わたしの家には、わたしが現役だったとき使っていた鳩や、不用になった鳩が持ち込まれたり、子が産まれたりして、今でも二十羽以上の鳩がいるんですよ。でも、もう舞台で使うことはないので、舞台のことは忘れているでしょう。ここにいる鳩は、その内の七羽に違いなさそうですわ」

「すると……先生が？」

「いえ。鳩はわたしの家のでも、わたしが掏り替えたりするはずはないでしょう。この鳩は、昨日、コマーシャルを作る会社に頼まれてお貸しした十羽のうちの七羽です」

「そ、その会社は？」

そのとき、ドアがノックされた。小沼田がドアを開け、二言三言話して佳城の方を見た。

「スリープロダクションの三野という人が、佳城先生に会いたいと言っています」

三野はすっかり困り果てた調子で、十羽の鳩が盗難に遭った事情を説明した。

「その鳩が艮三郎さんの楽屋に運び込まれている。一体、どうしたことでしょう」

佳城も首を傾げ、

「しかし、わたしがお貸しした鳩は十羽。今、艮さんの楽屋にいるのは七羽。あとの三羽はどこへ行ってしまったのでしょう」

「その三羽なら、カメラマンの蓮図や助手の亀坂と一緒に警察にいます」

と、三野が答えた。

「警察に？　悪いことでもしたのですか？」

「ええ、とんでもないことをしてしまいました。鳩が盗まれたのを知って、私達は一応あたりを探し廻ったのです。すると、助手の亀坂がホテルサイドホテルの前の道路で、三羽の鳩を見付けました。ええ、中央分離帯の植え込みの木に止まっていたのです」

「鳩が盗まれたとき、鳥籠はどうなっていたでしょう」

「鳥籠には掛け金を掛けて置きました。これは撮影が終ったとき私がそうしたので確かです。鳩が自分で掛け金を外すわけはありませんから、誰かが三羽だけを分離帯に放したに相違ありません」

「そこにいた鳩は三羽だけだったのですね」

「そうです。三羽しか見当たりませんでした」

艮が訊いた。

「すると、鳩を盗んだ犯人は、最初から僕の鳩と掏り替えるつもりで、余分な三羽を捨てたのですね」

「艮さんはここのショウでは最初から七羽の鳩を使っていたのですか」

と、佳城が訊いた。

「そうです。七羽だけでした」

「七という数に、特別の意味があるんですか」

と、三野が口を挟んだ。

「ええ、ありますね。この奇術を完成させたポロックという奇術師も七羽の鳩を使っていました。七という数は、人間が沢山に感じる数の中で、最小の数なのです。奇術師が九羽とか十羽といった数の鳩を取り出して見せても、お客さんが感じるのは、七羽見たときと沢山の感じがそう違わないものなのですよ」

「なるほど、奇術は経済性も考えて手順を組み立てているのですか」

「鳩を盗んだ犯人は、きっと僕が何羽の鳩を使うか知っている人間に違いありませんね」

三野はうなずいて、

「とにかく、分離帯にいる三羽でも捕えようとして、私達三人は一羽ずつの鳩に近寄ったわけです。そして、一二三の合図で、一斉に鳩を捕えようとすると、今迄静かだった鳩がぱっと飛び立って、路上に逃げたのです」

と、言葉を切り、額の汗を手で拭った。

「運の悪いときには仕方のないもので、たまたま通り掛かった乗用車の運転手が、急に飛び出した鳩にびっくりしたのでしょう。ハンドルを切り損ねて分離帯に突っ込み、後続のトラックが前方不注意で乗用車に追突、その後は軽四輪、ダンプカー、ミキサー車と、合計五台が玉突き状態で衝突炎上……」

「まあ……」

佳城は目を丸くした。

「不幸中の幸いと言いますか、人身事故にはなりませんでしたが、一時、ホテルの周辺は大混乱してしまいました。私達は警察に捕まって、ええ、路上でのロケーションの許可を取っていなかったもので、散散な目に遭いました。それで、鳩を盗まれた報告がすっかり遅くなり、昨日、佳城先生がホテルサイドホテルのディナーショウを見に行くとおっしゃっていたことを思い出して、直接ここにやって来たのです」

「それは大変でしたわね」

三野の話が終ると、佳城はそっと椅子から立ち、ドアに近付いた。

「この部屋のキイは？」

「キイは渡されていません」

と、艮が答えた。

ドアには内側に摘みのある鍵が付けられている。大方の劇場の守衛は、出演者には楽屋のキイなど渡さないのが普通だ。

「このホテルの守衛は時間に喧ましいんです。毎晩、ショウが終ると追い立てるようにして部屋を出されます。守衛はその後、楽屋の戸締まりをするんです」

「楽屋にはいくつの部屋があるんですか」

「大きな部屋が一つに、ここと同じ小部屋がもう一つ。全部で三つです。今度の公演では、大部屋をバンドの連中が使い、司会の竹島新二《たけしましんじ》さんと、歌手の錦《にしき》えり子《こ》さんが隣の小部屋を使っています」

「楽屋入りのときは？」

「そのときにはいつも楽屋のドアは開いています。ディナーショウの会場は、昼間はパーティに使われているようです」

とすると、昼間のうちなら、誰でも楽屋に自由に出入りすることができるようだ。

佳城は部屋を見廻していたが、排水口のあたりから小さい物を拾い上げた。白い羽だった。

「これ、鳩の羽に違いないようね」

艮は佳城の手元を覗き込む。

「そうですね。しかし……この羽には鋏《はさみ》の痕がありますよ」

「わたしが飼っている鳩は、羽の手入れはしていませんよ」

「すると……僕が昨日まで使っていた鳩の羽ということになります」

そのとき、ドアの隙間から、湯上がりのように光った細面の男の顔が覗いた。

「艮さん、お先に」

「……お疲れさま」

と、艮が言った。

「おや——佳城さんがおいでですね。ご無沙汰しています」

司会の竹島新二はドアを開けて部屋に入って来た。

「テレビでご一緒して以来でした」

と、竹島は言った。

「あのときはお世話になりました」

と、佳城が頭を下げる。

「また、僕の番組に出てくださいよ。あのときは面白かったね」

「今度も面白そうですよ」

「それが……」

竹島は声を低めた。

「今日はちょっと付き合っていられないんです。錦えり子さんがご機嫌うるわしくない。今、僕はさよならも言わず、ずらかっている途中なの」

「また、何かいたずらでもしたんじゃありません?」

「いや、濡れ衣《ぬれぎぬ》。僕は無辜《むこ》の民です。艮さん、錦さんによろしくね」

竹島はそう言うと部屋を出て行った。艮は竹島を見送ってつぶやいた。

「変だな……何が起こったんだろう」

「この部屋では鳩が掏り替えられていたし……普通じゃありませんね。行って見ませんか」

佳城と艮は部屋を出て隣のドアをノックした。

「竹島さん、あんまりよ」

逆上した錦えり子の声がはね返って来た。艮がドアを開けた。

「竹島さんはいません。急用があると言って帰りました」

「逃げたのね。あら、佳城さんも……ちょうどいい、話を聞いて頂戴」

錦えり子はとうに三十を超しているが、小柄なせいかずっと若く見える。くるりとした目と尖《とが》った顎《あご》に愛敬《あいきょう》があり、ちょっと気忙しい調子で話す。

部屋の造りは艮が使っている部屋と同じだった。ハンガーには緑色のドレスが掛けられている。二人が部屋に入ると、えり子はドレスの裾を持ち上げて見せた。

「これを見てよ」

ハンガーに掛かっていたときには判らなかったが、ドレスのスカートの部分にぽっかりと黒い穴が見えた。

「まあ、ひどい傷……」

と、佳城が言った。

「そうでしょう。ああ、恥《はず》かしい。わたし、これを着てステージに出てしまったのよ。わたし、ステージで後ろ向きになることがあるから、きっとお尻の穴をお客さんに見られてしまったわね」

「昨夜は何でもなかったんですか？」

と、佳城が訊く。

「そうなの、昨夜は何でもなかったわ。今までこんなことがなかったものだから、このホテルなら大丈夫だと思って、このハンガーに掛けたままにして置いたのが悪かったんだわ。身内に変なのがいたのを忘れていた。あの竹島さん、変態なのよね。若い女の子の持ち物を見ると、つい手を出すのよ。このドレスも彼の毒牙に掛かったんだわ」

「どうして竹島さんだと判るの?」

「他にこの部屋に出入りした人はいなかったわ。それに、竹島さんしかこんないたずらをする人が思い当たらないわ。艮さん、今日の竹島さんは変ににやにやしていたと思わない?」

「さあ――」

艮は当たり障りなく言って佳城を見た。佳城は和やかに首を振って、

「わたしには、竹島さんがそんなことをしたとは思えませんね」

「じゃ、誰なんでしょ」

錦は不満そうに高い声域で言った。

「……犯人は艮さんの部屋でも悪さをした者と同一ですね」

錦は目を丸くした。

「艮さんの服も穴が開いたの?」

「いえ、艮さんの場合はちょっと違うんですけれど――」

佳城は言い掛けて耳を澄ませた。

「艮さんの部屋で、大きな声がするわ」

「守衛ですよ」

と、艮が言った。

「守衛が楽屋を閉めようとして、早く帰れと言っているんでしょう」

「本当にここの守衛ったら勝手なのね」

と、錦が言う。

「錦さん、このドレスを守衛に見せるのよ」

と、佳城が言った。

「守衛に責任を取らせるの？」

「ええ、わたしが掛け合いましょう」

佳城がドレスをハンガーから外して抱え、外に出た。二人の守衛が艮の部屋を出て来たところだった。

制服に制帽。一人は耳の大きな中年の男でもう一人は色の黒い痩せた若者だった。

「お疲れさまでした。そろそろ楽屋を閉めさせて頂きます」

と、中年の守衛が言った。

「その前に、これを見てください」

佳城は二人の前にドレスを拡げ、穴を示した。

「昨夜のうち、こうなってしまったんです。どうしてくれるんですか」

守衛は佳城とドレスを見較べた。

「……どうしろとおっしゃっても、私達に責任はありませんよ」

「艮さんの鳩も掏り替えましたね」

鳩と聞くと二人は顔を見合せた。

「この傷も同じ者の仕業でしょう」

と、佳城は畳み込んだ。

「艮さんの鳩は、全部殺されたのと違いますか？」

中年の守衛の耳が見る見る赤くなった。


「おっしゃる通りです。さすがご商売柄、鳩の違っていたことが判ってしまいましたか……」

中年の守衛はぼそぼそと言った。

艮三郎の部屋。佳城と串目、艮と小沼田、それに三野と錦えり子を加えた六人は、不思議な災難を聞くことになる。

「……昨夜も私達は夜勤でした。昨夜は消防署の抜き打ち立入検査などありまして、検査の対象になった調理室やボイラー室に注意が向いていまして——だからというわけではありませんが、楽屋の変事には全く気付《こわ》かなかったのです。朝、掃除婦が掃除のため、楽屋を開け、この部屋に入ると、全部の鳥籠が毀されていまして、無残にもあたり一面、鳩の白い羽が散乱して……」

守衛はごくりと唾《つば》を呑んだ。佳城が助けを出すように言った。

「全ての鳩が、鼠に食い殺されていたのですね」

「そうです。鼠の奴等は下水道から排水口を伝わって、この部屋に入り込んだのです」

「錦えり子さんのドレスも、同じ鼠の被害ですわ」

「相違ありません。私達、ドレスの穴には気付きませんでした」

それを聞いて、艮がむっとしたように言った。

「それを、なぜ正直に言わなかったんですか」

「私達、このホテルの鼠にはほとほと手を焼いているのです」

守衛は半分泣いている。

「新しくて住み心地が良いのでしょうか。オープン以来、どこからともなく、大量の鼠がやって来たのですよ。当ホテルの鼠ほどしぶとく、美食家で賢く、逞《たくま》しくて繁殖力のある鼠は他にいないんじゃないかと思っています。とにかく、いくら毒餌を撒いても、そんなものはすぐ見抜いて、せせら笑って小便を掛けて通り過ぎる始末。その他には罠、鼠落とし、毒ガス……ありとあらゆる手段を尽くして鼠の撲滅を図って来たのですが、一向に効果が現れないのです。ホテルでは体面上、一応はお客様のいらっしゃる場所では鼠の姿を見せぬよう、苦心惨澹《さんたん》の毎日なのです。最近では、鼠をご覧になると、それが見栄のように目を廻されるご婦人が増えているということで。しかし、一歩、調理室や楽屋裏に行きますと、鼠等は我が物顔に闊歩《かっぽ》しております」

「鼠はこの世で一番強い動物だ、と言っている人がいますわ」

　と、佳城が言った。

「ライオンなどは百獣の王などと言われても、今じゃ野生でいるより、動物園に飼われている数の方が多い有様ですからね。それに較べれば、鼠は何万年という人間との戦いに、怯むことなく生き続けているのです」

「あまり誉めないでください」

　と、守衛が頼んだ。

「鼠が聞いたら気を良くしてもっと活躍するでしょう。まあ、この一週間、割合に鼠が大人しかったので、やれやれと思った矢先にこの災難でしょう。いや、一時静かだったのは私達の努力が報われたんではない、この一週間は鼠等、ホテルの食事に飽きていただけなのですね。昨夜は珍しい鳩を見付けて、一斉に襲い掛かったものと思います。朝、この部屋の有様を見て、全く参ってしまいました。もし、このことが外に洩れ、妙な噂が広まればホテルの信用にも関わること、私達の責任……」

「それで、このことを隠そうと計画したのですね」

「いや、最初、その気はありませんでした。艮さんに連絡して、丁重に詫びようと思っていたのです。たやすく手に入れられるような鳩じゃないことが判っていましたから。ところが、たまたま、笠井《かさい》君が――」

　守衛は色の黒い若者の守衛を指差した。

「ホテルの前で、同じ種類の鳩を十羽も使って、ロケーションをしている者がいるのを見ていたばかりでした。その鳩を旨《うま》く盗み出してこの部屋に入れておけば、鳩が鼠に食い殺された事件を隠すことができる。こう、笠井君が言うものですから、悪いこととは知りながら、つい出来心が起こって……」

「もう、この楽屋にはいられないわ」

錦えり子が大きな声で言った。

「そ、それは困ります。あなた、そう大声で言われては」

「排水口から鼠が出入りするなんて、聞いただけで寒気がするわ」

「お嫌でしたら、別の控室を用意させます。この通り、事件の全てを告白しました。何分、寛大な取り計いを……」

「でも、全部ではないようね」

と、佳城がぽつりと言った。

「全部でない？　私は嘘は申しませんよ。鼠が鳩を食べてしまった。この部屋にはその残骸もありました」

「それだけではないようね」

「それだけではない、とおっしゃると？」

佳城は深いところを見るような表情になった。

「鼠が昨夜、急に出て来たことが怪しいと思いませんか？」

「………」

「艮さんはショウの公演中は、ずっと鳩をここに置いていたのでしょう」

「そうです。今日で五日目です」

と、艮が答えた。

「そのときは、なぜ鳩が襲われなかったのでしょう」

守衛が言った。

「それは、さっきも言いました。鼠はこの一週間、割に静かだったのです」

「なぜだと思いますか?」

「さあ……」

「昨夜は消防署の抜き打ち立入検査があったそうじゃありませんか。きっと、そのためね」

「……鼠が消防署を嫌ったんですか?」

「いえ、消防署を嫌ったのは別の鼠。その鼠がこの一週間、活躍していたために、その騒ぎで鼠が静かだったのです」

守衛は不思議そうな顔をした。

「騒ぎ? 私は夜でも楽屋を見廻ります。別に騒がしかったことは一度もありませんでしたよ」

「鼠はあまり視力は良くありませんけれど、味覚や聴覚は人間よりも敏感なんですよ。人間の聞えない超音波が聞えたのかも……」

「超音波?」

「わたし、警視庁に奉職《ほうしょく》している有能な刑事さんを知っています。すぐ竹梨《たけなし》警部に連絡して――」

「止めろ!」

佳城の言葉が終らないうちだった。大きな声が部屋に響き渡った。

守衛の笠井だった。それまで笠井はじっと佳城の話を聞いていたが、警察という言葉が耳に入ると、血相が変わったのだ。

「そうされたんじゃ仕方がねえ。皆、手を挙げるんだ」

笠井は内懐《うちぶところ》に手を入れ、黒光りのする拳銃を引き出した。腋《わき》の下に潜めていたのだ。

錦えり子が悲鳴を上げた。

「喧ましい。黙って、手を挙げろ。おい、主任もだ」

笠井は拳銃を守衛の方に向けた。

「お、お前は……笠井……」

主任は途中で絶句し、あとは顎をがくがく言わせるだけだった。

「あなたもぐるで、仲間達に消防署の立入検査があることなどを知らせていたわけね」

と、佳城が言った。

「おう、姐《ねえ》ちゃん。いい勘だ。それで昨夜は俺達の仕事は休んでいたわけさ」

「お前の仕事とは、何だ?」

と、良が言った。

「お前達の生命と釣り合うほど、大切な仕事さ。おい、小僧。おかしな真似をすると、ぶっ放すぞ」

笠井は目敏《めざと》く、串目が何かを懐に入れるのを見付けたようだ。

「小僧、手を挙げて、ここへ来い」

串目は手を組んで笠井の前に近寄った。

「後ろを向け」

笠井は串目の後ろに立ち、拳銃を持ったまま、串目の両腕を叩く。

後ろに立っている笠井には見えないのが当然だったが、串目の懐から、もう一本の手がすらっと現れたと思うと、素早く拳銃を持っている笠井の手首をねじ上げた。同時に、頭の上に挙げた左手が偽手を放り出すと手刀となって、笠井の手首へ。

「やった——」

それを見た三郎と守衛が笠井に組み付き、錦えり子が笠井の髪をむしる。艮三郎は奇術用のロープをたぐり出す……


その夜、警察の大包囲網があるのを知らず、下水道から忍び込んだ五人組の盗賊は、平和井戸株式会社製作の超音波鑿井機を使い、下水道に横穴を開け、ホテルサイドホテルの隣に建っている銀行の地下大金庫にたどり着いて、同じ機械を操作して金庫に穴を開け、中の現金を盗み出そうとしているところを一網打尽逮捕された。仕事は九分通り進んでいて、もし、下水道に棲息《せいそく》している鼠が問題の夜だけ静かだったホテルの楽屋に現れなかったらその計画はまんまと成功していたかも知れない、一歩手前であった。

剣の舞

みぞれは雪になっているに違いない。

外の寒気がどこからともなく劇場に忍び込んでくるのが判る。観客は目で算《かぞ》えられるほどで、暖房の空気は頼りなく空席の間を通り抜ける。暗い場内にいて、拓野《ひらの》は東北のかまくらを連想した。

舞台に立つ出演者の動きも、そのせいか伸びやかさがなく、誰もが生彩を欠いている。ときどき出演者が観客席へ投げ掛ける笑い顔は、凍り付いたようにぎごちなかった。

悪いことに、ショウの途中で地震が発生した。大した揺れではなかったが、建物全体がみしっと呻《うめ》きに似た音を立て、一時、舞台の進行も中断したほどだった。

ちょうど、舞台ではジャグ蔓木《つるき》という若い奇術師が、空《から》のはずの指先にいくつもの赤いボウルを現したり消したり、口の中に入れて飲み込んだと思うと腹のあたりから取り出して見せたり、そんな奇術を気取った手付きで演じているときだった。たまたま、これも不運なのだが、ジャグ蔓木は人一倍の地震嫌いだったようだ。地震を知ると、ジャグ蔓木は指の間にあった全てのボウルを床に落としてしまい、頭を抱えて舞台にうずくまった。

音楽だけは中断せず、すぐ幕が降りた。

下手《しもて》の幕の間から司会者が出て来て、お静かに、すぐ揺れは収まりますと言ったが、その声は落着きがなく、腰がふらついていた。

この地震はそれでなくとも白けていた観客の気持をもう一段消沈させるに充分だった。幕の間、何人かが席を立ち、出入口に消えていった。拓野はとうからショウには関心がなくなっていたが、席を立つことはできなかった。

地震が起こったとき、隣座席にいた里世子《りよこ》が、拓野にすがり付いたからだった。

拓野はひくひくと動く里世子の肩を抱き、万一天井が落ちてきたとしても、里世子と一緒なら怖くはないと思った。

しばらくすると幕が上がり、さっきの奇術師がまた登場した。ジャグ蔓木はあまり滑らかでなく、おかし味もない口調で演技を中断した言い訳をした。

「……まあ、今日のお客様は身内同様の方が多くて、その点、気が楽なのですが、どうも、初恋に破れてから地震とマシンに弱くなりました」

あちらこちらで小さな笑い声が起こった。

拓野にはさっぱり面白くない弁解だったが、笑ったのはどうやら蔓木のいう「身内」の人達のようだ。

そう言えば、劇場にいる観客はどこか普通とは違っていた。ショウが始まる前、離れた席にいる同士が手を挙げて挨拶《あいさつ》したり、声を掛け合ったりしていた。ショウの入りが悪いために、奇術ファンが狩り出されてジャグ蔓木の応援に来たという感じだった。

拓野は身内以外に判らないジョークを口にした蔓木に好感を持てなくなった。それでなくとも、左肩に掛かっている女の柔らかな重みと、握り込んでいる手の暖かさに、感覚の全てが気負い立とうとしていて、それを抑えることに胸苦しくなっている。

「……出ないか?」

拓野は里世子の耳元に口を寄せた。

「もう少し、待って」

と、里世子がささやいた。

「こういう奇術、好き?」

今度は首だけが縦に動いた。

ショウを見たいと言い出したのは里世子だった。

食事を済ませて外に出ると、通り掛かった映画館の看板を見て里世子が立ち止まった。映画館は春休みの子供を当て込んだ怪獣映画の二本建てを上演中だった。里世子が怪獣映画に興味を持っているのかなと思うとそうではなく、切符売場の傍に立て掛けられた別の看板を見ているのだった。その看板には「桜祭ロイヤルショウ」という文字が踊るように書かれ、その下に数人の芸能人の名が連なっていた。

つまり、劇場は子供の足が遠退く六時で映画を打切り、新しい観客を集めようとしてショウを計画していたのだ。

「……面白そうね。観たいわ」

と、里世子が言った。

拓野はそれが本心ではないことが判ったが、里世子の言うまま二枚の切符を買った。

里世子は物堅い質《たち》の女だった。昔ながらの道徳に縛られていて、正式な結婚をしない前の交際を後ろめたく思っているのだ。拓野と会う度に、口でこそ言わなかったが、二年前に病死した夫のことがいつも心に蟠《わだか》まっているために、気軽に親交を楽しめないようだった。里世子にとって、拓野との出会いは不倫に近い行為で、一度、身を任せてしまえば、定まって前後が判らなくなる激しさを示すのだが、疚《やま》しさを乗り越えるには心の中でかなりの葛藤《かっとう》があって、特に好きでもないショウを観たりするのは、決心を固める前の一種の儀式なのだ。

その日、不意の地震もあって、里世子の心はいつもより動揺していることが判った。拓野は里世子に逆らわず、ぼんやりと舞台に目を移した。

ジャグ蔓木はボウルの奇術を繰り返していたが、拓野はすぐ退屈し、観客席の方を見渡した。子供達が怪獣映画を観た後、ショウを開いて大人の観客を集めるという映画館の企画は、時期外れの寒さと雪のため、結局大した成果にはならなかったようだ。それにしても、ジャグ蔓木という、あまり名の通っていない奇術師のために、みぞれの中をやって来た人達に好奇心が起きた。拓野はそれとなく注意していると、その仲間は奇術の要所を心得ていて、いつもタイミング良い拍手を送り、雰囲気を盛り上げようとしている。これではジャグ蔓木が、気が楽だと言う理由がよく判った。

拓野の右前にいる女性もその仲間のようだった。派手な声援を送っているわけではないが、一般の出入口ではない、非常口から場内に入って来たところをみると、楽屋で出演者に挨拶してから直接観客席に廻って来たのだろう。

三十を超していると思うが、はっとするほど華やかな雰囲気があり、大きな目と下瞼《したまぶた》のふくらみに特徴のある温かさが感じられる。癖のない髪を飾り気ないリボンで後ろに束ね、地味な紺のスーツに同じ色のコートを膝《ひざ》に抱えている。

拓野がその女性を気にしていると、暗い観客席の反対側から、望遠レンズを付けたカメラがその女性に向けられているのが見えた。カメラを持っている男は、少し前に、ジャグ蔓木の舞台を撮影していたのだ。拓野の右前にいる女性は、仲間では有名なのだろう。

その女性には連れがいた。才気が感じられる顔立ちだが、身体は小さく、中学生といった年齢で、姉弟にしては離れすぎているし、親子では年が近過ぎる。少年は若い愛人なのだろうか、と邪推してみると、俄《にわ》かに女性が妖美に見えてくる。

女性は舞台の蔓木に拍手を送り、隣を見て何か言っている。正面の顔が見え、動く唇からこぼれた白い歯が舞台の照明の反射できらりと光る。ふと、少年に嫉妬《しっと》めいた感情が顔を出す。

拓野は我に返って、里世子の手に力を加えた。

「……君は欺されることが好きなのかな」

舞台ではジャグ蔓木が、右手の指の間に四つになったボウルを、今度は一つずつ減らしてゆき、最後のボウルも空中に投げ上げて消失させたところだった。里世子はボウルの奇術を見届けてから、拓野に顔を向けた。

「あなただって、わたしを欺したことがあるわ」

「……それは、いつのこと?」

「あら、忘れたの。最初の日のとき」

それだったら忘れてはいない。拓野は舞台の方を向いた。顔が赤くなったのが判ったからだった。あのときの嘘は、この奇術師の欺し方よりはかなり幼稚だったはずだ。

右前の女性が、また連れの少年に何か言った。里世子も同じ位の年齢だが、里世子はずっと純な感じだった。学生時代の里世子は白い絹のように清楚《せいそ》で、誰もが里世子に憧れ、そのくせ誰もが声も掛けられず視線さえ合せることができなかった。そして、誰もが里世子を富士宮《ふじのみや》市で一番の美人であることを疑わなかった。

里世子は高校を卒業すると、東京の短大に入学し、それから一流製薬会社に入社して、その社員と結婚した。ほどなく、一女をもうけたが、幸せな時期はそこで頓挫《とんざ》した。

拓野は同窓会で、里世子の夫が疲労が原因の心筋梗塞《こうそく》で死亡したことを友達から聞いた。そこで、同窓会に集まった独身組の表情は、俄かに無責任な明るさにかわったのだが、運は拓野に味方した。

今年の正月、帰省した拓野は、富士宮市の書店で里世子に出会った。里世子は東京に住んでいたが、正月で実家に帰っていたのだ。子供を生んだと聞いていたにもかかわらず、里世子は昔と変わらなかった。だが、拓野の方は昔ほど純情ではなくなっていた。

拓野はその日のうち、無理に里世子をドライブに誘い、途中、車が故障したと欺してモーテルに連れ込んで強引に関係を結んだ。

別れるとき、東京へ帰ってからも会いたいと持ち掛けたが、里世子はなかなか返事をしようとしなかった。五歳になったばかりの子供のことを気にしているのだ。里世子は結婚を前提にしない交渉は認めることができず、それには子供が問題だった。拓野はそれを歯痒《はがゆ》く思うと同時に、何とかして自分がいなければ、里世子が生きてゆけないようにさせたかった。東京へ帰って、数多くの電話を入れたが、その都度里世子は何かと理由を付けて誘いに応じなかった。

二度目の出会いは三月に入ってからだった。

そのときも拓野はあまり興味のない映画を付き合わされた。のろのろとしたメロドラマで里世子も最後迄観ていられなかった。

「……悪いけど、出ましょう」

里世子は拓野の腕を取って席を立った。

明るいところに出て見ると、里世子の目が充血していた。問い質《ただ》すと、映画に出演した子役が、里世子の女の子にそっくりだったと言う。そのとき、初めて拓野は里世子の子供が二月《ふたつき》前に死んだことを知った。拓野の誘いに応じなかったのは、そのことがあったからだ。

拓野は子役の顔を思い出した。里世子に似た賢そうな顔立ちだった。

「もう、嫌。思い出したくなかったのに」

それで、拓野は深く訊くことができなかったが、子供の死は不測の事故だったようだ。

里世子を気の毒だと思う反面、拓野は自分と里世子の間にあった壁のようなものが、急に消え失せたのを知った。

その夜の里世子は、初めて拓野の前で燃え盛った。拓野はそれが自分の熱意の成果でないにしても満足だった。

「あれから、寝られない夜が多いの。寝られないと、死ぬことばかり考えるわ」

と、里世子はけだるい声で言った。

拓野が肩に腕を廻すと、安心したものかすぐ軽い寝息を立て始めた。それを見て、里世子は自分が必要になったのだと感じた。拓野は最初の予想より、落城はかなり早いことを感じた。

そして、その夜が三度目の出会いだった。

——悪いけど、出ましょう。

一週間前の里世子の言葉を使って促そうとしたとき、新しい拍手が起きた。

スポットライトが観客席に当てられている。見ると、右の前にいた女性がコートを隣の少年に渡し、きまり悪そうな顔で立ち上がったところだった。

「先生、どうぞ舞台にお上がりください」

と、蔓木が言った。

事情はすぐに判った。蔓木はその女性を舞台に立たせて観客に紹介したいようだ。拓野はそれに気を奪われ、里世子に声を掛けるきっかけを失った。

女性は蔓木の奇術に対するより大きな拍手で送られ、舞台の上に立った。スポットライトに浮き出された笑顔は一段と魅力的だった。

「曾我佳城《そがかじょう》先生を紹介します」

と、蔓木が言った。

「先生はご免蒙《こうむ》りますよ」

そう言いながらも、舞台に立った佳城は臆することなく、観客の方を向いた。

「今日のお客様は、佳城先生……いや、佳城さんをよくご存知かと思いますが、佳城さんは一時、プロの奇術師として舞台に出られていたことがあります。私などはまだ小さくて残念ながらその華麗なステージを拝見したことがないのですが、あれは、何年前ですか？」

と、蔓木は佳城に訊いた。

「忘れましたわ。あんまり古くて」

「佳城さんが早く引退なさったのは、大岡《おおおか》建設の若社長に見初《みそ》められたためでして、その憎っくき若社長はしかし、佳城ファンの怨念によって若死し――」

「わたしには悲劇でした」

佳城は笑顔のまま言ったが、蔓木の方が慌てた。

「いや、口が滑りました。言ってはならないことを喋《しゃべ》りました」

「さっき、あなたはしてはならないこともしましたね」

「そ……それは？」

「後でそっと教えてあげます。皆さんがいらっしゃる前では、名誉にならないことですから」

わずかの間だったが、拓野はすっかり佳城に惹き込まれていた。佳城は歯に衣《きぬ》着せない質のようだったが、それが言葉になると、少しも強く感じられない。むしろ、あるユーモアさえ漂うほどだった。

「佳城という人の舞台、見たことがある？」

と、拓野は里世子に訊いた。

「ないわ」

「僕もない。が、きっと素晴らしかっただろうな」

君と同じ境遇のようだ、と言おうとしてすぐ思い止まった。里世子に死んだ夫のことを想い出させては悪い。

舞台では佳城と蔓木に司会者が加わって、佳城を中心にした鼎談《ていだん》に移った。話題は奇術だったが、佳城の話は専門的でない、といって奇術マニアも退屈させない心配りができていた。不思議なことに、それまで沈み勝ちで、奇術ファンの拍手でどうやら保《も》っていたような舞台が、佳城が登場して一転した。拓野は超満員の観客に揉まれているような錯覚さえ感じた。

佳城は空中にぽっかりと咲いた不思議な朝顔のエピソードを最後にして舞台を降りた。席に戻るとき、ちょっと拓野と目が合った。佳城は軽く微笑《ほほえ》んで目礼した。拓野は入場して良かった、と思った。

奇術はまだ続くらしい。次のショウよりも、拓野は佳城を残して外に出られない気持だった。新しい拍手が起きた。

何気なく見ると、舞台には蔓木の他にもう一人の女性が登場したところだ。小柄だが、目鼻立ちの整った若い女性で、光沢のある黒いイブニングドレスを着ている。黒い髪を背に波打たせながら軽く一礼したところを見ると、奇術の助手を務めるようだ。

ジャグ蔓木は一度舞台の袖《そで》に引き込み、すぐ銀色の台を押して戻って来た。台には三本の剣が立てられている。新しい奇術が始まろうとしているのだ。

蔓木は別の低い平台を舞台の中央に据え、一本の剣を手にした。剣は一メートル弱の、先の尖《とが》った銀色の片刃で、動くとぎらぎらと照明を反射する。助手がマジックテーブルの上から白紙を取り上げて蔓木の前に拡げた。蔓木の持つ剣が触れたか、と思う瞬間、白紙は二つになって助手の手から舞台の床に滑り落ちた。蔓木は剣の切れ味を試した後、剣の切っ先を上に向け、垂直に平台の上へ立てた。平台には剣を固定するものが作られているようだった。

蔓木は残り二本の剣でも同じように白紙で切れ味を示してから、台の上に固定した。台には上を向いた三本の剣が、一列に並んだ。その作業が終ると、蔓木は助手を舞台の中央に立たせ、型通りに両手を助手の顔の前にひらひらさせる。催眠術を掛けたつもりなのだろうが、拓野には態《わざ》とらしくて滑稽《こっけい》だった。助手はすぐ目を閉じ、身体を硬直させて後ろに倒れ掛かる。蔓木はすぐ助手の身体を支え、直線になった助手を横抱えにする。

拓野は初めてジャグ蔓木の奇術を本気で観る気になった。

ここで佳城を見る迄、奇術にはあまり関心のない方だったが、その場面はテレビで記憶がある。助手を三本の剣の上に寝かせることになるのだろうが、実際に見ると、とても人が一列に立てられた剣の上に支えられるとは思えない。

蔓木は助手を抱えたまま、ゆっくりと剣の向こう側に立ち、慎重な態度で助手を剣の上に置き、そっと手を放した。拓野は目を疑ったが、現実に助手は髪を床に垂らしたまま、三本の剣の上にあおのけに浮んでいる。静まり返った観客席から拍手が湧いた。

しばらくして、蔓木は助手の脚の下にある剣を取り去った。続いて、腰を支えているはずの中央の剣も台から外した。

今、助手は一本だけの剣によって肩を支えられ、しかも、あおのけのままの姿を崩さない。それは、極めて超現実的な光景で、恐怖をともなった無気味な美しさがあった。

蔓木は二本の剣を台に戻すと、代わりに大きな輪を手に取った。銀色の輪に切れ目のないことを示すと、蔓木はゆっくりと輪を助手の足元から胴の方に潜《くぐ》らせた。輪に身体を通すことで、助手を支えているのは一本の剣しかないということを証明するためだ。輪は胴を通り、首から剣の方に抜けたが、輪を阻害《そがい》するものは何もなかった。蔓木は自信たっぷりに輪を戻そうとした。

輪が助手の首の辺りを通過したときだった。

助手の身体が揺れ始めた。

拓野は最初、また地震かと思ったが、そうではない。だが、助手の揺れは着実に大きくなっている。里世子の手に力が加わった。拓野はめまいを感じた。

次の瞬間、助手は剣からずり落ちるようにして、ずしっと床に投げ出された。突然、術が解けた感じだった。

助手の白い項《うなじ》に、赤い一筋が糸を引いた。


若い女性の屍体は、針で刺された標本の蝶に似ていた。

早稲田《わせだ》署から事件の報告があったのは、三月二十日の午前十時だった。警視庁捜査課に入った第一報によると、被害者の若い女性は、喉に長い剣を突き立てられているという。

「剣というと、フェンシングに使う剣《ソード》でしょうか」

と竹梨《たけなし》警部が訊いた。電話を受けた雨宮《あまみや》捜査主任は首を傾げ、

「電話ですからはっきりしたことは判りませんが、フェンシング用などとは大分違っているようです。日本刀より幅が広く、青龍刀ほどでもない、ということです。それだけではちょっとどんな凶器か想像もできませんね。いずれにせよ、特殊な凶器ですから、犯人を割り出すための有力な手掛かりになるでしょう」

と、言った。

竹梨警部はただちに、金田《かねだ》捜査課長、雨宮捜査主任、現場係長、鑑識係らと車に分乗して現場に向かった。前日からの雪はあがっていたが、積雪は二十センチもあって、到着にはかなり手間取ってしまった。

現場は早稲田通りを南に入った藪坂《やぶさか》の途中にある六階建てのマンションだった。マンションの前には大勢の巡査や紺の作業服を着た捜査員が集まり、雪掻きに大童《おおわらわ》だ。竹梨達は雪の除か

れた道に車を停め、白い息を吐きながら建物の中に入る。エレベーターで四階。屍体が発見された部屋のドアは開かれ「明山雄子《あきやまゆうこ》」という表札が見える。

現場には早稲田署の署長を始め捜査員がいて、すぐ現場検証と屍体検視が実施される。

竹梨は部屋に入ってあたりを見廻した。部屋は１ＤＫで、屍体は部屋の中央にあおのけに倒れている。蒼白な顔に血が散って、花柄の敷物に投げ出された髪は同じ血に染まり、敷物の花の上に不気味な柄を描き出す。

被害者の喉に突き立てられた凶器は、これまで竹梨が見たこともない剣だった。剣は一メートル弱の片刃で、反りは浅く、西洋風の装飾をされた大ぶりの鍔《つば》が付けられている。

「何に使う剣でしょう」

剣に顔を寄せている現場係長に、竹梨は訊いた。

「判りませんね。こんなのは初めてです。第一、これは実用の剣じゃない」

「実用でない？」

「ええ。外見は立派な剣に見えますが、全体に銀メッキがしてあって、刃が付いていませんよ」

「……つまり、その剣ではものが切れないのですか」

「刃先は抜いてみないと判りませんが、刀身には刃が付いていません。ですから、この剣で突くことはできても、切ることはできませんね。鈍器としてなら使えるかも知れませんが」

「すると？」

「イミテーションの剣だと思いますね。ショウウインドウの飾りとか、何かの撮影用に作られたんでしょうね」

検視が進むにつれて、色色なことが判ってくる。

被害者、明山雄子は紫色の厚手のガウンを着ていて、倒れた姿に多少の乱れはあったが、下着はきちんとしていて乱暴されたような形跡はなかった。屍体を動かすと後頭部に深い打撲《だぼく》傷《しょう》が見付かった。犯人はまず被害者の後ろから一撃を加え、倒れたところをあおのけにして喉に剣を突き立てたと思われる。

問題の凶器も屍体から離された。現場係長が言うように、剣の切っ先は鋭かったが、全体にメッキが施されていて、ものを切るには不適当だった。更に、鍔の近くにこすり付けたような血の痕があり、係長は被害者と別種の血痕《けっこん》らしいことを見逃さなかった。係長はその血痕は被害者のものより古いと断定した。それが、犯人のものかは別として、重要な証拠となることは確かである。

警察医によると、死亡時刻は前日、十九日の深夜、十二時前後だろうと言った。死後、十時間以上経過していて、硬直はほぼ全身に及び、死斑《しはん》が浸潤性《しんじゅんせい》を帯びていることからそう推定された。

また、犯人は屍体を剣で串刺しにしているという理由で、性格異常者の凶行という線が無視できなくなる。捜査係は手分けをして近所の訊き込みを開始した。

竹梨は仲間の刑事と、一階の管理人室を訪れ、第一発見者の証言を取った。

それによると、被害者明山雄子は永田《ながた》大学の三年生、生家は静岡県でアトリエを持つ工芸家だった。雄子は地元の高校を卒業すると、すぐ藪坂のマンションを借り、大学に通学するようになった。マンションのほとんどは女子大生と独身ＯＬで占められている。管理人は規則や風紀には特別に気を付けているので居住者の親から特に信頼を受けていると言い、今度の事件は極めて残念だと言った。雄子については、気さくで明るいお嬢さんで、悪い噂は一度も聞いたことがない。居住者の中には隠れて部屋に男を引き入れるなどの冒険家が絶無だとは言えないが、雄子に限っては男関係は全くなかったと断言した。

「朝、静岡の家からわたくしのところへ電話があったのですよ。雄子さんは一番の列車で帰ると連絡していたらしいんです。ええ、お見合いの話があるとかでした。それが、九時を過ぎても何の音沙汰もないのでご両親が心配なさったわけです。昼には先方の方と約束があるようでした。雄子さんの電話は呼出音が鳴るだけで誰も出ないと言いますので、わたくしが四階へ行きました」

「ドアはちゃんと閉まっていたのですね」

と、竹梨が訊いた。

「そうです。新聞受けには朝刊が差し込まれたままで、矢張り帰省しているのだと思い、何気なくノブを廻すとドアは手に従って開いたのです。それで、部屋の中を覗きますと……」

「あの凶器を覚えていますね」

「……忘れようとしても、まだ目の先にちらついていますよ」

「以前、同じ物をどこかで見たことはありませんか」

「ありません」

「他の場所で見掛けたとか」

「……それもありませんね。全く、ひどい事件です」

竹梨は一通り話を聞くと四階に戻った。

部屋の中はきちんと片付いていて、荒された様子がない。若い女性らしく机の上や椅子カバーなどが華やいでいる。壁には学生が描いたような油絵がある。ステレオ、テニスのラケット、バイオリンのケース……なかなか趣味が豊かな女性だったようだ。

竹梨はふと窓際の壁にピンで留められた若い男の写真が気になった。近付いて見ると、トランプを拡げている奇術師のブロマイドで、読みにくいサインが見える。ギャグ――いや、ジャグだろうか。その後は全く読み取れない。

書棚を見ると、かなりの奇術関係の書物が揃っている。

竹梨はふと曾我佳城のことを思い出した。元、女流奇術師だった佳城に、竹梨はときどき智《ち》慧《え》を借りたことがある。

――あの佳城さんはこのまま独身で通すのだろうか。

「竹梨さん、何か嬉しいことでもあるんですか?」

気が付くと雨宮捜査主任が横に立っている。竹梨は二、三度咳払《せきばら》いをしたが、そのとき奇術と佳城は結び付いたが、剣と奇術の関係には全く思い到らなかった。

竹梨の午後は雄子の学校友達を訪問することで費された。だが、雄子を殺した犯人は一向に浮んでこない。

友達が証言する雄子の評判はどれも管理人と同じだった。明るくて健康、気さくで人付き合いが良い。男関係はボーイフレンド程度、勿論、人に怨《うら》まれたり、人を困らせたりするようなことはどうしても考えられない。新しい証言としては、雄子は大学奇術クラブのメンバーだったことぐらいだ。

竹梨は目に付いた蕎麦《そば》屋で遅い昼食を済ませ、捜査課に電話を入れた。女子職員が出て、意外な伝言を竹梨に伝えた。

「別の事件が発生しました。捜査班は全部そちらに行っています。数寄屋橋《すきやばし》にあるフジキネマという映画館の楽屋でジャグ蔓木という奇術師が殺されました」

竹梨は奇術師という言葉にちょっと引っ掛かったが、まだ自分の捜査は済んでいなかった。しかし、次の伝言を聞くと、捜査は次にして、一目散にフジキネマに直行しなければならなくなった。

「……ジャグ蔓木を殺した凶器は、どうやら明山雄子を殺した剣と同じ品のようだそうです」

佳城が捉まらない。

竹梨警部は焦っていた。昨夜、続けて二件の殺人が起こり、一人は大学奇術クラブの部員で、一人はプロの奇術師。二人は知り合いの可能性が強い上、同じイミテーションの剣で殺害された。その剣は奇術に使われる道具に似ていると、フジキネマの従業員が証言した。更に、昨夕、ジャグ蔓木が出演したショウには、佳城も出演していたと言う。それで、何が何んでも佳城と会わなければならないのだが、佳城は自宅にはいなかった。

住み込みの家政婦の話だと、奇術仲間の出版記念パーティに出席しているはずだという。すぐパレスシーサイドホテルの宴会場へ赴いたが、玄関で守衛に見咎《みとが》められてしまった。急いだので、凶器となった一本の剣を無造作に風呂敷に巻いて持っていたのが悪かった。風呂敷包みの外見は誰が見ても剣だった。イミテーションだと説明しても、充分、凶器として使える大きさだ。

また、竹梨を捕えた守衛が疑い深い男とみえて、警察手帳を見せても信用しない。すったもんだした挙句《あげく》、地下の警備員室へ連行され、そこでやっと事件を捜査中の警察官だということを認めさせたが、宴会場へ行ってみると会の終了近くで出席者はまばらになっている。入口近くにいた一人に訊くと、佳城は出版記念パーティでお祝いの言葉を述べていたと言うが、今どこにいるか判らない。

そこで、佳城の家に電話をしたが、佳城から寄り道するという連絡があったばかりで、どこに行ったかは判らない。竹梨が途方に暮れていると、顔見知りの男が会場にいた。

「竹梨さんじゃありませんか。刑事さんも宮前《みやまえ》さんのお知り合いでしたか」

正面のパネルの文字を見ると、どうやら宮前鷹雄《たかお》という著者の出版記念パーティだったようだ。竹梨はそんなことより、顔見知りに声を掛けられたのが有難かった。

「あなたは……そう、以前、佳城さんと新幹線でご一緒した――」

竹梨は額の汗を拭《ぬぐ》い、相手の胸に着けられた名札を読んだ。

「……時田《ときた》さん。私は今、急用があって佳城さんを探しているのです」

「……佳城さんなら、今しがたお帰りになりましたよ」

「どこへ行かれたか？」

「さあ……社家《しやけ》さんと一緒でした。社家さんが珍しい古書が手に入ったと言っているのを聞きました。佳城さんのことだから、その本を早く見たくて機巧堂《きこうどう》へでも行ったかな？」

「機巧堂──というと？」

「社家さんが開いている奇術材料店です」

時田から、人形町《にんぎょうちょう》にある機巧堂を教えてもらい、竹梨は剣を持ってホテルを飛び出す。

人形町では大分まごついた。ビルの上にある店の場合、看板や窓に店の名が出ているのが普通だが、機巧堂にはそれがなかったためだ。やっと見付けたのは四階建ての小さなビルで入口の雪も満足に除かれていずエレベーターもない。竹梨は狭い階段を登りながら、

「一体、商売をする気があるのか」

と、つぶやいた。

立て付けの悪い木製のドアには、それでもトランプを散らして「機巧堂」という文字がある。ドアをノックすると、どうぞという声が返って来た。

暗い廊下に較《くら》べ、中は別世界のような明るさで、色彩に溢れていた。竹梨はちょうど、お伽《とぎ》の国へでも放り込まれたように目をぱちくりさせた。

落着いて見ると、部屋は大して広くはないのだが、空《あ》いている壁から天井にかけて、奇術のポスターや奇術師のパネルがびっしりと貼られ、大きなガラスケースには等身大の人形や銀製のテーブルに燭台《しょくだい》、鳥籠や旗、意味あり気な金ぴかの箱や筒が詰め込まれている。陳列ケースには無数のカードやコイン、色とりどりのロープや銀製のカップが並んでいて、その向こう側に立っている男が主人の社家らしい。立派な鍾馗髭《しょうきひげ》には白いものが混っているが温厚そうな感じで、手に水割りのグラスを持っている。

佳城は天井にまで届く書棚の前に立っていて、灰色になった薄い古書に見入っているところだった。佳城の傍に串目匡一《くしめきょういち》少年の顔もあった。

「……佳城さん、ずいぶん探しました」

竹梨は持った剣を杖にして太い息を吐《つ》いた。

「……確かに、昨夜、わたし達はフジキネマのショウを見ていました。串目君も、社家さんも一緒でした」

と、佳城が言った。

部屋の一隅の応接セットに四人が集まっている。竹梨は「社家宏《ひろし》」と印刷された名刺を手帖の間に入れた。

「僕は取材で舞台の写真を撮っていました。あれが、蔓木さんの最後の写真になるとはねえ……」

と、社家は感慨深そうな顔になった。竹梨は手帖を開いて、

「フジキネマの従業員の話ですと、ショウの終ったのは八時半。それから、誰もジャグ蔓木を見ていないのです。そう言えば挨拶もなしで帰ってしまうのはおかしい、こう支配人は後になって言っていました。車は近くの駐車場にそのままになっていました」

「僕はショウが終って、楽屋口で蔓木さんに挨拶《あいさつ》してそのまま帰りました。まあ、相手がいける口でしたら道具の片付けを待って、一杯飲《や》るところですが、蔓木さんは生憎《あいにく》、下戸《げこ》でした」

と、社家はグラスを口に運ぶ。部屋に珈琲《コーヒー》の香りが漂ってくる。竹梨が勤務中だというので、社家の妻が珈琲をたて始めたようだ。

「佳城さんも、蔓木の楽屋へは行かなかったんですね？」

「ええ。わたしも楽屋口で失礼しました。蔓木さんの使っていた楽屋は二階でしたね」

佳城の言葉を竹梨が受けて、

「そうです。階段が狭くて、ちょっと不便な部屋でした。普通、出演者は舞台の袖の隣にある事務所を使っていたそうですが、蔓木は奇術の道具を他の人に見せたくなかったようで、二階を使っていたんです。その楽屋の隅に更衣所がありまして、更衣所といってもスクリーンを立て廻しただけですが、蔓木はその中で殺されていました。今日の三時、アルバイトの主婦が掃除に来て、蔓木の屍体を発見したのです。昨夜は九時には劇場の支配人が、蔓木が殺されていることを知らずに、戸締まりをして帰りました。だから、蔓木が殺されたのはショウの終った八時半から九時ということになります」

「……すると、もう一人の被害者、明山雄子という女性は、その後に殺されたんですね」

と、佳城が言った。

「そうです。警察で捜査したところ、フジキネマのどこからも、蔓木が奇術に使っていたという三本の剣は見付かりませんでした。従って、犯人はその一本の剣で蔓木を殺し、残った二本の剣を劇場から持ち出して、明山雄子のマンションに行って、明山雄子をもう一本の剣で殺害したことになるわけです」

竹梨は持って来た風呂敷包みを解《ほど》き、問題の剣を取り出した。剣にはまだ血痕が付着している。佳城は長い眉をひそめた。

「これが問題の剣です」

社家は剣の切っ先から鍔元までをゆっくりと見渡して言った。

「間違いありません。これはジャグ蔓木さんが使っていた剣です」

竹梨は社家の顔を見る。

「ほう……見ただけで、判りますか?」

「判ります。これは蔓木さんのアイデアを元にして、僕が設計し、鉄工所で作らせた剣ですから」

「そりゃ……佳城さん、私はほんとうにいいところに来ましたよ。すると、同じような剣の奇術をレパートリイにしている奇術師がいても、これと同じ剣は持っていないということなのですね」

「そうです。これは僕が特別注文して蔓木さんに渡した剣ですから、同じ品は世界でこの三本しかありません」

「他の奇術師が持っているのと、どこが違うのでしょう」

「第一に、切っ先が違います。この奇術は〈三本剣〉という名で通っていて古くからある舞台奇術《イリュージョン》ですが、舞台で見た派手やかさや不思議さの割には比較的小さな道具でしょう。そのために、世界中の奇術師に愛用されています。ですから、それに使われる剣もさまざまな工夫が凝らされていると思いますが、蔓木さんは昔からある型式の剣が、どうも気に入らなかった」

「……どんな点で？」

「一目で、イミテーションと判る剣が多いからです。剣の先は丸いし、刀身は一目で銀メッキだと判ります。ぞんざいな奇術師は平気で刀身を素手で持ち、刃のないことを曝露《ばくろ》したりする。蔓木さんはその点を指摘し、本当に触れれば指でも落ちてしまいそうな剣を使ったら、もっとスリリングな奇術に改良できるのではないかと考えたわけです」

「なるほど」

「と、口では言えますがね。この剣は三本立てた切っ先の上に、女性が横たわる奇術でしょう。本物の刃を付けたら、スリリングには違いありませんが、大変大きな危険をともなうことになります」

「判りますね。本物の刀剣ですと、携行するにも警察の許可が必要でしょう」

「しかし、蔓木さんの考えも一理あります。そこで、僕は折中案《せつちゆう》を出しました。つまり観客席ぐらいから離れて見たとき、剣の切っ先は本物の剣のように鋭く作る。でも、刀身の方には刃は付けず、その代わりに、蟇《がま》の油売りじゃありませんが、刃のあることを見せるために、白紙を切って見てはどうか、と」

「刃のない剣で、白紙が切れますか」

「そこは奇術です。白紙の方に予《あらかじ》め剃刀《かみそり》を入れて、触ればすぐ二つになるような状態にして置くのです」

竹梨は改めて剣を見た。剣に刃の付いていない理由はそれで納得したが、どうも奇術家の作り出すものは油断ができない。

「蔓木さんもその案が気に入りましてね、早速、設計図を作って工場に注文し、その道具が出来上がったのが、去年の暮でした」

「それ以来、蔓木はその奇術を方方《ほうぼう》で演じていたのですね」

「ええ。昨夕のフジキネマでもその三本剣でした」

社家の妻が珈琲を運んで来た。小柄の丸い顔が赤くなっているのはパーティの酒のせいのようで、ころころした感じが可愛らしい。

「とすると、社家さんと佳城さんは、昨夕、蔓木の奇術指導のような役でフジキネマへいらっしゃった?」

社家は新しく運ばれた水割りに口を付けた。

「いや、指導を頼まれたわけじゃありませんが、まあ、応援ですね。蔓木さんから電話があって、桜祭ロイヤルショウに出演することになったが、連日のこの寒さでお客さんの入りがさっぱりだそうで、あまり空席が多いのはみっともないから応援してくれと頼まれたわけです。それで、僕は仲間に片端《かたつぱし》から連絡しました。佳城さんもその一人でした」

「……佳城さんはいつもながら後輩の面倒見がいいようですね」

「蔓木さんもすっかり感激したようですね。佳城さんを舞台に上げて特別出演させたのはよかったが、そのためか、肝心の三本剣では手違いが生じてしまった」

「しくじったのですか」

「見事に、ね。ちょっと、信じられない失敗でした。助手の女の子を、三本剣から落っことしてしまったのですから」

「……そりゃ、危険だ」

竹梨は思わずぞっとした。

「もし、剣に刃が付いていたら、舞台の上で助手の女の子の首が転がるところでしたよ」

そうだったとすると、それは前代未聞のショウになっていたに違いない。竹梨は以前、女性の白い肌から血が出ているところを「見たい」ために人を殺した殺人犯を逮捕したことがある。もし、その男に似た心の人物がたまたまショウを見に来ていて、舞台の上で首が転がらなかったことを不満としたとすると――

「助手が落ちたときの、観客の反応は？」

「悲鳴が聞えました。若い女性ですね。私はいけない、と思い、息を詰めていました。わずかに笑い声も起こりました。まあ、笑われてもおかしくはありませんが……」

——その人物なら、声も立てず、観客席の暗い一隅で、目だけを光らせながら、助手の首に剣が刺さる幻想に身を震わせていたはずだ。

「……助手はびっくりしたでしょうね」

竹梨は自分の妄想を振り払うように声を出す。

「そりゃ驚いたでしょう。僅《わず》かですが首筋に出血しましたから」

「……ちょっと待ってください。出血して、その血は剣にも附着しましたか?」

「勿論、付いたでしょうね」

竹梨は再び剣を取り上げた。社家は鍔の部分の血痕を指差し、これがそのときの血のようだと言った。

「その、怪我《けが》をした助手というのは、ずっと蔓木と一緒に組んで舞台に立っていたのですか?」

「いつもとは違う女性でしたね。きっと、女性の方も慣れていないのも失敗の原因だったんじゃないかな」

「昨夜の助手は誰か、判りませんか?」

「……普通、蔓木さんは奇術クラブの女子大生を頼んでいたようですがね」

社家は首を傾げた。顔はどこかで見たようだが、名前は思い出せないらしい。すると、今迄黙っていた串目が遠慮がちに口を挟んだ。

「永田大学の中井果奈《なかいかな》さんじゃありませんか」

「ほう……よく知っているね」

と、社家が言った。串目はちょっと赤らんで、

「ええ、去年の秋、永田大学の奇術クラブ発表会で中井さんの演技を見ました。ハンカチの扱いが天才的だったので、よく覚えています」

竹梨は急いで手帖にその名をメモする。

「……永田大学というと、明山雄子という名を知りませんか?」

「昨夜、殺された女子大生ですね。……その人には覚えがありません」

竹梨は機巧堂の電話を借り、中井果奈という名を捜査本部に告げ、その女性の身辺を充分注意するようにと付け加えた。元の場所に戻ると、佳城が心配そうな表情で言う。

「今度はその中井果奈が危ないとお考えですか」

「はっきりそうだとは言えませんが、色色な場合を想定し、それに対する策を考えておかなければならないのです。何しろ、三本の剣が持ち去られ、二本の剣で、二人の奇術関係者が殺害されていて、まだ、一本の剣が発見されないのですからね」

「なぜ、奇術関係者が同じ剣で殺されるのでしょう」

「それをお訊きしたいのですよ。佳城さんなら犯人にどんな動機が考えられますか」

佳城が難しそうな表情をしていると、社家が口を挟んだ。

「犯人は性格異常者ではないのですか。普通の人間が行なうものとは考えられません」

「……勿論、その線での捜査も進めています。同じ意味で、さっき、社家さんは蔓木が失敗したとき、笑い声が起こったと言いましたね。その声に特徴がありましたか」

「さあ……これといった特徴は覚えていません」

「あなた達なら、そうした場合、笑ったりはしない？」

「ええ。演者のギャグなら大いに笑ったりはしますが、仲間の失敗を笑う気にはなりませんね」

「すると、笑ったのは振りのお客さんということになりますか」

「そのお客さんも危険だと考えているのですか」

社家は鋭いところを衝いて来た。

実はその可能性も頭に描き始めたところだった。剣の上からぶざまに転落した姿を見られたことに対する激しい羞恥《しゅうち》。その助手は、演技を誤まった蔓木を憎み、自分を笑った観客を憤《いきどお》ったに違いない。だが、中井果奈を容疑者とするにはまだ状況が希薄すぎるので、竹梨は返事をしなかった。

「ところで、問題になっている三本剣という奇術ですが、テレビで何気なく見たことはあるのですが、細かいところまで思い出すことはできません」

竹梨は部屋に並んでいる道具を見廻した。

「もし、ここで実演して見せて頂ければ一番有難いのですが」

社家は苦笑して、

「三本剣なんかが、どんどん売れてくれると、こっちも商売がやり易いんですがねえ。滅多に売れる品じゃありませんから、店には置いてないんです」

「じゃ、その説明だけでも──」

社家は立って書棚の前に行き、しきりに雑誌のバックナンバーを見渡していたが、やがて一冊を抜き出して戻って来た。『秘術戯術《ひじゅつぎじゅつ》』という薄い奇術誌だ。社家が表紙を繰るとすぐ写真のページで、奇術師の演技が紹介されているようだ。

「ここに、ジャグ蔓木さんの舞台写真があります。三本剣の山場なんですがね」

見ると、写真はモノクロの凸版で、ジャグ蔓木はタキシードで中央に立って微笑んでいる。その前には髪の長い女性があおのけで、真直に立てられた剣の切っ先の上に、首筋だけを当てているという不思議な姿で、空中に浮んでいた。

竹梨は何気なく、その女性の横顔を見て、電気に触ったようにびっくりした。

「こ、これは、明山雄子じゃないか」

社家も写真を覗き込む。

「蔓木さんがいつも助手にしていた子ですよ。それが、明山雄子でしたか……」

「……すると、蔓木が何かの事情で昨夕は明山雄子でなく、中井果奈に助手を務めさせた、ということですね」

「……多分」

竹梨の最後の仮説が俄かに実相を帯びてきた感じだった。中井果奈が、その仕事を明山雄子に押し付けられたのなら、それも恥を掻かされた一つの原因になる。果奈が雄子を怨んでもおかしくはない。

「や、忘れていました」

社家は再び立ち上がり、

「その写真で思い出しましたが、僕は昨夕もカメラを持っていました」

と、カウンターの方に行き、黄色いカメラ店の紙袋を持って来た。

「夕方、届いたのですが、宮前さんのパーティに出席するので急いでいて、まだ見ていません」

袋を逆さにすると、ネガの入った袋と、キャビネに伸ばされたカラープリントの束が出て来る。社家はプリントを選《よ》って、何枚かを机の上に並べた。

社家が撮影した写真は雑誌の凸版より鮮明だった。写真で見ると、蔓木は姿態を気にする型の奇術師のようだった。蔓木はどの写真でも高慢を感じさせるほど、取り澄ました表情を作っている。その中には三本剣を演じている何枚かがあった。社家の説明で竹梨はどうにか三本剣という奇術を想像することができた。

観客席のスナップもある。社家は佳城のファンらしく、さまざまな表情の佳城が数多く写されている。竹梨はつい仕事を忘れその一枚を貰い、佳城にサインをしてもらいたくなった。

佳城の指が、ついと伸びて、その内の一枚を取り上げた。それを目の前に持つと、佳城の表情が凍り付いたように動かなくなった。

「……何か?」

と、社家が覗き込む。

「この、わたしの左後ろに、男と女のカップルが並んで写っていますね」

「それが？」

「もう少しはっきりしたのがないかしら」

社家は手に持った束を繰り、一枚を佳城の前に置いた。

写真の焦点はその一枚も佳城に合わされているが、佳城の後にいる一組は、先の一枚よりはっきりとしていた。二人とも三十ぐらいの歳で、女は男にすがるようにして正面を向いている。

「わたしと隣にいる串目君は笑っているでしょう。それから、この男の人も。きっと、蔓木さんが舞台でおかしいことでもしたんでしょう。でも、この女の人だけは笑っていません」

「……何か、表情が引《ひ》き攣《つ》っているように見えますね」

と、社家が言った。

「これは、恐怖の表情ですよ」

「恐怖？」

竹梨はその言葉が気になった。

「奇術を観て、恐怖に襲われたんですか？」

「ですから、変なのです」

串目は額に手を当てた。

「蔓木さんの演技の途中で、ちょっとした地震がありましたね」

「そうだったわ。社家さん、この写真は地震の前だったか後だったか覚えていませんか」

社家はネガを手に取って電灯にかざした。

「……地震の、前でした。この後のフィルムに、蔓木さんが四つ玉を取り落とした瞬間が写っていますから」

社家はそのプリントを束の中から選り出した。ボウルを取り落としたと説明されなければ、その写真は、奇術師がいくつかのボウルを空中に浮揚《ふよう》させている演技に見えた。

「この人は特別に地震を予知する能力を持っているのでしょうか」

と、竹梨が言った。

「それは、ちょっと考えられませんわ。お客さんが笑っているとすると、多分、蔓木さんがボウルを口に入れたところを見ていたときかしら」

「そうですね。蔓木さんの奇術で、他に笑うようなところはありませんでした。あの演技はふしぎな現実感を持っています」

「わたしは蔓木さんにそのことが言いたかったのよ」

佳城の表情がすうっと曇っていった。

「してはならないこと、というのはそのことでした。ボウルを呑む奇術など、本当はしない方がいい。演じたとしても、蔓木さんのようにリアルな方法では、絶対にいけません」

佳城は竹梨の方を見た。

「これは、わたしの想像なんです。実際に起こってはならない想像なんですけれど、ぜひ、捜し出してほしいのです」

「誰を？」

竹梨は身を乗り出した。

「最近、事故で子供を亡くした母親を一人残らず。この、連続殺人の犯人は、異常性格者ではないと思います」

「では、怨恨《えんこん》？」

「……多分」

竹梨は剣の上に寝かせられている明山雄子の横顔を見た。

「雄子には、子供がいたんですか？」

佳城は静かに答えた。

「いいえ。この事件の犯人は、奇術とは関係のない人だと思えてなりません」

拓野は上機嫌だった。

里世子の方から、初めて誘いの電話が掛かって来たのだ。里世子は昨夜、急にいなくなったのは、身体の工合《ぐあい》が悪くなったためで、拓野さんに心配を掛けたくなかったからだと詫び、嫌われてしまったかと心配だったと言った。

学生みたいだ、と拓野は思う。ジャグ蔓木が舞台で失敗し、助手の女性に怪我を負わせたのは昨夕だ。そのときの血を見て身体の工合を悪くしたというのも子供っぽいが、拓野に何も告げず消えたというのも幼い。しかし、拓野は不満ではなかった。一見、あどけなく見える里世子はベッドに入ると、意外な嬌態《きょうたい》を現すからだ。今夜も自分の腕の中で、どんな変化を示すかと思うだけで胸が熱くなる。

里世子は約束の場所にバイオリンのケースを持って来た。小さい頃習ったのだが、最近また稽古《けいこ》をするようになったのだという。バイオリンを下げた里世子は少女のようだった。

「後で、聞かせてほしいな」

「でも、まだ指が良く動かないのよ」

食事の後、里世子は映画やショウを観るなどとは言わなかった。拓野が誘うまま、予約したホテルについて来た。少しずつ情事に慣れた証拠で、二人だけになったときの里世子はもっと大胆になるだろうと思った。

部屋に入ってすぐ抱き締めようとすると、里世子は酒が欲しいと言った。映画館に入る儀式が酒に変わったようだ。だが、映画やショウよりはましだった。

酒が運ばれると、里世子は器用な手付きで水割りを作った。

「身体の工合が悪かったと言っていたけれど、もういいの？」

「ええ。もう、すっかり治ったわ」

「昨夕、奇術師がしくじったのを見てから？」

「ええ、あの剣が首に刺さったら、と思ったら、もうどきどきしてしまって」

「その奇術師は、あれからすぐ殺されたんだってね」

「……そうね」

「僕もびっくりした。しかも、ジャグ蔓木の助手だった女性もだ。驚いた」

「怖かったわ。拓野さんも？」

「驚きはしたが、怖くはない」

「どうして？」

「僕達には関係がないからさ。殺されたのは奇術師ばかりだ」

あまり愉快でない話題だった。拓野は水割りを飲み干して、里世子の手を取った。手は氷のようだった。

「……わたし達にも、関係があるような気がしない？」

「つまり、昨夜、僕達も同じ劇場にいたから？」

「いいえ。この事件は、あまり奇術師には関係がないと思うの」

「この事件は、奇術師に関係がなく、僕達に関係しているかも知れない、というの？」

「ええ」

「よく、判らないな」

「説明すれば判るわ。あなたもわたしも、富士宮の出身でしょう」

「それは、そうだね」

「昨夜殺された、明山雄子という女子大生も、生れは静岡県富士宮市なのよ」

「ほう……新聞に出ていた？」

「ええ」

「そうだとしても、僕は明山雄子などという女性は見たことも聞いたこともなかった」

「わたしも同じよ」

「それで、ジャグ蔓木も富士宮の出身だというのかね」

「ジャグ蔓木は違うわ。あの人は東京の生れですから」

「……じゃ、僕達とは何のつながりもないじゃないか」

「でも、一度だけ、蔓木は今年の正月に富士宮へ来たことがあるの。近くの劇場に出演していて、友達の明山雄子の家に遊びに来たんです」

「雄子も一緒に出演していて？」

「いいえ。雄子が助手を務めるのは気ままなアルバイトですから、正月の休みには仕事をしたりはしません。多分、そのときは昨夕と同じ、中井果奈だったと思います」

「それにしても、僕達はその二人と会ったこともない」

「ええ。今年の正月、わたしが何年ぶりかで出会ったのは、あなたとでした」

「最初、難攻不落か、と思った」

拓野は里世子を引き寄せようとした。里世子は抵抗なく身体を近付けて、耳元に口を触れ、

「ちょっと待って、お湯を入れて来ます」

と、拓野の腕を抜けて浴室に姿を消した。

すぐ、湯の音が聞え、里世子が戻って来た。

「お湯が一杯になるまで、もう少しわたしの話を聞いてくれる？」

「いいよ。最初の日のことかい？」

「ええ。あなたと会っていた日のこと」

「僕が欺したと言って、怒るんじゃないだろうね」

「ええ、そんなことで怒ったりはしないの。わたし達が会っていた、留守、富士宮で起こったこと」

「……何が起こったのかね」

「それが、昨日まで判らなかったんです。正月を富士宮で過ごして、東京に帰って来た翌翌日の夕方、買物から帰って来ると、独りで遊んでいた義子《よしこ》の様子が変なのです。ぐったりと床に倒れ、声を掛けてもわたしの方を見る元気もなく、ただならぬ顔色でした。すぐ、救急車を呼んだのですが、義子は病院に着かないうち、息を引き取ってしまいました」

拓野は何か切羽《せつぱ》詰った気配を感じた。思い出すのも怖ろしいと言った子供のことを、自分から話し始めたからだ。

「……原因は？」

「窒息死でした。義子はどういうわけか、プラスチックの玩具《おもちゃ》を呑み込み、気管に詰らせたのです」

「そりゃ……気の毒に」

「しばらくは何をする気もなくなり、死ぬことしか考えられなくなりました。突然にある間の記憶がなくなったり、自分でも制することのできない行動に駆られたりすることも一度ならず経験しました」

拓野は言葉に困った。だが、ここでは慰《なぐさ》めるしかないと思った。

「先にご主人を亡くし、続いて一人娘を事故で死なせたのなら、諦め切れなかったでしょうね」

「ええ、でも、誰が悪いのでもない。運命なのだから諦めるよりない。諦められなければ、わたしが狂ってしまうに違いありません」

「でも、やっと君は僕と会う気になった」

「そうなんです。あなたなら、全てを忘れさせてくれるかも知れない」

「そうだ。それは、僕しかいない」

部屋が暑くなっていた。拓野は上着を脱ぎ、ネクタイを解いた。

「そろそろお湯がいいんじゃないかな」

「でも、駄目だわ」

「……駄目?」

「ええ、昨夕見たショウで、全てが判ったからです。わたしは義子の死を忘れることができなくなりました」

「昨夜のショウで?」

「ええ、あの劇場に入ったのは気紛《きまぐ》れでしたけど、偶然……いえ、これは神様が導いてくれたのに違いありません」

里世子はバッグを引き寄せ、白い布に包まれたものを取り出した。布を拡げると、小さな赤いボウルが現れた。

「ご覧なさい。これが解剖で義子の気管から取り出された玩具です。こう言えば、あなたも判るでしょう。富士宮でわたしとあなたが会っている留守に起こったことが。母の家で退屈だった義子は外に出て、明山雄子に誘われ、雄子の家に連れて行かれて、雄子のアトリエでジャグ蔓木の奇術を見たんです。例の、ボウルを呑み込んで、お腹のあたりから取り出す奇術を、ですよ」

「……君の子供は、東京に帰ってから、それを真似て?」

「それしか、考えられません。五歳の義子は、それがトリックだということを知らなかった。奇術ということは判らなくても、大変に面白い芸当だと思い、東京に帰って来てから、自分の玩具箱に同じような赤いボウルがあるのを見付け、蔓木を真似て、ボウルを呑み込んだのです。同じような赤いボウルを使えば、きっとあの芸当ができると思って」

「……小さい子供なら、真似をしたくなってもおかしくはない」

「とすると、義子の死は、偶然の事故でも何でもないじゃありませんか。物事の判断が付かない、小さな子にそんな奇術を見せた蔓木が原因で、義子が死んだのです」

拓野は汗を掻いていた。その汗は気味悪く冷い。

「確かに……蔓木の演技は変に生ま生《なな》ましかった」

「昨夕、蔓木の奇術を見た瞬間、そのことが判ったのです。あのとき、わたしの身体が震え出したのに気付かなかったかしら」

「……ちょうど、地震と重なったからね」

「それからわたし、いても立ってもいられなくなりました。ショウが終ると、すぐ楽屋に行って、ジャグ蔓木に会い、正月のことを訊いたのです。何も知らない蔓木は正直に話しましたわ。わたしの思った通りです。雄子が外で遊んでいた義子を見て家に誘い、遊びに来ていた蔓木がボウルの奇術を見せたのです」

「しかし、それは好意じゃなかったのかな。可愛らしい女の子が独りで遊んでいるのを見れば、声を掛けたくなるのは人情だろう」

「でも、義子はそのために死んでしまったんですよ。あなたは子供を亡くした母親の気持が理解できないかも知れないけれど」

里世子は妖しく笑った。拓野は里世子の心が判って愕然《がくぜん》とした。

「じゃ、君はそのために蔓木を?」

「ええ。ちょうど楽屋には蔓木独りで、わたしの傍には三本の剣があった」

「君は、どうかしている」

「子を殺されて、どうにもならない親などいるものですか。最初は夢中だったけれど、よく考えると剣というのはわたしにとって都合の良い道具でした。警察はわたし達が皆、富士宮にいた、という小さなつながりより、奇術の関係の方を重点にして捜査を進めるでしょうから、わたしはそれに気付くと、楽屋から残りの二本の剣を持ち出したんです」

「……それで、明山雄子も？」

「義子を最初に誘った雄子も、蔓木と同罪です」

そのとき、電話が鳴った。里世子は電話を横目で見ただけだった。

「放って置きましょう。もう少しで終りますから」

「終るとは、何が？」

「雄子が同罪なら、わたしを欺して連れ出したあなたも同じだわ」

「言い掛かりだ」

「いいえ、わたしが義子の傍にいれば、そんな奇術を見せられても、充分注意してやることができたはずです」

拓野は受話器を取ろうとして立ち上がったが、足がもつれ、床に転げ落ちた。

「そろそろ薬が効いてきたようだわ」

「……薬？　あの水割りに入れたんだな」

「ええ。さっき、あなたにバイオリンを聞かせると約束したわね」

拓野は声を立てようとしたが、声帯に全く力が入らなかった。

里世子はバイオリンのケースを開けた。中には銀色の長い剣が一本だけ入っていた。里世子は剣を片手に持ち、床に倒れている拓野を見下ろした。

庭は雪で一面に覆われ、春の陽差しを受けて、さまざまな曲線が柔らかな白のハーモニーを奏でている。サンルームの隣の鳩舎には、二十数羽の銀鳩がときどき羽ばたきをする。同じ地上で、殺伐とした事件が起こっているとは考えられない眺めだった。

竹梨は佳城がいれてくれた珈琲を感激しながら味わっている。

「もし、あと五分遅かったら、三人目の犠牲者がでるところでした」

と、竹梨は述懐する。

「全て、佳城さんの助言のお陰です」

佳城の唇が少し反るように動いたが、竹梨の耳には言葉が届かなかった。かすかに眉を寄せた表情には重苦しさが感じられて、晴れやかでない返事だったことは確かだった。

「さっき、被害者の拓野から、機巧堂へ『秘術戯術』の定期購読の申し込みがあったそうです。いや、実際に拓野が奇術誌を読みたかったのではなく、拓野を奇術マニアに思わせようとするための、里世子の策略だったことが判りました。拓野の部屋から、予約したホテルのメモが出てきたため、拓野は殺されずにすんだのです。拓野のポケットにあった奇術ショウの半券も手伝って、私達は危うく奇術関係者だけに捜査の的を絞るところでしたよ」

それを聞いた佳城は深い息とともに苦しさを吐き、淋しそうな表情になった。そこまで策略を巡らしていた里世子が哀れでならなかったに違いない。

『奇術探偵 曾我佳城全集 上』初出一覧

「天井のとらんぷ」　「小説現代」一九八〇年五月号
「シンブルの味」　「小説現代」一九八〇年八月号
「空中朝顔」　「小説現代」一九八〇年十一月号
「白いハンカチーフ」　「小説現代」一九八一年四月号
「バースデイロープ」　「小説現代」一九八一年十一月号
「ビルチューブ」　「小説現代」一九八二年三月号
「消える銃弾」　「小説現代」一九八二年十一月号
「カップと玉」　「小説現代」一九八三年四月号
「石になった人形」　「小説現代」一九八三年八月号
「七羽の銀鳩」　「小説現代」一九八四年五月号
「剣の舞」　「小説現代」一九八四年十二月号

本書は二〇〇三年刊の講談社文庫版『奇術探偵 曾我佳城全集《秘の巻》』『同《戯の巻》』を底本にしました。なお、収録順を二〇〇〇年に講談社より刊行された単行本版に揃えて、発表順に再編集しました。

著者紹介　1933年東京神田に生まれる。創作奇術の業績で69年に石田天海賞受賞。75年「DL2号機事件」で幻影城新人賞佳作入選。78年『乱れからくり』で第31回日本推理作家協会賞、88年『折鶴』で泉鏡花賞、90年『蔭桔梗』で直木賞を受賞。2009年没。

奇術探偵　曾我佳城全集　上

2020年1月24日　初版

著　者　泡《あわ》　坂《さか》　妻《つま》　夫《お》

発行所　（株）東京創元社
代表者　渋谷健太郎

162-0814／東京都新宿区新小川町1-5
電　話　03·3268·8231-営業部
　　　　03·3268·8204-編集部
URL　http://www.tsogen.co.jp
晩印刷・本間製本

ISBN978-4-488-40224-2　C0193

〈亜智一郎〉シリーズを含む、傑作17編

Farewell Performance by Tsumao Awasaka

泡坂妻夫 引退公演 絡繰篇

泡坂妻夫／新保博久 編

創元推理文庫

◆

緻密な伏線と論理展開の妙、愛すべきキャラクターなどで読者を魅了する、ミステリ界の魔術師・泡坂妻夫。著者の生前、単行本に収録されなかった短編小説などを収めた作品集を、二分冊に文庫化してお届けする。『絡繰篇』には、大胆不敵な盗賊・隼小僧《はやぶさこぞう》の正体を追う「大奥の七不思議」ほか、江戸の雲見番番頭《くもみばんばんがしら》・亜智一郎《あともいちろう》が活躍する時代ミステリシリーズなど、傑作17編を収めた。

収録作品＝【亜智一郎】大奥の七不思議，文銭《もんせん》の大蛇《だいじや》，妖刀時代，吉備津《きびつ》の釜，逆鉾《しやつちよこ》の金兵衛《きんべえ》，喧嘩飛脚《けんかびきやく》，敷島の道　【幕間】兄貴の腕　【紋】五節句，三国一《さんごくいち》，匂い梅，逆祝《さかいわ》い，隠し紋，丸に三つ扇，撥鏤《ばちる》
【幕間】母神像，荼吉尼天《だきにてん》